U0115223

傳奇鄭愁予・鄭愁予詩學論集

衣缽的傳遞

蕭蕭、白靈、羅文玲　編著

目次

編者序
用生命寫詩的仁俠詩人鄭愁予

詩人楊牧說：

> 他以清楚的白話，為我們傳達了一種時間的空間的悲劇情調。

詩人瘂弦提到：

> 鄭愁予飄逸而又矜持的韻緻，夢幻而又明麗的詩想，溫柔的旋
> 律，纏綿的節奏，與貴族的、東方的、淡淡的哀愁的調子，造
> 成一種雲一般的魅力，一種巨大的不可抗拒的影響。

鄭愁予，一九三三年出生於山東濟南，本名鄭文韜，河北人。
「愁予」的筆名出自於《楚辭・湘夫人》：「帝子降兮北渚，目眇眇兮
愁予」。幼年隨軍人父親轉戰大江南北，故閱歷豐富，自稱：「山川文
物既入秉異之懷乃成跌宕宛轉之詩篇」。十六歲即出版詩集《草鞋與
筏子》，來臺後，持續創作，有詩集《夢土上》、《衣缽》、《窗外的女
奴》等，直至一九七九年洪範版《鄭愁予詩集Ⅰ》，二〇〇四年洪範
版《鄭愁予詩集Ⅱ》，才呈現鄭愁予詩作的完整風貌。

二〇一一年周大觀文教基金會頒發「二〇一一年全球熱愛生命文
學創作獎章」給有「仁俠詩人」美譽的鄭愁予，彰顯他長久以來詩寫
和平、化詩為愛的精神。並出版得獎作品《和平的衣缽》，為「鄭愁
予和平永續基金會」籌募基金。

甫辭世的樞機主教單國璽曾說，「凡人看事物用的是肉眼，而詩
人看事物用的是靈魂，在詩人的筆下將事物賦予生命，詩詞是文學最

高結晶，鄭愁予創作《和平的衣缽》述說和平的意義，希望這本書能發揮能量，成為和平的催化劑。」

「仁俠」有超出常人的一面，這就體現為超越「齊家」的理念而以「治國」為其基本使命，當「齊家」與「治國」發生衝突的時候，要毫不猶豫地選擇後者，犧牲前者，是為「仁俠」。歷史上這樣的典型極多，也為人們所傳頌，就詩人而言，屈原就是最高典範，如鄭愁予所說「那是美的永恆！屈原回答了自己的天問！」。可見，中國詩人的歷史自覺性和使命感遠較西方詩人為早、為更強烈。西方詩人受形而上學的影響，更傾向於抽象哲思，直至二十世紀才由海德格爾（Martin Heidegger, 1898-1976）真正提出詩人現世的偉大使命：「這個時代是貧困的時代……然而詩人堅持在這黑夜的虛無之中。由於詩人如此這般獨自保持在對他的使命的極度孤立中，詩人就代表性地因而真正地為他的民族謀求真理。」，但這一聲音在中國激起的迴響反而可能比在西方更宏大。

鄭愁予與明道大學的深厚因緣，起於二〇〇八年十月，由蕭蕭所籌畫的「濁水溪詩歌節」，邀約鄭老師前來演出第一場，接著由明道大學中文系所規劃的二〇一一年湖北秭歸端午詩會，鄭愁予、隱地、白靈、蕭蕭等詩人以及彰化師大蘇慧霜教授，一起到長江三峽邊屈原故里秭歸參與盛會。二〇一二年五月在彰化屈家村舉辦「兩岸鄉親祭詩祖——屈原銅像致贈大典」再次邀約老師上臺朗頌〈宇宙的花瓶〉，為屈原銅像渡海來臺給予最好的祝福，活動結束後這一群曾經到過秭歸的朋友一起到新社「又見一炊煙」用餐，席中鄭老師曾言及瘂弦多年前跟他提議詩學論述集出版之重要，在那詩情畫意的山中夜晚，促成今日《鄭愁予詩學論集》叢書的問世。

《傳奇鄭愁予：鄭愁予詩學論集》，蒐集近五十年（1967-2013）論述鄭愁予詩作之重要論文七十餘篇，分為四部。第一部《〈錯誤〉

的驚喜》是鄭先生名聞遐邇、震動華人世界之名詩〈錯誤〉的品鑑與
賞讀，橫看側視，峰嶺盡露，尚有隱藏於雲霧霜雪之外者，猶待多竅
之心靈隨時神馳。第二部《無常的覺知》則為詩人詩作之所以興的最
初動心處的探尋，對於生命情懷與語言經營，總在無常的覺知下多所
儆醒，既然中外古今世事無常，詩篇論作觸鬚所及，還有算沙之餘、
雲外之思可以騁騖，可以賡續思索與觸悟。第三部《愁予的傳奇》與
第四部《衣缽的傳遞》收入系統性學術論述，運用古典詩學與西洋主
義流派，兼具感性與理性，在情意與情義之間出入，在游世與濟世之
間優遊，在意識與意韻之間吐納，既有今日鄭氏傳奇之細部描繪，復
有明日衣缽傳遞之重大期許，《傳奇鄭愁予：鄭愁予詩學論集》於焉
燦然完備。

　　　　　　　　　　　　蕭　蕭、羅文玲　謹誌
　　　　　　　　　　　　二○一三年小滿之日於明道大學

序二
是誰傳下這詩人的行業？

白靈

在當代詩人中，鄭愁予（1933-）的作品應是讀眾最多的一位，這是個人秉性學養所致，也是時代使然，他成了同代諸多詩人們互激互盪之成果的代表人。因此他的成就不只是他個人的，也是時代的。他是眾多的同行者激盪出的大浪上少數站得最高的一位，沒有時代中諸多詩人一起捲滾出的大浪，也不會有鄭愁予。

在像他那樣在動盪混亂時代下生養長大的詩人們，皆是機率與命數淘洗下的倖存者，大江南北、黃河上下是他們奔闖的場域，山嶽河川在大地橫刻的地理、和城市田疇在歷史縱積的人文，如雲煙和夢境，快速出入他們的眼眶和腦海，在還來不及沉澱、思索、描繪的青年或年少時期，即被時代和戰爭的大手殘酷地掃刮抓起，然後一陣胡亂拋擲，如此莫名所以地被集體丟投在這座叫臺灣的島嶼上。那是國家不幸詩家幸的開端，也啓動了整個百年新詩史上可能是最燦爛的年代。

在那集體雜處、互動頻仍、乃至不得不相濡以沫的歲月裡，鄭愁予顯然是早熟的，但他是一個浪子，不論在身體行動或情感上，他是不安的，沒有一個港口或臂灣、一個詩社或派別可束縛住他，而這種浪子情懷或心境正是當時瞬間被共時綁在一座島嶼上幾百萬人共同的想望。況且要比同時代來臺的詩人幸運的是，他是隨父母舉家遷臺的，而且受過相對較完整的學校教育，有紮實的古典文學底子、也受

到新文學的啓發甚早，因此之後來臺同儕對他的影響並不若同時期其他詩人大，反而很早就保有一己情感的特殊抒發形式，在一九五一到一九五四年之間，也就是他十八到二十一歲間、當同代詩人還在摸索或初建風格之前，他早就寫下了〈錯誤〉、〈賦別〉、〈偈〉、〈野店〉、〈鄉音〉等名篇，迄今已屆一甲子，仍傳誦不絕。何況其後數十載旅居國外，詩集卻一印再印，流傳極廣，又經詩風數變，引發的驚訝、後續討論和研究，於今未止。

對於這樣早熟、秉賦特異、際遇多端詩人的作品，過去的研究或鑑賞固已不少，研討會兩岸也曾多次召開，但較完整的輯錄或整理卻未之見，直到明道大學蕭蕭教授以史家的巨眼，洞知詩學上此巨大的缺憾，乃殫智竭力，一次性於二○一三年策劃推出四巨冊的《傳奇鄭愁予：鄭愁予詩學論集》，精選近四十年（1974-2013）論述鄭愁予詩作之重要論述佳作，細心規劃，概分為四集：計（一）《〈錯誤〉的驚喜》；（二）《無常的覺知》；（三）《愁予的傳奇》；（四）《衣缽的傳遞》。或以鄭氏傳世之名篇〈錯誤〉一詩乃至其他佳篇，做各式角度之品讀鑑賞，俯瞰仰視橫觀側敲，盡掘其奧其妙。或對詩人詩作之生命觀、語言觀、境界觀、無常觀、宇宙觀等的蘊意和變化，做綜合整理或深入之探尋。或系統性運用古今中外詩學哲學心理學等不同理論，做嚴謹的學術性分析研究。誠如策劃人所言，此等篇章，均經精挑細選，因此莫不具有底下的特質和內涵：

> 兼具感性與理性，在情意與情義之間出入，在游世與濟世之間優遊，在意識與意韻之間吐納，既有今日鄭氏傳奇之細部描繪，復有明日衣缽傳遞之重大期許。

而能有這麼豐碩的成果，自當感謝撰稿人、論述者肯將他們的大文收入，使得《傳奇鄭愁予：鄭愁予詩學論集》「於焉粲然完備」。

　　而總策劃人蕭蕭教授長年殫精竭慮擘劃詩學藍圖和議題、舉辦諸多研討會和詩歌節活動，且參與全部計畫的明道大學前國學研究所羅文玲所長又能戮力完美地執行，是此四部論集能於不到一年時間即完整出版的重要成因，放眼今日臺灣各大學院校的中文系所，肯長年有此等魄力和執行力，為現代詩學和詩運奔闖出一大片天空的，實再不多見矣。

　　鄭愁予於一九五一年他才十八歲時，即寫下〈野店〉一詩開頭的兩行名句：

　　　是誰傳下這詩人的行業

　　　黃昏裡掛起一盞燈

詩人從來不是一個正式的「行業」，掛起一盞燈也不知為何而掛，只因到了黃昏想讓自己也讓旅人遠人詩人有一點溫暖就掛了，但只為了詩中末行所說「交換著流浪的方向」嗎？一九五五年四月鄭愁予二十一歲時，在紀弦的現代詩社出版了在臺第一本詩集《夢土上》（更早的是一九四九年十六歲在大陸就出版的《草鞋與筏子》），列入「現代詩叢」，同時出現在這詩叢的，還有楊喚詩集《風景》、方思的《夜》。就在《夢土上》的後記中，鄭氏提出了沒有比「無所為而為」更高的境界說，他說：

　　　在事業中唯「革命」是最近這種精神的，而在文學中獨「詩」能顯出她全部的特質來。

　　就是這種「無所為而為」的精神，使詩人這行業得以傳下來的吧？所有參與、出力、幫忙「完美了」《傳奇鄭愁予：鄭愁予詩學論集》這四書的作者、策劃人、執行人、出版人都直接或間接承繼了這樣的精神，時代的或日子的黃昏來臨時，就會自動地在心中掛起了鄭

愁予所亟欲傳遞的這樣的一盞燈,而這正是蕭蕭所說的執著地「在情意與情義之間出入,在游世與濟世之間優遊」的詩之精神了。我們不能不向他們一一由衷地致上敬意和謝意。

跨越兩者之間
——論鄭愁予情詩「互文性」特色與中西方理論之詮釋

李翠瑛

一 前言

　　一個耳熟能詳的作者，被稱為「抒情詩人」、「浪子詩人」（余光中語）、鄭愁予在現代詩壇是不寂寞的，他的詩以抒情為要，從楊牧評其詩中的陰性語言、孟樊稱其「愁予風」的語言具有陰柔美的「神韻」，為「抒情詩」的高手[1]。鄭詩已然成為一種浪漫詩風的象徵。

　　陰性語言的陰柔美以及古典的意象共同展現的愁予詩風，一直以來都是評論愁予詩風的主要方向。但是，從相反方向來看，具有陰柔語言或是古典意象的特質就足以產生愁予詩風的廣大影響力了嗎？此一研究方向有二個發展，其一是在前人研究中找到尚未研究的新角度；其二，在前人的研究基礎上，以更細膩的推論找到更深入的研究內涵。本文之研究則是屬於後者，試圖從前人的評論中，深化研究的理論基礎。

　　鄭愁予（1933-），本名文韜，祖籍河北寧河。軍人家庭出身，一九三七年中日戰爭爆發，隨其父親轉戰而遷徙於大江南北，後來在臺

＊　元智大學中國語文學系副教授
1　孟樊：〈浪子意識的變奏——讀鄭愁予的詩〉，《文訊》30 期（1987 年 6 月），頁 158。

灣新竹，度過其青少年時期，畢業於中興大學，到基隆工作多年，一
九六八年赴美國取得愛荷華大學藝術碩士，又到大眾傳播博士班研
究，任教於耶魯大學東亞語文學系。因此，從鄭愁予的經歷中，北方
軍人子弟出身，遷徙南北大川、看盡風光文物的生活。從大陸、臺
灣、美國的生活經歷，在他的詩中有著融合古今的語言風格，也有旅
行各地的文物風光。而且，鄭愁予穿梭於古典與現代之間，同時也跨
越異國風光，鄭愁予在多種文化與語言中悠遊自得。

在四十年代，現代詩自紀弦提出「橫的移植」時，鄭詩卻一直保
留著古典詩詞的風貌，語感氛圍、語言的文白運用、音韻與節奏的掌
握，皆有著古典詩詞的韻味及傳統。鄭愁予詩作幾乎都在文言與白話
或是古典意象與現代語言間的運用與轉換，此寫作現象已然成為他個
人寫作的風格。這種詩觀的美學理想在鄭愁予〈欣聞楊牧推出《吳
鳳》詩劇有贈〉一詩中說：

> 讓我邀你共享一個對飲的時刻，一個
> 簡單得分不出古老、現代與未來的詩觀。那是：
> 氣質的極真唯美才能表現得了
> 形式的至美唯善才能完成得了
> 當「善」臨的時候，詩的藝術乃大趨完成了
>
> （《鄭愁予詩Ⅱ》，頁88）

此詩中見出鄭愁予的詩觀以「真」、「善」、「美」作為詩的藝術指標。
詩的「善」完成時，才是詩作表現的完成，此不但是鄭愁予自己的理
想，也是他貫徹的詩觀。蕭蕭稱他的詩「渾然天成」，並且擁有無數
的讀者。[2]也見出鄭詩的親和力與豐富的善之感染力。

---

2 蕭蕭：〈情采鄭愁予〉，《國文天地》13卷1期（1991年6月），頁59。

　　對於詩的語言與意象，鄭愁予說：「在我個人的眼中（心中），所謂的意並不質實，它們在一個距離推遠的狀況下，物只是象，物象與『意』互為表裡則成意象，這便是詩的蘊藏，許多的『蘊藏』加『蘊藏』，在「詩想」（寫的靈機）來臨時形成互動；或形成比喻，暗示；或互為移情、襯托，代表這些「蘊藏」的符號（文字），藉由敘述機制的串聯，情緒節奏的牽引，然後無可避免地經過一番『鍛鍊』……」[3]。詩人所想的是一種至善至美的境界，但評論者嗜血的卻是將之分析評論甚至解構，詩人建構著真善美的境界，語言與意象雖只是用來建構此一王國的鋼筋水泥，但在語詞與意象的層面，評論者解剖的可能是另一種討論的可能，本文不在於討論鄭詩境界的完成，而在於基本的質素如何推升更高的詩作境界。

　　因此，本論文的研究針對鄭愁予詩中具有明顯的古典語言、意象、氛圍的詩作，並以現代詩形式融合白話文寫作者。同時，在此也必須說明的是，詩人的作品絕對不可能僅有單一的寫作手法或是一二式的書寫方式，其意象與語言的變化技巧有些奠基於傳統的書寫方法，而有些可能是劃時代的創新，但就理論的研究上，一位詩人之所以可以讓許多評者多方研究而仍有可書者，必然是融有多樣多元的研究空間，因此，本論文也僅就鄭詩在古典語詞與意象的使用，從語言與意象的承古創新之中找到論述的角度，並非說明鄭詩之作僅限於此。因此許多的例子也許並非鄭詩中最精彩之作，只是引用以說明其詩中最能符合本文提出的理論而論。

3　鄭愁予：〈鄭愁予談自己的詩——鶴與寄〉，《聯合文學》19 卷 11 期（2003 年 9 月），頁 29。

二 鄭愁予情詩「互文性」之可能表現

（一）「互文性」之定義

　　「互文性」的基本概念是指任何的語詞都無法擺脫舊有語詞的影子，表現在新的情境或語境上時，必然會與舊有的語詞意義有所相互指涉。其一是指兩個文本之間相互發生的關係（一般稱 transtexuality）。其二是指文本通過記憶、重複、變造，而產生的擴散（一般稱 intertexuality）。[4]因此，互文性批評是針對文本與其他文本之間的話語連接與變化語境之研究與批評。「互文性」（Intertextuality）出現在二十世紀六〇年代，之後成為後現代、後結構主義的術語。後結構主義或解構主義借此把一篇文章或是小說中所有的語詞解構之後，從小分子分解／拆解掉意義時，則無所謂有機體的新建構，因為所有的語義都在舊有的基礎上產生新的組合，一旦被拆解之後，語詞成為舊義的新組合，因而產生所謂的「延異」的概念，擴散語詞的可能性意涵，並拉長語義空間，一個詞語在拆解之後產生的可能歧義空間讓語義紛歧而指向不同意涵，則又因為延異的概念也將語詞的分枝變得繁複，借此模糊單一指向的語義空間，而讓語義變得搖擺不定而充滿許多可肢解或再造的可能。

　　「互文性」（Intertextuality）由法國知名理論家／女性主義理論家克麗斯多娃（Julia Kristeva）提出，她回顧六〇年代後期的文學批評，並在語言創作上提出互文性革命，[5]一九六六年在其論文〈界線

4　陳永國：〈互文性〉，收入趙一凡、張中載、李德恩主編，李鐵編輯：《西方文論關鍵詞》（北京市：外語教學與研究出版社，2006 年），頁 211。

5　Julia Kristeva, "The Revolution in Poetic Language," in *The Kristeva Reader*, Blackwell.

的文本〉（The Bounded Text）提出，她認為文本是各種文本的排列組合，一個文本不單是直接或是間接的語義交叉，而是無數文本與聲音的交叉，在既有的文本中，產生穿越時空的交叉性互文對談。一九九八在其《反抗的未來》一書中，再度說明「文本關聯性」受到美國學界關注，源自對巴赫金著作的閱讀，形成其對文本非獨立存在的思考，作者受到前人文學與文化的影響，同時也形成過程中不斷與現實的反抗與媾合，兩者之間有著難以消除的聯繫，因此，表面上是後結構主義的概念，實際上文化傳承與反抗之間存在著不難以絕對切割的關聯[6]。

　　克麗斯多娃將互文性用於解釋文學創作上，其主要的概念是說作品本身所涵蓋的意涵不是絕對的獨創，而是在舊有的基礎上，被創作者賦予新的氛圍與情節而產生的新意，但此新意卻非完全的新意，乃是舊意義的範疇取之為新的範疇使用。傳統的文本具有同時共存的秩序，而此秩序為後代所有人共享，每一件新作品的產生無疑受到前經典的影響而融入現在與過去的系統，詞語即同時具有舊有的古典傳統且同時擁有具有新的定位，兩者是互文性的作用。因此，即使是號稱「獨創」的文學作品，也是因為互文性的建構與展示而產生新意義的可能，而其中用典就是訴諸互文性的常見手法之一。

　　同時，互文性則將對文本產生分裂般的語義，語詞的意涵與社會歷史的環境都是改變或影響文學創作的因素，而最大的變動者便是讀者，當讀者在不同時空下，個人經歷、環境、社會、歷史等文化因素的變化影響著讀者解析／接受文本的可能，因此，讀者介入文本解讀時，也會形成讀者與文本的互文性。簡言之，作者、讀者、及文本之

1986.

6　【法】于麗婭·克里斯特娃（Julia Kristeva）：《反抗的未來》（桂林市：廣西師範大學出版社，2007），頁 100-101。

間互為流動的關係，更使得閱讀與詮釋文本有了繁複多層的意涵；而
文本是一開放的空間，不但創作者創作時的互文，讀者也會有重新解
讀的歧義，互文性概念展開語詞複義的更大可能。

（二）鄭愁予詩中古典與現代語言之「互文」性

　　鄭愁予的語言表現在互文性上最清楚的展現樣貌在於古典的意
象、語言、典故，在詩中的不斷出現與融鑄。從他善於匯聚各式語言
即可看出，他的詩在古今語言中穿梭並引為己用的過程裡，相互融合
或是借用的互文性表現成為詩人隨手拈來的語言駕馭能力[7]。

　　表面上鄭愁予的詩從古典意象塑造古典的氛圍，或者引用典故，
使人於其中流連忘返。但是，詩人也未必全然以古典意象為要，孟樊
注意到他的詩具有「絕對的現代」的原因是他的詩語言「相當散文
化」（尤其是早期），甚至是口語化，但在後期，則又具有濃縮的文言
現象[8]。張梅芳則是認為鄭詩「文言與白話交糅的現象」、「的確形成
語言伸縮的效果」[9]，季紅則指出鄭愁予：

> 語源的寬廣及他對不同語材——舊典、俗語、文言、俚語、甚
> 至外來語予以換用、改鑄的能力。此外，他也能依需要而將不
> 同層次的語言（如文言和白話）揉合在一起。[10]

7　陳永國：〈互文性〉，收入趙一凡、張中載、李德恩主編，李鐵編輯：《西方文論關
　　鍵詞》，頁 218。按：駕馭文字的「語言能力」是互文性產生的要求，無論是創作者
　　或是讀者對於典故或是舊有文字能力的賞讀與寫作能計，為互文性運作的第一層面
　　要求。

8　孟樊：〈浪子意識的變奏——讀鄭愁予的詩〉，頁 160。

9　張梅芳：〈鄭愁予詩語言的構成物件及其技法〉，《當代詩學》第 2 期（2006 年 9
　　月），頁 73。

10　季紅：〈鄭愁予「雪的可能」中的語言經營〉，《文訊》20 期（1985 年 10 月），頁
　　211。

鄭愁予的語言揉合是透過他的語言駕馭能力，尋求詩意之需要而拈來，所以各種語言的成分只能貼合於詩作的意涵，而成為詩之所用。唐捐說：「鄭愁予則在大解放之餘，重新追求一種（舊詩般的）凝鍊、嚴整、堅實；徐志摩依賴格律去收束鬆散，鄭愁予則更傾向於字句本身的相互呼應，於是在靈動間，儼然自成一種美的紀律。」[11]所以文字的使用文白夾雜，卻能自成一格，而無刻意雕琢的痕跡。例如〈情婦〉一詩，便是以美的浪漫為要的抒情文字所構築的空間，遊戲於古典氛圍與現代語言之間：

> 在一青石的小城，住著我的情婦
>
> 而我甚麼也不留給她
>
> 祇有一畦金線菊，和一個高高的窗口
>
> 或許，透一點長空的寂寥進來
>
> 或許……而金線菊是善於等待的
>
> 我想，寂寥與等待，對婦人是好的
>
> （《鄭愁予詩集 I 1951-1968》，頁165）

在「青石的小城」一詞將意象固定在舊式小鎮上，而高的窗與金線菊寫出封閉的歲月，住著一個舊制度下傳統的男尊女卑社會裡的傳統名詞：「情婦」。婦人在封閉之中詩人塑造的是走不出的門，走不出的社會制度，那些只是給女子一個永遠沒有希望的等待，情婦影射出價值觀的制約，高高的窗口成為想像的延異與伸長，但寂寥的長空卻將詩的氛圍圍繞著悲傷卻浪漫的氣息。詩句中塑造的緩慢、傳統、舊式的空間，時間彷彿也停止了。現代走不進的氛圍裡，融入感傷而浪漫的

---

11 唐捐：〈現代美典，古典詩意──鄭愁予《錯誤》導讀〉，《幼獅文藝》598 期（2003年 10 月），頁 85。

情懷，而這種氛圍顯然被傳統的價值觀包圍，此詩以現代語言書寫傳統緩慢的、抒情的氛圍。「青石」、「情婦」的意象具有原始的制約意涵，使詩一開始便將詩境納入浪漫而傳統、舒緩而沉暗的想像氛圍，窗口與長空的寂寥、等待的女子把古典女子三從四德，一輩子守著一個男人的社會價值觀隱隱透出。構築畫面想像與美感，帶來當下浪漫主義氛圍的陶醉，模糊了現實殘酷的事實，以情婦而言，長期等待一個不歸的男人是一件多麼殘忍的內心折磨，而讀者卻在此種氛圍中陶醉不已而忘了為情婦叫屈，這種忘記現實而享受浪漫氛圍的情緒，使得讀者的感性超越理性而不自覺鼓起掌來，只能說鄭愁予的文字魅力讓讀者失去理性，而沉浸在浪漫的文字畫面中，忘記去計較情婦可憐的命運。

蕭蕭稱他：「善於轉化傳統詩詞的意象，擷取其中最引人的詞彙，加以活用。其中『江南』、『蓮花』、『東風』、『柳絮』、『青石』……都是古詩舊詞習見的意象，鄭愁予轉而鋪排出古典婉約之美。」[12]古典的意象在現代白話詩句的融合運用上彼此的互文融合現代與古典，又例如鄭詩〈舊港〉：

> 這些都何在？只見
> 漢白玉雕欄砌堦
> 宮庭倚傍著水晶的泳池
> 一條白衣的側影正踏波裊裊
> 卻是僕人送上新茗（《鄭愁予詩集Ⅱ 1969-1986》，頁43）

文白夾雜的語言中，以「雕欄玉砌應何在，只是朱顏改」的文句擬改為「漢白玉雕欄砌堦」，雖然此詩寫的是懷想過去的景象，過去景象

---

12 蕭蕭：〈情采鄭愁予〉，頁60。

重現之際，詩人想像的舊港玉雕欄砌、宮庭、僕人（佣人）、新茗（新茶），然而卻夾入一句「水晶的泳池」、「一條白衣的側影正踏波裊裊」，古代的用詞與現代的情境參雜相混，想像的畫面與現實的懷古混為一談，即如後段「竹籬轉世為高樓的護牆／桃花重生為明燈／荒園蛻成錦繡又展出蒼青的車道」，舊港的新建，繁華取代落後，但詩人仍用的「高樓的護牆」、「蒼青的車道」，在語詞的古今雜用之中，互文的相互取暖之下，詩人也適時地以舊詞寫現代事物，以現代語詞形容古典事物，此種交錯的互文性讓互文的作用顯得在時間與空間的交錯下更加複雜而錯亂，也因此形成的鄭詩的風格而無法僅以互文性或是古今互用論之，而有更多的想像與錯置的討論空間。

鄭愁予將古典詩的氛圍融入於現代詩句與現代情境之中，恰如〈寧馨如此〉一詩所探索的領域：

> 我洗罷盃盞　這一小會兒飯後安靜的滿足
> 像是讀到歷史讀到天寶的時候
> 當轉身　驀見在客廳的立燈下
> 正危坐著一個唐代雍容的女子
>
> 她　會神地讀著信
> 立燈把全室的光亮聚集在
> 眉彎目垂的臉上　竟從一向古典的
> 精緻中　浮出暗香來　而
>
> 並未植梅　並未燃麝的四隅
> 忽又迴響鈴鼓的樂聲
> 是來自一葉紙的折起　一葉紙的又展開

　　她會神地讀著信

　　西窗還有些暗紫　正是夜遊
　　乘舟的好時刻　她　神思遙遠
　　成了千年水邊的麗人
　　而為什麼竟在今夜　如此寧馨

　　「哥哥從長安來信了！」
　　她神馳地告訴著　一面起座
　　衣帶飛天地探看東窗的外頭
　　是不是還有哥哥說的搗衣的月色？

　　　　　　　　　（《鄭愁予詩集Ⅱ1969-1986》，頁2-3）

古典氛圍舒緩、優雅的氛圍承載著寧靜的心情，在用詞上，古典的
「暗香」取自林逋〈詠梅〉：「疏影橫斜水清淺，暗香浮動月黃昏」，
現代的立燈旁一個美人讀信的畫面，似古而實今。而美人把「一葉
紙」折起又展開的動作雖然是一種內在的起落，但在用詞上並未使用
現代一張信紙，一張信箋，卻用「葉」的量詞，量詞的使用把時間拉
回更長遠的古典氛圍。在意象畫面上，水邊的麗人暗合杜甫〈麗人
行〉詩中：「三月三日天氣新，長安水邊多麗人，態濃意遠淑且真，
肌理細膩骨肉勻，繡羅衣裳照暮春，蹙金孔雀銀麒麟。」[13]鄭詩寫燈
下的麗人讀信，女子容貌美好、意態嫻雅，體態濃纖合度，這夜裡詩
中就是一個美麗的畫面。「長安的來信」古今交錯，把詩的氛圍置於
古今交錯的時間，讓人摸不著頭緒，忘記今夕是何夕。李白〈子夜吳

---

13 杜甫：〈麗人行〉詩出《全唐詩》，卷216。

歌〉：「長安一片月，萬戶搗衣聲。」[14]唐朝的夜半月色，讓女人如此神往？而夜裡安寧和馨的氣氛才是詩人心中所念。

鄭愁予透過古典的詩詞把今夜的月色與讀信的心情，透過女子美麗的容顏與動作身段營造溫暖寧靜安詳的氣氛，用現代白話而引用古典意象，以現代語言與古典的互文手法把想像的情節更強化加深，虛擬的場合中如現於眼前的想像畫面，而以古典詩中的用詞與情節塑造的現代場景，融合著一些古典的美感與現實的交錯。

語言的古今互用或是文言與散文的互用形成鄭愁予詩中或古或今或散或文言的效果，這一方面是他的個人語言特色，另一方面也是他個人善於融會語言，使各式語言毫無疑問毫無困難地成為一種自我風格的流暢文字。

三　鄭愁予詩之古典氛圍呈現方式

鄭愁予之詩風必有其異於他人之處，融鑄古典與現代的語言之時，重在於融鑄之力如何達到渾然天成的美學，此為鄭詩之影響大眾並能引發共鳴之所在。廣泛而論，可說鄭詩融合現代與古典而營造個人特有的浪漫詩風，但是，更精細來看，此種古今融合的互文性是否有跡可循？是否可以找到幾種模式？

本節更進一步分析鄭詩的互文表現，第二節則借用古典文學中的「奪胎換骨」法的二大主軸說明其詩中互文的表現方式。

---

14 李白：〈子夜吳歌〉詩出《全唐詩》，卷 165。

（一）語言的後結構──古典與現代的「互文」表現

1 語言的互文

　　從語詞來看，直接引用舊有詞語並且未改變其原來意涵而成為新作中的意象。例如〈絹絲瀧──大屯山彙之三〉：「將松籟用亂針繡在雪般的白晝上」、「沒有河如此年青　年青得不堪舟楫」[15]。「松籟」即松樹的聲響，直用文言文。「舟楫」是名詞轉品為承載之意，小舟也不能承載，詩人不用白話卻用文言，古今互文的使用是使詩的節奏簡短，同時也造成詩中古典氣氛，又如〈驚夢（二）〉：「竟被一陣唇的接喋吞食了」[16]，「接喋」應該是「唼喋」之異體，嚼食的意思，此句應解為「被一陣唇的咀嚼吞食了。」直接引用古文之意義成為現代詩中一詞。又如〈醉溪流域（一）〉：「歲月期期艾艾地流過／那失耕的兩岸　正等待春汛而冬著」。[17]「期期艾艾」指的是一個人說話結巴[18]，把舊詞對說話的形容用在新的被形容物──歲月，無疑是詩人善於將古典的詞語隨手拈來，並創造新的詞境。「汛」是水流之貌，水順流無阻的樣子。《詩經・邶風・二子乘舟》：「二子乘舟，汛汛其景。」失耕的兩岸等待春天的流水來過，將啟動萬物生長的契機。又如〈驚夢（一）〉：

15　鄭愁予：《鄭愁予詩集 I 1951-1968》，頁 231。

16　鄭愁予：《鄭愁予詩集 II 1969-1986》，頁 197。

17　鄭愁予：《鄭愁予詩集 I 1951-1968》，頁 245。

18　「期期」一詞，是形容口吃。典出《史記・張丞相傳》，卷 96，西漢周昌有口吃，高祖欲廢太子，昌極力勸阻，說：「臣口不能言，然臣期期知其不可。陛下雖欲廢太子，臣期期不奉詔。」後用以形容人因口吃而發音困難，說話不流利。「艾艾」，說話結舌樣，三國時鄧艾患口吃，說話結巴不自然，每次說自己便稱艾艾，典出《世說新語・言語》。

山行一日

透溼的帆布衣應是風雨之歸帆

就乘著新霽的月色

懸在帳外的高處晾一晾吧

（《鄭愁予詩集 II 1969-1986》，頁192）

「山行一日」文言句型，「新霽的月色」，「新霽」指的是雨雪後初晴[19]，古人用來形容初雪之後的月色清亮如新。又如〈疊衫記〉：

一領單衫等著折疊

冬藏的日子近了

（《鄭愁予詩集 II 1969-1986》，頁262）

秋收冬藏是農業社會的生活形態，冬天來臨時把冬衣拿出，並將夏天的單衣收藏起來以待來年。這都是直接引用文言。

直接引用原文成為詩中的一部分，之後再將語意轉換為詩人的主題。如〈心上秋〉：「離人心上秋」[20]，又如直接引用古典詩詞，如〈秋分柳〉：

這樣涼白的細雨真像煞

心緒呢　是

剪著不斷的

理著還亂的

哎

髮長　隨它去吧

（《鄭愁予詩集 II 1969-1986》，頁6）

---

19 宋・蘇軾・病中大雪數日未嘗起觀虢令趙薦以詩相屬戲用其韻答之詩：「寒更報新霽，皎月懸半破。」紅樓夢・第三十七回：「前夕新霽，月色如洗。」

20 鄭愁予：《鄭愁予詩集 II 1969-1986》，頁29。

李煜〈相見歡〉:「無言獨上西樓,月如鉤,寂寞梧桐深院鎖清秋。剪不斷,理還亂,是離愁,別是一般滋味在心頭。」剪不斷的心愁是離別的愁緒。李煜詞中所寫的剪不斷理還亂的境界在離愁;鄭愁予直接引用原文,而略作修改為白話的「剪著不斷的／理著還亂的」套用前人的文句,並將之順利轉化為「髮」的意象,然而,古典的意象雖然把髮與思緒連結在一起,卻能在下一段把髮寫成:「髮長　挽起來也好／就挽成一座／覆霜的／新墳吧」(頁7)。髮的意象被似乎已讓剪不斷理還亂的詞義制約,詩人在剪不斷的髮與思緒中找到新的書寫方向,詩意一轉把長髮挽起,不再髮亂也不再心亂,但髮的挽起卻成了一座覆霜的新墳,把白髮喻成霜。髮之形體與覆霜之墳相合而成為新的譬喻,生命終結於一座墳,而髮亦然,則隱喻著煩惱絲亦如墳而死亡,不再煩心。

2 氛圍的互文

氛圍的互文是指直接以某個已經出現過的舊氛圍成為新的詩作中的一部分或全體。意象的群體組合塑造一個完整的詩的氛圍,透過完整的氛圍顯出詩作的特色與風格,此時則非切割詩句,而是一整段或是數段或是整首詩的全體所呈現的氛圍。

現代或傳統的切割往往無法絕然劃分,只能就比較而言,現代人的節奏較快,用詞上出現諸如電腦、PC、軟體、手機、等過去未曾出現的名詞,而古典的用詞與意象較之舒緩而延用許多古典的意象,如沙場、青石小城、門禁、歸甲……等。現代詩中可以用白話文取代的詞語就不再用文言的語詞,此一方面也因為白話文的發展到現代日益變化,而非五四運動以來的文言白話,另一方面也因為文言的語詞有些已無法因應現代生活與社會的狀況。

因此,就詩作而言,僅以整體呈現的古典氛圍或是現代氛圍也建

立在整體意象群的使用。如〈古南樓──大武山輯之三〉：

> 終日行行與此山的襟前
>
> 森林偶把天色漏給旅人的目
>
> 而終日行行　蕎抬頭
>
> 啊　那壓額的簷仍是此山冷然的坐姿

（《鄭愁予詩集 I 1951-1968》，頁236）

古詩十九首中的「行行重行行」的行路意象與現代的登山被結合在一起形成氛圍的互文，「旅人的目」其實可以寫成「旅人的眼睛」，鄭詩中類似此類的文言用語很多，已然成為語言特色，評家論者很多，在此不再贅述。而將古詩中的行路意象其中的詩句部分轉移到現代詩中，並添加許多現代的眼前的景象就成為鄭詩的特色，即在現代詩的寫作中運用了古典的意象氛圍。又如〈甬廊〉：

> 面對空寂的甬廊
>
> 我獨坐的胸腔悉如一尊石雕的
>
> 宮門　面向此一無出口無終止的
>
> 甬廊　兩側又有錯落相對而無可計數的
>
> 禁門喲
>
> 　　深鎖

（《雪的可能》，頁51）

此詩說明：「我在醫院獨坐，病室中友人彌留。我面向長的甬道，感覺時間沿廊而逝，惶然不知所以。」[21]作者在醫院的長廊中坐著，但其聯想的氛圍卻用「宮門」、「甬廊」、「禁門」的意象，宮禁之中的意

---

21 鄭愁予：《雪的可能》（臺北市：洪範書局，1985 年），頁 53。

象想像移轉到醫院之中，使醫院也蒙上古典而神秘的色彩。又如〈讀舊作竟不能自己〉：

> 三十未死，卻斑駁一如背負詩囊的唐馬
> 止在陳列的地方
> 活著
>
> 欲舉足走出秋風不及的水晶
> 窗⋯⋯草原，原是生長處
> 戰場，原是棄骨處
> 而三十未死，就是這麼斑駁地
> 活著

（《雪的可能》，頁19）

唐朝王翰〈涼州詞〉：「葡萄美酒夜光杯，欲飲琵琶馬上催；醉臥沙場君莫笑，古來征戰幾人回？」草原、戰場、棄骨處就是古代戰場之場景，這些戰爭氛圍帶來蕭瑟與悲涼，而詩人引用此戰爭意象的意思，用以書寫自己年過三十讀舊作之心情，感嘆悲涼一如斑駁的唐馬，在陳列的地方活著卻不在自由的場域奔馳。其中戰場意象的氛圍沿用古典詩中的氛圍。如〈六月〉

> 斜陽在大漠上返照
> 一水淺淺
> 而千行垂柳卻拂動
> 金色的砧聲
>
> 水城拱著七門

搗衣婦念著征人

七門後是驪山

令人想起

藍濛濛的長安

（《鄭愁予詩集 I 1951-1968》，頁275）

大漠的景象在唐朝征人的戰爭詩中常見，王維〈使至塞上〉：「大漠孤煙直，長河落日圓」、前述的李白〈子夜吳歌〉：「長安一片月，萬戶搗衣聲」。鄭詩的六月想起的是大漠、斜陽、離別的垂柳、砧聲、搗衣婦、征人、驪山、長安。古典詩的氛圍寫出一種古典的意象，其情感與語言卻是現代的。整體詩的氛圍透過古今的互文而融為一體。

（二）「奪胎換骨法」——古典理論的現代實踐

鄭愁予詩中的現代創造與古典轉換乃遊走於現代與古典之間。就傳統文學理論而言，此種手法未見前衛，宋代黃庭堅及其流派的主張，以「點鐵成金」、「奪胎換骨」法做為詩的寫作宗旨。黃庭堅〈答洪駒父書〉中說：

> 自作語最難，老杜作詩，退之作文，無一字無來處，蓋後人讀書少，故謂韓、杜自作此語耳。古之能為文者，真能陶冶萬物，雖取古人之陳言入于翰墨，如靈丹一粒，點鐵成金也。[22]

「點鐵成金」乃巧妙運用古人著作中的佳句，化為自己創作中的一部分，「陳言」入於文中，有如點鐵成金，有為文章加分的效果。江西詩派以黃庭堅為首，提倡對更古典的文學作品進行「奪胎換骨」法，做為當時的詩作之「創新」之用。惠洪《冷齋詩話》中說：「然不易

---

22 黃霖、蔣凡主編：《中國歷代文論選》（上海市：上海教育出版社，2007 年），頁 65。

其意而造其語，謂之換骨法；窺入其意而形容之，謂之奪胎法。」所
謂「奪胎」即沿用舊詩之意，而換以新詞；「換骨」則是沿用舊詞，
用來書寫當時新的情境。[23]此為江西詩派發現自唐以來詩之發展已到
瓶頸，無論在題材或是語詞上，難以超越古人，但又必須有所創發，
因此借古人之詞或意，賦予當時新的題材或是情感，轉化古人之寫作
內涵與形式，以走出自我嶄新風格。此是當時詩人的焦慮與苦悶所產
生的自闢蹊徑的方法。此「奪胎換骨」之法習古而有當時之新意，沿
古而自創一格，亦是寫作上的一派作風。此法所重在於「意」與
「詞」的使用，故分為二，其一為新詞與舊意，其二為舊詞與新意。

1 新詞與舊意

　　新詞舊意即為「奪胎」法，即透過已經出現過的作品中的某個意
念與想法，但以現代的白話文為主，卻書寫舊的意念與情感。如〈編
秋草〉：

> 試著，編織秋的晨與夜
> 像芒草的葉籜
> 編織那左與右，製一雙趕路的鞋子
>
> 看哪，那穿著晨與夜的，趕路的雁來了
> 我猜想，那雁的記憶
> 多是寒了的，與暑了的追迫
>
> 　　　　　　　　　（《鄭愁予詩集 I 1951-1968》，頁189）

---

23 成復旺、黃保真、蔡鍾翔著：《中國文學理論史》（北京市：北京出版社，1991 年），
　　頁 389。

此詩中的語言是現代的白話文，但書寫的趕路的情況，用芒草編織的草鞋是一雙趕路的鞋，那雁代表著魚雁往返的信息，沒有雁的訊息就沒有家人的訊息。古來離別與懷想，鄉愁的遊子想念家鄉的心情，古今皆然，但現代的鄭愁予能化用古典的語詞、白話的詩以書寫相同的情感，但嚴格說來，也許在抗戰的時期腳上穿的就是一雙芒草鞋，而雁也是古今皆有，所以雁的記憶來自集體的潛意識，沒有古今的差別。又如〈HOLOGRAM〉：

> 畫面聞聲墜地
>
> 只見那人的臉匯水成池
>
> 正是春風干卿底事的樣子（《雪的可能》，頁30-31）

此詩說明：「Hologram是利用光的反折原理製造多空間立體的幻象，好的作品，也隱然感到時間的流轉。」[24]此詩寫鏡子折射聯想起時間的流轉，人在其中便感嘆時光的流轉如此快速了。但古典的意涵中，「吹皺一池春水」其意為干卿底事？語出《南唐書・馮延巳傳》、《苕溪漁隱叢話》、《古今詞話》。皇帝問馮延巳：「『吹皺一池春水』，干卿底事？」延巳則巧妙地回答：「未若陛下『小樓吹徹玉聲寒』。」所謂「吹皺一池春水」表示與你何干，何必多管閒事？

　　鄭愁予此詩中寫的是時間與鏡子，但引舊意，鏡子化成了流水，那人的臉匯成的水池，雖被風吹皺，也一副事不關己的樣子。化用吹皺一池春水的舊意典故，但把水池寫成鏡子反折的人臉化成的流水，而此流水干卿何事？舊詞詞意不變但被現代白話與新的意象融而為一。

---

24 鄭愁予：《雪的可能》，頁 31。

2 舊詞與新意

舊詞新意即為「換骨」法。透過舊有的語詞但包裝成新的意涵，舊詞只是被利用來裝點新意的方法之一。即〈心上秋〉:「桂林　離愁甲天下／卻不見什麼山水」[25]化用「桂林山水甲天下」而切成桂林的離愁甲天下，卻不見山水，可見離愁之深之大已經超越山水。又例如對於「山」的意涵，〈山路〉一詩中說:

> 而空山
> 月亮昇起來聽見格格的笑聲（是貓頭鷹在訕笑永恆嗎？）
>
> 　　　　　　　　　（《鄭愁予詩集Ⅱ1969-1986》，頁205）

「空山不見人」、「空山新雨後」、「空山松子落」等，「空山」的意涵自古典詩意象的制約之後，常常是寧靜的，具禪意的意象，在此應是套用唐・韋應物的〈秋夜寄丘二十二員外〉:「山空松子落，幽人應未眠」[26]，松樹的松果成熟後會落下，所謂空山並非空空的山，而是寧靜到松子掉落都發出極大聲響的山間。空山比較起一般的山則在詩詞的互文中已經隱含著寧靜的意涵，在古典詩中以松果、人聲作為比較出空山的巨大聲響，但鄭愁予卻用月亮昇起聽見的格格笑聲打破空山的寧靜，同時將它拉長時間空間，讓「貓頭鷹訕笑永恆」，本是聲音而更加擴張詩意為時空中虛擬的無限永恆，此將舊詞原有的意涵更加擴大為新意，其意涵不但避免掉入古人的既有意義中，展開新的意涵較之更有藝術效果。又如，〈遠道〉一詩中說:

> 終不敢修書遺你

---

25 鄭愁予:《鄭愁予詩集Ⅱ1969-1986》，頁29。
26 韋應物:〈秋夜寄丘二十二員外〉此詩出自《全唐詩》，卷188。

　　　胡馬豈敢放羈向北

　　　只怕這信使飽飲泉水

　　　又恐射雕者引弓平向

　　　關塞黑阻牙石如戟

　　　終不敢修書遺你

　　　「思得瓊樹枝，以解長渴饑」

（《雪的可能》，頁15-16）

「思得瓊樹枝，以解長渴饑」語出《文選》，作者擬稱為蘇李詩，但其實作者未可考，此詩詩題為〈晨風鳴北林〉[27]最後二句，表達是懷想之意，「瓊樹」相傳生於崑崙流沙邊，花可以使人長生不老，「渴饑」形容相思情切。此句可解為詩人盼望得到所相思之人所贈的瓊樹枝，以解相思之苦，或者是詩人以瓊樹枝贈給所想之人，以希望對方身體康健如同長生，有著祝福之意。

　　鄭詩在此直接引用典故以表達詩人的相思與祝禱，整首詩以文言文寫成，現代詩的分行形式，但詩中意思與內容套用古詩十九首：「胡馬依北風，越鳥朝南枝」中渴望回鄉的心意一樣，而把對某個人或事的渴望，不敢寫信的原因，是怕戰火的阻撓使信永遠到不了收信人手中，所以最後只好以遙遠的祝福給予那個遠方的你。文中除了文言文的句子之外，把古詩中的典故與詩意透過現代詩的形式並在語言上的重新組合，把古典意象寫成了現代詩，其中鄉愁之意、祝福之意仍是套用古典詩中舊意，但將整首詩的詩旨轉為「不敢修書遺你」，

---

27 原詩如下：「晨風鳴北林，熠耀東南飛。願言所相思，日暮不垂帷。明月照高樓，想見余光輝。玄鳥夜過庭，彷彿能復飛。褰裳路踟躕，徬徨不能歸。浮雲日千里，安知我心悲。思得瓊樹枝，以解長渴饑。」

將舊詞的意涵轉化成為新的詩意。

　　鄭愁予的詩之所以有其無可模仿與取代之處在於他在傳統與現代之間遊走時，卻自創出新的詞意，其用意在新的看法與詮釋，例如〈節操的造型〉：

> 先前以為是牌坊的模樣
> 按經史冊證之
> 請命旌表是要花費銀兩的
>
> 燕巢總是築在
> 巍然區上，斜陽按時拂光
> 而細雨的洗濯卻是
> 不循班次。這也難說
> 照著史冊官札
> 賜爵　賜第　但賜藥之後則無
> 諡。無諡？形象何得而知

（《鄭愁予詩集Ⅱ1969-1986》，頁240）

此詩明顯以淺白文言文為主要書寫語言，題目為：「節操的造型」則表明「節操」是舊時代的產物，而「造型」是新時代的語言，以新的與舊的語詞結合，在於對舊時代產物的新詮釋。從詩的最後一段可以見出：

> 似乎無需前來竹林
> 發掘歷史
> 荀卿明明知道
> 歷史做得最多的事

是埋葬證人

（《鄭愁予詩集 II 1969-1986》，頁242）

詩人將文化制度下的節操觀念重新詮釋並以嘲諷闡發個人立場。節操本身沒有造型，詩人將之變成為造型的樣子，全詩雖以文言寫成，其整首詩的意思卻在重新釐清所謂「節操」的樣子。透過舊詞而轉化為新的詮釋意涵。

無論新詞或舊意，兩者橋接或是變造之後產生全然創新的意涵與意象，鄭愁予有些詩融合古今，而重新組裝之後變成他個人的詩，而這些詩卻是全新的白話，無論新舊融為一體而無法切割。例如〈山鬼〉一詩說：

山中有一女　日間在一商業會議擔任秘書
晚間便是鬼　著一襲白紗衣遊行在小徑上
想遇見一知心的少年　好透露致富的秘密給他
也好獻了身子　因為是鬼
便不落甚麼痕跡

山中有一男　日間在一學校做美術教員
晚間便是鬼　著一身法蘭絨固坐在小溪岸
因為是鬼　他不想做甚麼
也不要碰到誰

兩個異樣心思的山鬼我每晚都看見
所以我高遠的窗口有燈火而不便燃
我知道他們不會成親這是自然的規矩
可是，要是他們相戀了……

一夕的恩愛不就正是那遊行的霧與不動的岩石

（《鄭愁予詩集 II 1969-1986》，頁186-187）

季紅評此詩說：「此詩更為散文化，……作者似乎有意以此詩來實驗用說書體表現詩的可能。」[28]〈山鬼〉詩名套用屈原《離騷》十一篇中的第九〈山鬼〉，原是祭祀山神的祭歌，原作中多情的女山鬼在山中採靈芝，描寫神人之間的戀情，此山鬼亦正亦邪，充滿迷人而神秘的色彩。而在鄭愁予的詩中，山鬼轉換意涵，成為現代的秘書，寫現代社會中的男女生態。又如〈貓與紅葉〉一詩中說：

那貓，自窗之明臺一躍著地——
詩人來信了。
端午的青葉是重陽才戚戚而紅的，
這一聲問候比之夏天的嘩笑還綿長……

窗外猶憩著郵囊空了的雁，
那貓　竟把配弓從腰際張展，
是一介貴冑的踞坐讓你
生厭了嗎？而你的地址不是還在
終南山上嗎？星象說你傳位給庶子
遊獵的歲月便難免
酒多詩少，而卻用楓葉
寫信來了——

遠山的鳴鐘

---

28 季紅：〈鄭愁予「雪的可能」中的語言經營〉，頁211。

古道的辭歌

大風唱過了竟一飄而躍上膝頭，怎麼？

你收起弓來饒了雁啦！

卻為啥噙了尺魚就走

那可不是給你的回信哪，咪咪！

（《鄭愁予詩集Ⅱ 1969-1986》，頁86-87）

「魚雁往返」魚雙關為書信，魚的形象又轉化為現實中的魚，所以貓出現了，叼著魚的使命把貓的形象以現代的時空出現，而那代表書信的魚不但活在古代中，並且游到現代來了，時空的錯置是作者故意的意象跳盪，並透過語言上的聯想把古今的事物放在一起並且演一場魚與貓的追逐遊戲，這在古典的詩作中並無節奏與意象如此大之跳躍性，但在現代詩中卻以強大的張力把古今的聯結與錯接的意象變成新的意象與情節。從魚雁往返中形象化了魚與雁，用實物來代替之後在想像中將貓與魚之間的對立與發展演出一場似真若假的戲。

端午節是詩人節，詩人屈原來信，古與今的聯結從一開始便點出詩意。貓用來銜魚，而魚正是古代書信之稱，巧妙將貓與魚之間的追逐，貓對魚的渴望，現實中的貓與古代的書信的魚的虛擬製造成兩者之間的動作，融合虛與實、古與今，端午節詩人的來信被貓的無知噙走了，詩中形象鮮明。

貓「弓」著身子，弓是貓的身子形象化的描寫，也是貓對魚的世仇的對立，那隻貓好像在自導自演一齣戲，一會兒跳上作者的膝頭，一會兒收起弓著的身體，卻對那古典的「魚」，即書信有著強烈的好奇，所以「噙」著尺魚便走。魚的雙關義被貓的動作引出一場真實卻含著虛擬的情感的情境。貓噙魚是真實場景貓卻未必因為知道那是魚而噙，而魚是作者內心知道的典故，並非貓所認知的意義，而貓在現

實中把書信噙走，但在作者內心卻認知貓是把「魚」噙走，玩著雙關的文字遊戲是因為作者運用一個「典故」，從典故中引出許多有趣的情節與設想。此莫不是作者悠遊與古今語詞與情境中的典範。並透過語詞的知識而能將古今透過虛實交錯、古今同在的手法玩一首有著新意與古意的現代詩遊戲。而其中的奧妙與玄機就在讀者具有古典詩的基礎知識與文化涵養中所能體會的作者之深意了。

四　結論

　　本文試從西方文論中的「互文性」討論鄭愁予詩中古今語言與意象的互文，從語言的互文與氛圍的互文說明鄭詩互文性的可能。但互文的詳細運用與表現卻以傳統理論中的奪胎換骨法為要，因為江西詩派的黃庭堅早已將古今互用的方法以理論呈現，並視為詩派的宗旨，是以本文則用此法細分新詞舊意與舊詞新意二者，鄭詩延用古典語言及意象的方法已是定論，亦無疑義，本文所能做的就是在前人的研究基礎上試圖進一步解析出鄭詩的可能技巧與方法。

　　但鄭愁予的詩的價值不僅是在古法今用或是新意舊意的層次上面，而是他融鑄的功夫能將典故或切割或融化或者變造成為新的意涵，並能在舊意上因轉折與變造而產生新的創意，若以後結構主義而言，鄭愁予不僅僅是古典詩詞的讀者，透過「互文性」的歧義解讀舊詞，並將古典詩詞的內涵轉換並延展出新的詩意，這是鄭愁予詩之所以價值所在，互文性的寫作與閱讀能力引發讀詩，能體會其中浪漫而古典的氣息卻又能在現代人心中深植情感，引發共鳴的原因。本文只是就古今的技巧試圖找到軌跡與方式，不能道盡鄭詩中古今融用的法則，是一個切面的研究，也盡可能在此研究範疇中找到詳盡的解說，以此求教方家，敬請不吝指教。

參考文獻（依作者姓氏筆畫排列）

一　書籍

Julia Kristeva,"The Revolution in Poetic Language," in The Kristeva Reader, Blackwell.1986.

〔法〕于麗婭・克里斯特娃（Julia Kristeva）　《反抗的未來》　桂林市　廣西師範大學出版社　2007年

成復旺、黃保真、蔡鍾翔著　《中國文學理論史》　北京市　北京出版社　1991年

黃霖、蔣凡主編　《中國歷代文論選》　上海市　上海教育出版社　2007年

趙一凡、張中載、李德恩主編　李鐵編輯　《西方文論關鍵詞》　北京市　外語教學與研究出版社　2006年

鄭愁予　《雪的可能》　臺北市　洪範書局　1985年

鄭愁予　《鄭愁予詩集Ⅰ 1951-1968》　臺北市　洪範書店　1979年

鄭愁予　《鄭愁予詩集Ⅱ 1969-1986》　臺北市　洪範書店　2004年

二　期刊論文

季　紅　〈鄭愁予「雪的可能」中的語言經營〉　《文訊》　20期　1985年10月

孟　樊　〈浪子意識的變奏——讀鄭愁予的詩〉　《文訊》　30期　1987年6月

唐　捐　〈現代美典，古典詩意——鄭愁予《錯誤》導讀〉　《幼獅文藝》　598期　2003年10月

張梅芳　〈鄭愁予詩語言的構成物件及其技法〉　《當代詩學》　第
　　2期　2006年9月
蕭　蕭　〈情采鄭愁予〉　《國文天地》　13卷1期　1991年6月
鄭愁予　〈鄭愁予談自己的詩──鶴與寄〉　《聯合文學》　19卷11
　　期　2003年9月

「可寫的文本」遇上「生產性讀者」：
鄭愁予新詩「誤讀」初議

余境熹

一　引言

　　文學研究的論文很多是由介紹作家開篇的，但鄭愁予（鄭文韜，1933- ）本人及其詩名聞遐邇、震動華人世界，更流傳「不知鄭愁予者除非是文盲」之說[1]，而眾多評論家、詩人亦盛稱鄭氏詩藝之爐火純青、出類拔萃，楊牧（王靖獻，1940- ）的評價歷來多獲引述：「鄭愁予是中國的中國詩人，用良好的中國文字寫作，形象準確，聲籟華美，而且是絕對地現代的」，「對中國現代詩的發展史來說，愁予造成的騷動和影響是鉅大，不可磨滅的」[2]，而鄭氏自己歷述詩作的流傳與殊榮，則似乎比各種學院職銜的光環更教他津津樂道[3]：

　　（1）約莫每百二十名居民，即有一人持有《鄭愁予詩集》；

---

*　香港專業進修學校講師

1　林麗如：〈人道關懷的詩魂——專訪鄭愁予先生〉，收入蕭蕭（蕭水順）、白靈（莊祖煌）、羅文玲編著：《無常的覺知》（臺北市：萬卷樓圖書公司，2012 年），頁244。

2　楊牧：〈傳奇鄭愁予〉，收入蕭蕭、白靈、羅文玲編著：《愁予的傳奇》（臺北市：萬卷樓圖書公司，2012 年）頁 1、24。

3　鄭愁予（鄭文韜）：〈借序〉，《鄭愁予詩集 II》（臺北市：洪範書店，2004 年），頁 vii-viii。

（2）留學生與移居外國的華人往往攜《鄭愁予詩集》出洋，買
　　不到的甚至見一首即抄錄一首，海外場合常聞讀鄭愁予詩
　　長大的話；

（3）臺北《文訊月刊》1986年的問卷調查中，鄭愁予不獨為詩
　　類「最受歡迎作家」，其得票更多於張愛玲（張煐，1920-
　　95），為所有文類作家中得票最多的人；

（4）《文學家》雜誌與臺灣大學生問卷的結果，與《文訊》相
　　同；

（5）洪範書店出版「隨身讀」系列，鄭愁予詩集的銷售量與魯
　　迅（周樟壽，1881-1936）均等；

（6）臺北《中國時報》與花旗銀行合選「影響臺灣三十年的三
　　十本書」，《鄭愁予詩集》為唯一選入的詩集；

（7）《聯合報》選出五十年代的三十部文學經典，《鄭愁予詩
　　集》列為詩類「前茅」；

（8）九十年代初香港審定高中國文教科書，選入鄭愁予兩首
　　詩，與李白（701-62）並列；

（9）臺灣自1997年起亦選用鄭愁予詩為高三國文課本教材。

　　因鄭氏超卓的文學表現，其詩早已受文壇、學界之高度關注，研
論成果可謂相當豐碩；為免重複前此的學術勞動，因此將並述鄭愁予
詩容許讀者介入的特性，以及主動介入之讀者如何在解構主義的指引
下試作別開生面的「誤讀」，以求為鄭氏的詩篇提供一種嶄新的閱讀
可能。

二　可寫的文本：鄭愁予詩的「空白」類型

在研閱詩、散文、小說等各種文本時，筆者曾提出關於「接收延緩」的構想，認為「互文」、「詩化」及「空白」為文本延宕讀者想像的主要手段[4]。「空白」指文本出現裂縫，可供讀者介入其中，如運用想像進行填補、進一步思索或理解出不同版本等[5]。由於「空白」的理念在西方文論中多與分析小說相關，移用至新詩欣賞，偶有扞格枘鑿，需作調整，以使討論更中肯綮，亦便利學習「空白」技法者得其門而入。

在析論小說時，「空白」大概可由使用（1）外聚焦型視角；（2）中斷；（3）語義空白；（4）邏輯空白；（5）非時序等數種方法造成。借用上述五端對照鄭愁予詩，配合文類的體式，可證鄭氏允為設置「空白」的能手，進而有助於掌握其容許讀者參與文本的謀篇特色。

使用「外聚焦型視角」，即敘述者只講各種外部情景，如角色的容貌衣著、環境的裝飾擺設等，而不及人物的心理活動或敘述者自身的評論，故描述的「動機」是留白了的，這在偵探小說裡最常見到[6]。

4　如可參考拙著：〈司・空・圖：蕭蕭現代詩之美學研究──「接收延緩」詩學系列之一〉，收入《簡約書寫與空白美學：蕭蕭新詩論評集》（臺北市：萬卷樓圖書公司，2011 年），頁 269-93；〈大愛傳彌遠，足音響未已：黃河浪散文的接收延緩美學試論〉，《東亞細亞文化研究中心學術叢刊》1 期（2011 年），頁 15-30；〈從巴特詮釋代碼到俄國形式主義的延緩論述：池莉《猜猜菜譜和砒霜是做甚麼用的》的敘事和結尾〉，《韓中言語文化研究》29 期（2012 年），頁 179-212。

5　沃夫爾岡・伊瑟爾（Wolfgang Iser），金惠敏等譯：《閱讀行為》（The Act of Reading: A Theory of Aesthetic Response）（長沙市：湖南文藝出版社，1991 年），頁 249-51。

6　林明玉：〈淺論小說敘事視角的雙重功能〉，《漳州師範學院學報（哲學社會科學版）》1 期（2006 年），頁 58。

鄭愁予全篇使用「外聚焦型視角」之作,如有〈客來小城〉[7]:

> 三月臨幸這小城,
> 春的飾物堆綴著……
> 悠悠的流水如帶:
> 在石橋下打著結子的,而且
> 牢繫著那舊城樓的倒影的,
> 三月的綠色如流水……。
>
> 客來小城,巷閭寂靜
> 客來門下,銅環的輕叩如鐘
> 滿天飄飛的雲絮與一階落花……

全詩只寫了人物的動作如「臨幸」小城、輕叩銅環,以及小城的各種景物,如流水、石橋、城樓、巷閭、雲絮、落花等,主人翁的心情如何,卻不得而知,讀者只能憑「寂靜」和種種變衰景物的暗示,按己意析說敘述主體的心境,至於造成敘述主體如此心情的原因,更全賴讀者自行想像、填補,其詮釋空間應是無窮無盡的。

　　「中斷」指破除敘事的完整性結構,對人物、事件的結局暫不作交代或索性不交代[8]——暫不交代即構成「懸念」,而不交代則容易造成「開放式結尾」,前者能誘使讀者在結尾之前多作思索,後者則引導其自行延續故事,均具阻緩接收的功效。由於小說篇幅一般較長,「懸念」的施行具備充足的空間,但漢詩因多是短章,「懸念」的設

7　鄭愁予:《鄭愁予詩集 I》,第 2 版(臺北市:洪範書店,2011 年),頁 9。

8　羅蘭・巴特(Roland Barthes),屠友祥譯:《S/Z》(*S/Z*)(上海市:上海人民出版社,2000 年),頁 158。

置有其限制，鄭愁予卻仍亮麗地寫出相關的典範，如〈山鬼〉[9]：

> 山中有一女　日間在一商業會議擔任秘書
> 晚間便是鬼　著一襲白紗衣遊行在小徑上
> 想遇見一知心的少年　好透露致富的秘密給他
> 也好獻了身子　因為是鬼
> 便不落甚麼痕跡
>
> 山中有一男　日間在一學校做美術教員
> 晚間便是鬼　著一身法蘭絨固坐在小溪岸
> 因為是鬼　他不想做甚麼
> 也不要碰到誰
>
> > 兩個異樣心思的山鬼我每晚都看見
> > 所以我高遠的窗口有燈火而不便燃
> > 我知道他們不會成親這是自然的規矩
> > 可是，要是他們相戀了……
> > 一夕的恩愛不就正是那遊行的霧與不動的岩石

讀首兩節，卻以為講的是山中一男一女朦朧迷離的愛情故事，而神女有心，襄王無夢，至詩的最後一行，真相方才揭露，「男」的原來是「不動的岩石」，「女」的則是「遊行的霧」，反觀首兩節以「著一襲白紗衣」、「不落甚麼痕跡」形容霧，以「固坐在小溪岸」、「不想做甚麼」等來形容岩石，「在一商業會議擔任秘書」概指打呵欠時噴出「霧」氣，「在一學校做美術教員」則指「岩石」為寫生之對象，描

9　鄭愁予：《鄭愁予詩集 II》，頁 186-187。

述皆恰如其分。由於將真相延至最後才講，前面的文字皆為佈局，讓讀者在釋讀上「誤入歧途」，大大開拓了文本的想像空間。

至於「開放式結尾」，鄭愁予詩中可謂俯拾皆是，如〈談禪與微雨〉末數行：「這種只適合散步七分鐘的雨／少了　不夠潤／多了便是瀝／所謂禪　微雨行到六分鐘的時候／也許就絲絲……絲絲地悟到了……」[10]其實並未具體向讀者傳達禪的意涵，卻用省略號結止有關思索，任其像未解甚至愈顯模糊的謎團懸置；〈野店〉[11]則只截取人物的某段行動、經歷，對其終局未有仔細交代，其結句為：「有人交換著流浪的方向……」說天涯眾客的漂浪不止，則他們在曠野中幻見的「一個朦朧的家／微笑著……」是否能有安然歸去的一天，實在不得而知[12]。除以省略號終篇外，鄭愁予亦不時在詩篇之末遺下問句，像〈淵居〉[13]、〈棄筆〉[14]、〈蘭亭序註〉[15]皆以「又當如何」作結，戛然而止，給讀者頗多反覆思索的地步。

除「外聚焦型視角」及「中斷」的運用外，鄭愁予詩亦多見「邏輯空白」的運用，常能挑戰邏輯學的「不矛盾律」[16]，將相互衝突的情緒、情景同時並置，製造悖論，令讀者深入思索概念間的裂縫該如

---

10 鄭愁予：《鄭愁予詩集 II》，頁 17-18。

11 鄭愁予：《鄭愁予詩集 I》，頁 22-23。

12 丁旭輝（1967- ）曾討論鄭愁予詩使用省略號的功能，見〈讓《錯誤》更美麗〉，蕭蕭、白靈、羅文玲編著：《〈錯誤〉的驚喜》（臺北市：萬卷樓圖書公司，2012 年），頁 98-101。

13 鄭愁予：《寂寞的人坐著看花》（臺北市：洪範書店，1993 年），頁 94-95。

14 鄭愁予：《寂寞的人坐著看花》，頁 96-97。

15 鄭愁予：《寂寞的人坐著看花》，頁 98-99。

16 張清宇主編：《邏輯哲學九章》（南京市：江蘇人民出版社，2004 年），頁 194；張智光：《邏輯的第一本書——生活一切智慧的根源》（臺北市：先覺出版公司，2003 年），頁 28-36。

何消弭、達致融合，從而達致對文本的參與[17]。舉例來說，鄭愁予詩如〈烤羊腿的程式〉[18]裡謂：「一排掛著的羊腿／如白玉雕刻的／裸肩的觀音／卻入定　以大悲接受／火刑的順序」，其中吃肉與佛教的聯想並不般配，享受美食又與接受火刑的大悲相反，然則敘述主體是為烤羊腿一事感到快活呢還是感到愧疚？還是兼而有之？讀者可憑個人感受，參與詮釋[19]。另外，〈臺北街樓就像我的書架〉[20]最末節說：「臺北沿街過淑女／就像書緣上／匆匆作者的名字／情緣情緣君子一瞥／卻引發無盡之遐思」，「一瞥」與「無盡」固然互相對立，而「遐思」又豈與一般人心中的「君子」形象全然應和？更深一層看，鄭愁予在同詩第二節寫下「欣讀市招猶勝時下的詩句」，對時下著書的「作者」似乎不太青睞，若將「淑女」喻為「書緣上／匆匆作者的名字」，其褒、貶意味亦必展現出分歧[21]。凡此種種，均可見〈臺北街樓就像我的書架〉裡充滿悖論，頗耐讀者思索、詮解。至於像〈俯拾〉[22]的「而這歇著的大提琴／卻是世間最智慧的詞令者／對著偶來的人，緘默──。」並置擅於辭令與緘默無言；〈寂寞的人坐著看花〉[23]「擁懷天地的人／有簡單的寂寞」含渺小於壯闊[24]；〈錯誤〉[25]中「我達達的

---

17 William Empson, *Seven Types of Ambiguity*, 2nd ed.（London: Chatto and Windus, 1949）176；Cleanth Brooks, *The Well Wrought Urn: Studies in the Structure of Poetry*（New York: Reynal & Hitchcock, 1947）17；趙忠山、張桂蘭：〈文學空白類型及其意蘊〉，《齊齊哈爾師範學院學報》4 期（1998 年），頁 43。

18 鄭愁予：《寂寞的人坐著看花》，頁 84-85。

19 高宜君：〈《寂寞的人坐著看花》中的禪思詩評析〉，《無常的覺知》，頁 210-11。

20 鄭愁予：《寂寞的人坐著看花》，頁 140-41。

21 Empson 155。

22 鄭愁予：《鄭愁予詩集 I》，頁 34-35。

23 鄭愁予：《寂寞的人坐著看花》，頁 120-21。

24 潘麗珠：〈豪華落盡見真淳──鄭愁予《寂寞的人坐著看花》〉，《無常的覺知》，頁 49-50。

25 鄭愁予：《鄭愁予詩集 I》，頁 8。

馬蹄是美麗的錯誤」以人見人愛的「美麗」形容人皆趨避的「錯誤」，皆是以矛盾概念擦出悖論，令讀者思緒徘徊，細加尋味[26]——這與「外聚焦型視角」、「中斷」等促人思考角色心理、延續故事之作用不同，使「空白」造成的延宕情景更為複雜而豐富。

　　讓詩文本帶來的延宕更為出彩的，尚有「語義空白」的設置及「非時序」的應用。所謂「語義空白」，乃借助語詞的複義或含糊性，令讀者反覆咀嚼、思考詞句的意思，有時甚至會給予讀者讀出絕然相異的詮釋版本的可能[27]。在利用複義方面，鄭愁予詩裡如有〈燕雲之四〉[28]的「春來，學生們就愛敲敲打打／居庸關那些大大方方的磚……」其中「大大方方」既可解作從容自然，用於把牆磚擬人化，也能簡單地用來描述磚塊的體積與形狀；又如〈燕雲之五〉[29]：「那些年　官闈的景致是眉筆畫的／畫眉喲　唱遍了酒樓」，當中「畫眉」是鳥名，但如配合上句的「眉筆」，似又能用來借代女子——確實，「唱遍了酒樓」的無論是雀鳥抑或美人，皆富雅趣，。有時，鄭愁予詩也以所指不明的文字，為讀者留下「空白」，如〈天窗〉[30]有：「而在夢中也響著的，祇有一個名字／那名字，自在得如流水……」由於沒有述明思念的對象是誰，「那名字」的含義就變得模糊，當然，這應能為讀者提供更多自行代入的空間。

　　另一方面，「非時序」即不按事件的時間順序來講述故事，在彈性跳接中折斷線性時間，形成裂隙，需由讀者在腦中自行重組因果先後[31]。這一手法，較常見於小說與戲劇，漢詩則因篇幅較短，截取描

---

26 楊牧 5-6；楊鴻銘：〈鄭愁予《錯誤》析評〉，《〈錯誤〉的驚喜》，頁 40。

27 Empson 48, 102；趙忠山、張桂蘭：〈文學空白類型及其意蘊〉，頁 43。

28 鄭愁予：《鄭愁予詩集 I》，頁 217。

29 鄭愁予：《鄭愁予詩集 I》，頁 218。

30 鄭愁予：《鄭愁予詩集 I》，頁 120。

31 胡亞敏：《敘事學》，第 2 版（武漢市：華中師範大學出版社，2004 年），頁 74-75。

述的時段也較為集中，除應用較受限制外，也一般沒能製造十分混亂的時間線索，故其延宕、誘使讀者參與文本的效果在新詩裡未見普遍、明顯。作為參考，鄭愁予的〈寧馨如此〉[32]和〈從考場的窗子向外望〉[33]具有一定的「非時序」表現，前者的敘事主體在飯後放飛思維，幻想出「一個唐代雍容的女子」正襟危坐著讀信，時間由當下跳接回古代，但寫到女子的活動空間時，景物又將時間線牽回當下，如提及立燈等，而「並未植梅　並未燃麝的四隅」也似是敘述主體休息的客廳；後者的當下場景是正在進行考試的考場，因老師「閒著」，心中便回憶起戰亂時流離轉徙的往事來，令敘述有了時間維度的曲折。曲折的時間令線性的敘述有了裂縫，往昔與現在的重新融合便成為讀者需要花費思維重組的功課了。

　　以上數段，單獨來看，可視為一篇分析鄭愁予新詩「空白」的大綱，或作為探討鄭詩「接收延緩」技法的一個環節（鄭愁予新詩的「互文」與「詩化」，皆有非常值得細析之處）。在此次研論中，則主要為說明：鄭愁予詩因其「空白」設置之多種多端，乃羅蘭・巴特（Roland Barthes, 1915-1980）術語裡「可寫文本」（能引人寫作者，le *scriptable*, writerly）的範例，具有充足的條件，能誘使讀者介入其中，進行再創造和再生產[34]。

32　鄭愁予：《鄭愁予詩集 II》，頁 2-3。

33　鄭愁予：《寂寞的人坐著看花》，頁 192-94。

34　羅蘭・巴特（Roland Barthes），屠友祥譯：《S/Z》（*S/Z*），56-57。楊四平亦曾討論鄭愁予詩的「可寫性」，認為其有助意義的明顯生長，使文本達致經典化和大眾化，見〈談談鄭愁予《錯誤》的「可寫性」〉，《〈錯誤〉的驚喜》，頁 181-85。另參考 Lawrence D. Kritzman, "Barthesian Free Play," *Yale French Studies* 66 (1984): 200; Joseph Margolis, "Reinterpreting Interpretation," *The Journal of Aesthetics and Art Criticism* 47.3 (1989): 243。

三　生產性讀者：「誤讀」鄭愁予的詩

　　巴特除「可寫文本」與「可讀文本」（能引人閱讀者，le *lisible*,
readerly）──指「封閉的、總體性的、無機可乘的文本」[35]──這對
相峙的概念外，亦提出對「消費性讀者」與「生產性讀者」的看法，
認為後者為「理想的讀者」，擁有非常強烈的參與意識，會回絕文本
顯明的可理解性，而把文本視為再生產的材料，在閱讀中藉由個體的
詮釋，闡發文本所可包含的多重意義[36]。可以說，即使作品呈現為
「可寫文本」，若沒有「生產性讀者」的積極配合，其意義的發揮仍
會受限。

　　茨維坦‧托多羅夫（Tzvetan Todorov, 1939-　）曾說，當代的文學
詮釋已不能以「準確」為旨歸[37]，卻不妨轉移焦點，以追求激越、豐

35　汪民安：《誰是羅蘭‧巴特》（南京市：江蘇人民出版社，2005 年），頁 163。

36　羅蘭‧巴特（Roland Barthes），屠友祥譯：《S/Z》（*S/Z*），頁 51、53、56。並參考胡
　　亞敏 204-05；方珊：《形式主義文論》（濟南市：山東教育出版社，1999 年），頁
　　273。

37　作為參考，茱莉亞‧克莉斯蒂娃（Julia Kristeva, 1941-　）的「互文性」理論曾指並
　　無所謂原初性的文學文本，認定任何文本皆像鑲嵌畫般，必然是在生產過程中吸納
　　並轉化先前的文本，是依賴於其餘存有者及其釋義規範方得以書寫的；由於書寫的
　　基礎乃文化的累積，一個文本與其餘文本存有的「互文」關係，有時並不為作者自
　　己所意識，故以作者意志為詮釋的向度，並不能滿足對文本文化內涵進行開掘的要
　　求。詳見 Julia Kristeva, "Word, Dialogue and Novel," *Desire in Language: A Semiotic
　　Approach to Literature and Art*, ed. Léon S. Roudiez, trans. Thomas Gora, Alice Jardine
　　and Léon S. Roudiez (New York: Columbia UP, 1980) 66；並參考王光利、徐放鳴：
　　〈互文性與比較詩學視域的融合〉，《揚州大學學報（人文社會科學版）》12 卷 3 期
　　（2008 年），頁 93。與此相似，安納‧杰弗遜（Ann Jefferson）論說了文本無法擺
　　脫外在因素如體制和規範之影響，否定了其具有確切意義之可能。見 Ann Jefferson,
　　"Intertextuality and the Poetics of Fiction," *Comparative Criticism: A Yearbook*, ed. Elinor
　　Shaffer, vol.2 (London: Cambridge UP, 1980) 235-36。另外，哈羅德‧布魯姆（Harold

富、具趣味的再創造為目標[38]。確實，「生產性讀者」有了積極創造、主動投入的意願，當代的文化理論亦提供多種資源，供其放膽開拓新的詮釋可能，如沃夫爾岡・伊瑟爾（Wolfgang Iser, 1926-2007）關注「閱讀反應」[39]，雅克・德里達（Jacques Derrida, 1930-2004）強調「重述性」[40]，吉爾・德勒茲（Gilles Deleuze, 1925-95）與費利克斯・瓜塔里（Felix Guattari, 1930-92）揭櫫「分裂分析」[41]等，各個詮釋者實可按自身的能力、背景、經驗和興趣導出異彩紛呈的詮釋結論，對同一文本作無量無數的理解[42]。

　　筆者提出的「誤讀詩學」即以解構理論為指導，旨在顛覆能指結

Bloom, 1930- ）專門提出「互詩性」的理論，指認以文字書成的每一首詩都必將建構出牽涉到文本外的、更廣闊的語言網絡，以致作者自身對文本設下的釋義框架，最終亦必無法妥善保障詮釋的獨一性和真確性，其結果是令作者與單一的文本皆無法自足地存在於文學作品的析讀之中。詳見 Harold Bloom, *Poetry and Repression: Revision from Blake to Stevens* (New Haven: Yale UP: 1976) 2-3; Jonathan Culler, "Presupposition and Intertextuality," *The Pursuit of Signs: Semiotics, Literature, Deconstruction* (London; New York: Routledge, 2001) 107。

38 Tzvetan Todorov, *Introduction to Poetics*, trans. Richard Howard (Minneapolis: U of Minnesota P, 1981) xxx.

39 沃夫爾岡・伊瑟爾（Wolfgang Iser），金惠敏等譯：《閱讀行為》（The Act of Reading: A Theory of Aesthetic Response），頁 207。

40 Jacques Derrida, "Signature Event Context," *Glyph* 1 (1977): 172-97.

41 吉爾・德勒茲（Gilles Deleuze）著、劉漢全譯：〈與費利克斯・加達里關於《反俄狄浦斯》的談話〉（"Gilles Deleuze and Felix Guattari on *Anti-Oedipus*"），《哲學與權力的談判——德勒茲訪談錄》（*Negotiations*）（北京市：商務印書館，2000 年），頁 26。

42 樊寶英：〈論文學的「誤讀」接受〉，《江海學刊》3 期（1999 年），頁 184；常娟：〈試論「誤讀」在學界的被誤用〉，《海南大學學報人文社會科學版》27 卷 4 期（2009 年），頁 443。但當論述完全脫離文本時，則較難歸類為「詩研究」，參看 Yanfang Tang, "Cognition or Affective Experience: Theory and Practice of Reading in Chinese and Western Literary Traditions," *Comparative Literature* 49.2 (1997): 156；徐克瑜：〈論文學的「誤讀」接受〉，《隴東學院學報》20 卷 6 期（2009 年），頁 16-17。

構穩定、意義單一的假設，趨向多元釋義，發掘文本內外無窮無盡的所指[43]，爾來已就周夢蝶（周起述，1921- ）、陳夢家（1911-66）、商禽（羅顯烆，1930-2010）、陳映真（陳永善，1937- ）、張默（張德中，1931- ）、唐文標（謝朝樞，1936-85）等人之作發表刻意與作者意圖離水萬丈的專論，相關研究摘要，可見如下表[44]：

		研閱文本	內容撮要
新義	1	周夢蝶「月份詩」八首[45]	周夢蝶身材瘦小，以「苦吟詩僧」聞名[46]。筆者反其道而思，以「元素詩學」及「內在英雄」論說指認周氏八首「月份詩」可能蘊含的「英雄成長」主題，並把八個文本合成組詩觀照[47]。
	2	陳夢家《夢家詩集》[48]	陳夢家嘗自言雖不信教，但因受篤信基督的父親陳金鏞（1868-1939）影響，終生不敢批評基督教[49]。筆者取陳夢家與基督教的聯繫為切入點，提出《夢家詩集》諸作可按「對基督信仰的回應」來進行新詮[50]。

---

43 張錯（張振翱）：〈解構〉，《西洋文學術語手冊——文學詮釋舉隅》（臺北市：書林出版公司，2005 年），頁 71。

44 列表引用自余境熹：〈沒有一朵雲需要國界：白靈「五行詩」VS 阿茲特克史——誤讀詩學系列之六〉，《臺灣詩學學刊》18 期（2011 年），頁 177-78。

45 周夢蝶（周起述）：《還魂草》（臺北市：文星書店，1965 年），頁 21-36。

46 劉永毅：《周夢蝶：詩壇苦行僧》（臺北市：時報文化出版公司，1998 年）。

47 余境熹：〈水火融合與魔法師之路：周夢蝶八首「月份詩」的「解／重構」閱讀〉，收入黎活仁、蕭蕭、羅文玲主編：《雪中取火且鑄火為雪：周夢蝶新詩論評集》（臺北市：萬卷樓圖書公司，2010 年），頁 369-414。

48 陳夢家：《夢家詩集》（北京市：人民文學出版社，2000 年）。

49 陳夢家：〈青的一段〉，《夢甲室存文》（北京市：中華書局，2006 年），頁 89-113。

50 牧夢（余境熹），〈文學「誤讀」：信仰向度釋《夢家詩集》〉，《文學評論》11 期（2010 年），頁 31-40。

開源	1	商禽《商禽詩全集》[51]	商禽直言因是在傳統教育底下成長，不能接受「西方的」基督宗教[52]。筆者乃取傳統哲思中重要的一環——先秦儒學為切入點，討論商禽現代詩可能蘊含的文化內涵[53]。
	2	陳映真〈哦！蘇珊娜〉[54]	陳映真因父親傳授及大量閱讀西洋文學而獲得了對基督宗教的深刻認識，其作品時有基督精神之表現，早有定論[55]。筆者另闢蹊徑，論述「聖經後典」（Apocrypha）《蘇姍娜傳》（Susanna）與陳氏短篇〈哦！蘇珊娜〉的相反之處，試圖論證後者可能的所受影響及所刻意逆反的表現[56]。
比照	1	張默「臺灣詩帖」[57]	張默最為學界認識者，當為與洛夫（莫洛夫，1928- ）、瘂弦（王慶麟，1932- ）共同創辦詩雜誌《創世紀》。筆者放大此一對張氏的認識，拉攏似乎無可以比較處的文本，以《創世紀》（Genesis）乃至整部基督教「聖經」（the Holy

---

51 商禽（羅顯烆）：《商禽詩全集》（新北市：INK 印刻文學生活雜誌出版公司，2009年）。

52 商禽、孟樊（陳俊榮）：〈詩與藝的對話——現代詩創作與理論的鴻溝〉，《創世紀詩刊》107 期（1996 年），頁 51-60。

53 余境熹：〈商禽詩與先秦儒學的互文聯想——「誤讀」詩學系列之三〉，「兩岸三地華文教學研討會」，廈門大學、香港大學、天主教輔仁大學、復旦大學、明道大學、修平技術學院聯合主辦，廈門大學，2010 年 4 月 3 日。

54 陳映真（陳永善）：〈哦！蘇珊娜〉，《唐倩的喜劇》（臺北市：洪範書店，2001 年），頁 75-85。

55 裴爭：《孤獨的風中之旗——論臺灣當代作家陳映真》（濟南市：山東師範大學中國現當代文學系碩士論文，2003 年），頁 7；徐紀陽：《穿越歷史的後街——論陳映真文學寫作中的政治敘事》（汕頭市：汕頭大學碩士論文，2006 年），頁 9-12。

56 余境熹：〈陳映真《哦！蘇珊娜》與聖經後典《蘇姍娜傳》的互文聯想——「誤讀」詩學系列外篇之一〉，《韓中言語文化研究》25 期（2011 年），頁 385-410。

57 張默（張德中）：《獨釣空濛：第一部旅遊世界之詩與攝影合集》（臺北市：九歌出版社，2007 年），頁 26-102。

			Bible）為參照，提出讀張默「臺灣詩帖」的一種新可能[58]。
	2	唐文標《平原極目》上卷[59]	唐文標在1985年逝世，同年年底，「後設小說」在臺灣文學史隆重登場。以臺灣後設小說，包括黃凡（黃孝忠，1950- ）、張大春（1957- ）等人之作為參照，竟可發現唐氏《平原極目》上卷具備了該文類的多種特點，若當作後設小說來欣賞，亦可一新耳目[60]。

　　另外為將有關詮釋理念加以普及化，筆者亦以通俗文字撰成「誤讀」蕭蕭（蕭水順，1947- ）、杜十三（黃人和，1950-2010）、白靈（莊祖煌，1951- ）、陳義芝（1953- ）、雲朵（李翠瑛，1969- ）、成碧（1975- ）、楊寒（劉益州，1977- ）詩作的短論多則，預計陸續發表，其比讀題材涉及歷史文化、電子遊戲，陽春白雪與下里巴人共冶一爐，從實踐的嘗試逐漸確立了「誤讀」新詩的可行性。

　　由於「誤讀」旨在發揮創意、給予讀者全新的閱讀經驗，其闡述出來的版本愈出格，則應該愈具示範作用——如白靈《五行詩及其手稿》[61]頗富中國色彩，則逕以阿茲特克史事比照之；陳義芝的〈手

---

58 余境熹：〈張默的《創世紀》（Genesis）——「聖經」反照中的「臺灣詩帖」（「誤讀」詩學系列之五）〉，收入蕭蕭、羅文玲主編《生命意象的霍霍湧動——張默新詩論評集》（臺北市：萬卷樓圖書公司，2011年），頁245-79。

59 唐文標（謝朝樞）：《平原極目》（臺北市：寰宇出版社，1973年），頁3-100。

60 余境熹：〈唐文標的後設小說：《平原極目》上卷「誤讀」〉，「錢鍾書、唐文標、林煥彰與兩岸四地文學現象國際研討會」，北京師範大學珠海分校中文系、香港大學、廈門大學、澳門大學、徐州師範大學、南華大學文學院、明道大學中文系、修平技術學院聯合主辦，北京師範大學珠海分校，2011年4月23日。

61 白靈：《五行詩及其手稿》（臺北市：秀威資訊科技公司，2010年）。

稿〉[62]，得引申為金庸（查良鏞，1924- ）《連城訣》的詩化版本——
在為鄭愁予詩選擇比讀對象時，筆者試從動漫著眼，而竟擬以尾田榮
一郎（ODA Eiichirō, 1975- ）風靡全球的漫畫《航海王》（*One
Piece*）進行「誤讀」。

若尋索此一選擇的「助緣」，則尚有以下數端：

（1）於網絡瀏覽，發現二〇〇七年鄭愁予曾接受媒體訪問，縱
論海上風雲，並特別以「羅曼蒂克」形容海盜，看法正面，而《航海
王》又譯《海賊王》，圍繞夢想成為「海賊王」的蒙其‧D‧魯夫
（モンキー‧D‧ルフィ）開展故事，極為熱血，應與鄭氏的海盜想
像相類似。下附鄭氏受TVBS訪問之新聞截圖——

（圖一）鄭愁予：「海盜是一個很羅曼蒂克的。」[63]

---

62 陳義芝：《邊界》（臺北市：九歌出版社，2009 年），頁 68-69。

63 照片由楊子毅拍攝，出自廖雅玉：〈「海盜很浪漫」 鄭愁予為先祖平反〉，《TVBS
新聞》，2007 年 12 月 20 日，http://www.tvbs.com.tw/news/news_list.asp?no=yehmin2
0071220192741。

（2）《航海王》於日本本土的銷售量至二〇一二年已突破二億
八千萬部，雖屬通俗文化產物，但論受歡迎程度，應不致和鄭愁予已
成經典的詩存在落差。另外，鄭愁予的海洋詩篇量多質精[64]，或許即
為漢語新詩界「航海王」名銜的得主，故以「航海王」與鄭氏並置，
亦應具正面的雙關義。

（3）有幸與聞明道大學國學研究所、彰化縣政府文化局與湖北
省海峽兩岸交流促進會等聯合主辦、在彰泰中學舉行之「詩歌的太
陽——兩岸屈原文化交流詩會」，乃動思若與中小學生打開新詩的話
匣子，可望借助漫畫等通俗材料；在彰泰中學附近的便利店，又發現
商品諸如快熟麵、飲用水、零食、果汁等，皆有刷上《航海王》角色
圖案以作招徠者，可見《航海王》在臺灣的流行程度，於是更相信比
讀《航海王》故事與鄭愁予詩，或不無裨於向文學閱讀漸少的一代介
紹經典作品。

　　因緣和合而生，試作初議，本文茲先選「船長的獨步」一輯裡
〈貝勒維爾〉[65]及〈水手刀〉[66]兩篇細作闡析，以為鄭愁予與《航海
王》「誤讀」系列的簡單示範，供稍後有關研論之全面展開預設基
礎。

（一）〈貝勒維爾〉作為唐吉訶德・多佛朗明哥的訓話

　　鄭愁予〈貝勒維爾〉的首節可視作《航海王》303話唐吉訶德・
多佛朗明哥（ドンキホーテ・ドフラミンゴ）斥責貝拉密（ベラミ
ー）一幕的詩化演繹——只要將〈貝勒維爾〉的敘事主體認定為唐吉
訶德，而以「你」（貝勒維爾）代表貝拉密。茲先錄〈貝勒維爾〉全

---

64 廖祥荏：〈船長的獨步——鄭愁予海洋詩評析〉，《無常的覺知》，頁 83-89。

65 鄭愁予：《鄭愁予詩集 I》，頁 72-73。

66 鄭愁予：《鄭愁予詩集 I》，頁 74。

詩如下：

> 你航期誤了，貝勒維爾！
> 太耽於春深的港灣了，貝勒維爾！
> 整個的春天你都停泊著
> 說要載的花蜜太多，喂，貝勒維爾呀：
> 貿易的風向已轉了……
> 大隊的商船已遠了……
>
> 陸地和海搶去所有的繁榮
> 留這一涯寂寞給你
> 今年五月的主人，不是繁花是戰爭
> 你那升火的漢子早已離去
> 貝勒維爾呀，哎，貝勒維爾：
> 帆上的補綴已破了……
> 舵上的青苔已厚了……

　　《航海王》中，身為「王下七武海」之一的大海賊唐吉訶德常強調「新時代」即將來臨，聲言為迎接勢不可擋的新挑戰，必須先做妥萬全的準備；因此，能否掌握時代脈絡、把握時機，便成為唐吉訶德衡量部下的重要指標，對於落後者、耽誤者，他常是不能容忍且無情的。

　　讀者在〈貝勒維爾〉的開篇就能讀到敘事主體（唐吉訶德）責備「貝勒維爾」即貝拉密的話：「你航期誤了，貝勒維爾！」批評聚焦於「誤期」一點，與上述唐吉訶德的思維主調甚相吻合。何以貝勒維爾會「誤期」呢？敘事主體說他「太耽於春深的港灣」，停留了「整個的春天」，並且因堅持載運「花蜜」而延緩進程。這數種指責，都

能自《航海王》中貝拉密的表現裡找到對應：（1）「春深的港灣」指加亞西海岸的魔谷鎮，位置在偉大航道前段，並非時代爭衡的焦點，貝拉密卻在此久作停留，滿足於醇酒美女的環繞，與無能的同伴消磨時光，最後窩囊地敗給魯夫，令人失望至極。（2）詩中「花蜜」與能夠謀取大利的「貿易」、「大隊的商船」對舉，意指無利可圖之物，引申為不切實際的想法──貝拉密曾與魯夫爭論空島、黃金鄉是否存在，在唐吉訶德看來，實屬毫無意義之舉。

可作補充的是，「貿易的風」也確實與唐吉訶德在《航海王》中的業務緊密相應。唐吉訶德除了擁有「王下七武海」的名銜、是德雷斯羅薩的國王之外，也是黑暗世界重要的中間人，代號「JOKER」，在科學家凱薩・卡勞（シーザークラウン）的協助下研製出「SMILE」，並於加工後售予稱霸新世界、「四皇」之一的凱多（カイドウ）等人。由於 SMILE 利潤極為豐厚，注視潮流的唐吉訶德對傳統的人口販賣業等甚至已不屑一顧，此與〈貝勒維爾〉敘事主體所強調之「貿易的風向已轉了」一語可謂若合符契。

跳接到詩的第二節，仍是語語和《航海王》唐吉訶德、貝拉密的情節相聯。「陸地和海搶去所有的繁榮」意指海和陸地得到了眾人的關注，那麼剩下給貝拉密的「一涯寂寞」是甚麼呢？剔除海、陸之後，大概只餘天空。說某人應該向天空發展或許顯得荒誕不經，但在《航海王》的後續故事中，貝拉密確實登上了空島，並自該處取回黃金之柱獻給唐吉訶德，順利回歸其旗下，並獲得只要在競技場奪魁就能晉升為幹部的機會。

至於「今年五月的主人，不是繁花是戰爭」一行，能有多重解釋──（1）漫畫303話裡，唐吉訶德曾告訴貝拉密，與其空費時日地爭議空島是否存在，不如簡單直接地以武力折服反對者，即專注的「主人」不當是「繁花」而該是「戰爭」。如果取用此一理解，「繁

花」就會與詩首節的「花蜜」相連，同指不切實際的事物。（2）唐吉訶德並不太關心貝拉密的前程，曾說隨便他以後怎樣辦，自己都不會再管，視其為可有可無的「繁花」；他的關注，實落在時代的轉變中：一場改變現時局勢的「戰爭」，遲早都要爆發！確實，《航海王》往後將說到海軍與白鬍子海賊團的「頂上戰爭」，而唐吉訶德將以「王下七武海」成員的身分應命加入海軍一方，左右這場徹底打破世界局面的戰事，故謂「戰爭」才是唐吉訶德注目的「主人」、主角，合理不過。以上第一說僅聚焦於303話，第二說則具有相當的跨時性。

詩的最後四行也可作兩種不同的理解：

（1）依循僅僅集中於303話的思考理路，「你那升火的漢子早已離去」是指那些附和幫閒、只燃起貝拉密低等欲望（「升火」）的手下因失去信心而紛紛退出團隊，這當與貝拉密先敗於魯夫，再遭唐吉訶德如嬰孩般戲耍責罰有關。如是者，「貝勒維爾呀，哎，貝勒維爾／帆上的補綴已破了……／舵上的青苔已厚了……」三行可視為唐吉訶德對貝拉密的再一番叮嚀，說他已放任太多光陰流走（「青苔已厚」），而且海賊團發展每況愈下（連原已見不得人的「補綴」都毀損了），要迎接新時代就得把握時間作好準備。

（2）如果作跨時的觀察，「你那升火的漢子早已離去」同樣解為貝拉密屬下之星散消失，但發生時間則應置在貝拉密登上空島前後——《航海王》後面的故事會談到，再次碰上魯夫的貝拉密已失去所有的夥伴（他們可能是不敢同上空島，或是在空島的冒險之旅中陸續喪生、脫隊）。貝拉密以此為代價，換來了內心世界的革新，並期望在德雷斯羅薩的競技場中奪冠，加入唐吉訶德的幹部團隊；可是，劇情並未按他的願望發展，在預賽中貝拉密已被淘汰出局。以此觀之，「貝勒維爾呀，哎，貝勒維爾／帆上的補綴已破了……／舵上的青苔已厚了……」就可能是唐吉訶德對貝拉密的嘲諷了：提升實力的

小修小補並未奏效，浪費的時間已經太多了！

從「誤讀」中，可以察覺〈貝勒維爾〉的每行文字都能在《航海王》唐吉訶德與貝拉密的故事線中找到對應物事。「貝拉密」和「貝勒維爾」，巧合的大概不僅是聲音上的一點相似。

《航海王》唐吉訶德・多佛朗明哥的名字顯然取自米格爾・德・塞萬提斯（Miguel de Cervantes, 1547-1616）的名小說《唐吉訶德》（*Don Quixote*）。把鄭愁予〈貝勒維爾〉曲解成《航海王》版，筆者大概也像塞萬提斯故事裡妄說風車為巨人、提起矛衝刺的騎士先生一樣吧。是嗎？

「不是。」筆者將很感激。

「是。」對「誤讀」就當你點頭稱是了。

（二）〈水手刀〉裡的「白鬍子」故事

相信熟識《航海王》故事的讀者，斷然會驚訝於〈貝勒維爾〉一篇解讀之完整。而同樣的驚喜，似也可於鄭愁予的〈水手刀〉一篇求得──「誤讀」的話，〈水手刀〉會是一篇關於大海賊「白鬍子」艾德華・紐蓋特（エドワード・ニューゲート）的敘事。先引詩的第一節文字如後：

> 長春藤一樣熱帶的情絲
> 揮一揮手即斷了
> 揮沉了處子般的款擺著綠的島
> 揮沉了半個夜的星星
> 揮出一程風雨來

在這一節詩中，「揮一揮手即斷了」的形容近乎為「白鬍子」度身訂造。在《航海王》的設定中，「白鬍子」擁有超人系的震動果實

能力，往往伸手一揮，就能對周遭事物造成極大破壞。在他最稱活躍的第551話至第576話中，他曾多次發動能力，使當時的海軍本部馬林福特滿目瘡痍，建築物甚至是整座島都給揮得「斷」裂開來。另外，「白鬍子」也曾在第434話與「紅髮」傑克（シャンクス）的小衝突中揮「斷」了天空。既然如此，自不妨把「揮一揮手即斷了」視作實寫「白鬍子」的文字。

雖然「白鬍子」於《航海王》中不只一次展示其震動果實的能力，但從細節判斷，〈水手刀〉的「揮一揮手即斷了」至「揮出一程風雨來」四行卻應是特指575話他把馬林福特鎮廣場整個橫斷、留自己隻身斷後、讓部下得機撤離一事。

其中，「揮沉了處子般的款擺著綠的島」是指「白鬍子」對馬林福特帶來了史無前例的巨大創傷。按馬林福特因是世界政府海軍重地，海軍上自元帥、大將、中將，下至數目龐大的士兵皆鎮守於此，等閒之輩絕不敢輕言侵犯。許多年前大海賊「金獅子」史基（シキ）隻身犯險，令接近半個馬林福特鎮遭到破壞，已可算相當驚人。但是，與「白鬍子」之幾乎沉掉海軍本部比較，「金獅子」的入侵就未免顯得太過斯文。可以說，馬林福特這個「款擺著綠的島」一直到「白鬍子」領眾進入之前，仍保有「處子般」的無瑕姿態，但「白鬍子」的突破卻使其「處子」姿態被「揮沉」，難以恢復——順帶一提，《航海王》第二部海軍決意將本部遷往新世界，降馬林福特為「G-1」基地，雖屬劇情需要，但現實點說，或許也有原本部損毀過甚的考慮在——中國史裡，洛陽遭董卓（?-192）火焚，漢獻帝（劉協，181-234，189-220在位）乃輾轉移駕幸許；關中歷唐末兵災，滿目丘墟，政治中心遂東移汴梁，筆者是據此而聯想的。

接到〈水手刀〉首節詩的最後兩行，因「星」在新詩裡往往隱指

「希望」[67]，所謂「揮沉了半個夜的星星」，實指已受重傷的「白鬍子」斷開馬林福特，獨自斷後，必會賠上性命，故其船員雖有逃生之望，卻難作保全至敬至愛的首領之想，「星星」（希望）一半光耀，一半落空；同時，「白鬍子」的這一揮，也為自己「揮出一程風雨來」——「風雨」象徵逆境，此指最後的惡戰。不無諷刺的是，「白鬍子」最終並非亡於海軍手下，而是因「揮」斷海軍本部要塞，逼得原作壁上觀的「黑鬍子海賊團」現身，遭「黑鬍子」馬歇爾・D・汀奇（マーシャル・D・ティーチ）及其手下巴斯可・簫特（バスコ・ショット）、亞帕羅・比薩羅（アバロ・ピサロ）、卡達莉納・戴彭（カタリーナ・デボン）等圍攻致死。由此觀之，〈水手刀〉的「揮出一程風雨來」實準確地對應了《航海王》的內容。

當然，「白鬍子」自《航海王》第一部故事的二十年前便已是僅次於「海賊王」哥爾・D・羅傑（ゴール・D・ロジャー）的大海賊，至今垂垂老矣，眾病纏身，猶能像怪物般以一敵萬、摧陷海軍與「王下七武海」嚴密防守的馬林福特，在和「黑鬍子」的最後決戰中，甚至一度穩佔上風，難怪〈水手刀〉首行形容他如「長春藤」一樣，仍富於「熱帶的情絲」，可謂是熱血不減，豪情依然。另一對首行詩的合理聯想是：「白鬍子」發動「頂上戰爭」，乃是為救出波特卡斯・D・艾斯（ポートガス・D・エース）；自留斷後，乃是為保護撤退的船員，故「熱帶的情絲」或亦帶重視情義之意，寫出了「白鬍子」與旗下眾海賊的羈絆。

不過，《航海王》的讀者都知道，即使意志旺盛、豪氣干雲，「白

---

67 奚密：〈星月爭輝——現代漢詩「詩原質」舉例〉，《現當代詩文錄》（臺北市：聯合文學出版公司，1998 年），頁 77；奚密、宋炳輝譯：〈流放與超越：作為悲劇英雄的詩人〉，《現代漢詩——1917 年以來的理論與實踐》（*Modern Chinese Poetry: Theory and Practices since 1917*）（上海市：三聯書店，2008 年），頁 54。

鬍子」最後仍不免在「頂上戰爭」中殞落，受刀傷267處、子彈152
發、炮彈46枚、保持站姿及背上無「逃傷」而逝於馬林福特。〈水手
刀〉的第二節，在「誤讀」裡，寫的也就是「白鬍子」陣亡的後續情
形，其內文為：

> 一把古老的水手刀
>
> 被離別磨亮
>
> 被用於寂寞，被用於歡樂
>
> 被用於航向一切逆風的
>
> 桅篷與繩索……

以偏正關係析讀首行的「水手刀」，則「水手刀」並非對一種特
定刀型的專稱，而是指曾為水手的「白鬍子」的長柄刀，那是「白鬍
子」具標誌性的近身武器。在「白鬍子」身故、與眾人「離別」之
後，這把長柄刀確實「磨亮」並豎插在他的墳塋上，「被用於寂寞，
被用於歡樂」，供人紀念，使人低迴於失去偉大船長的「寂寞」，也讓
人回憶起昔日縱橫海上的「歡樂」……

在「頂上戰爭」中失去「白鬍子」的「白鬍子海賊團」無疑正面
臨嚴峻的考驗，像繼續漂浪的「桅篷與繩索」，重回險譎暴烈的新世
界就等同「航向一切逆風」，時時有覆滅的可能。確實事後，原屬
「白鬍子」勢力範圍的魚人島被劃為夏洛特・莉莉（シャーロット・
リンリン）的領地，而叛徒「黑鬍子」更因諳熟「白鬍子」的地盤，
轉眼就佔奪其旗下各個海域──倖存的「白鬍子海賊團」即使未算被
逼上了絕境，其生存空間也已大幅收窄。

但〈水手刀〉似仍對「白鬍子海賊團」抱有希望，說「白鬍子」
的「水手刀」也「被用於」他們未來的旅程。這是甚麼意思？大概是
說他們可憑著對逝去領袖的懷念，激發更大的潛能，迎向艱鉅的挑

戰──詩末的省略號打造「開放式結尾」，以留白道出「白鬍子海賊團」未來仍有各種可能性。

文字符號也如是。其多義性絕不是「揮一揮手即斷了」的。

「誤讀」即磨亮水手刀，且無畏地「揮出一程風雨來」。

四　結語

本文為「誤讀」鄭愁予詩全盤計畫的起步點，援引巴特「可寫的文本」與「生產性讀者」兩個概念，說明一方面鄭詩具有誘使讀者參與文本的「空白」設計，一方面讀者在後現代主義瓦解一元釋義的思潮下，可依循「誤讀詩學」的路徑，對鄭愁予詩進行富鮮明個人色彩的解讀，革新閱詩經驗，求得或激越或震撼或奇趣的再創造效果。為提供參考，筆者擇用了流行甚廣的漫畫作品《航海王》與鄭愁予詩對照並置，專就〈貝勒維爾〉和〈水手刀〉兩篇作出「誤讀」，期能令讀者更加明瞭「生產性讀者」主動參與再創作的情況。

由於僅處「初議」階段，鄭愁予詩「誤讀」的選例尚有待增加。事實上，僅僅「船長的獨步」一輯，〈小小的島〉可讀成魯夫團隊狙擊手騙人布（ウソップ）與可雅（カヤ）的感情故事，〈船長的獨步〉和〈除夕〉可視為「頂上戰爭」後主要角色的喟嘆，而〈我以這輕歌試探你〉、〈如霧起時〉、〈戀〉、〈雪線〉的某些片段分別能令人聯想起培羅娜（ペローナ）、席爾巴斯・雷利（シルバーズ・レイリー）、艾涅爾（エネル）和艾波利歐・伊娃柯夫（エンポリオ・イワンコフ）的形象或經歷。有關詮釋，尚待稍後展開，而鄭愁予其餘各輯詩裡，也應當存在著可與《航海王》比讀的篇章，假以時日，或者有其他有力的研究者主理，未必不

可建構成一個大的「誤讀」系列，造就「漢語新詩誤讀詮釋」的
典範。值得一提的是，鄭愁予詩早刊於《航海王》多年，其文字
卻偏與後起的敘事冥契暗合，不無狂歡意味地，乃印證了亞里士
多德（Aristotle，前384-前322）《詩學》（*Poetics*）中詩超前於歷史
的說法[68]；而動漫電玩與文學創作關聯的議題在臺灣方興未艾，具
「超前性」的鄭愁予詩或許真能對當今的研究新進說：「少年，你
太年輕了！」

　　固然，選取《航海王》為比讀資源僅屬筆者的一偏之見，讀
者若明瞭「誤讀詩學」允許各種奇思異想的任意介入，自可在掌
握鄭愁予詩文本的基礎上，另闢新天地，為研論、為教學，或單
純為閱讀的趣味，進行不必畏怕「錯誤」（不合作者意圖）的析
讀。

68　亞里士多德（Aristotle），陳中梅譯注：《詩學》（*Poetics*）（北京市：商務印書館，
　　1996年），頁81。

參考文獻（依作者姓氏筆畫排列）

一　書籍

Bloom, Harold. *Poetry and Repression: Revision from Blake to Stevens*. New Haven: Yale UP: 1976.

Brooks, Cleanth. *The Well Wrought Urn: Studies in the Structure of Poetry*. New York: Reynal & Hitchcock, 1947.

Culler, Jonathan. *The Pursuit of Signs: Semiotics, Literature, Deconstruction*. London; New York: Routledge, 2001.

Empson, William. *Seven Types of Ambiguity*. 2nd ed. London: Chatto and Windus, 1949.

Todorov, Tzvetan. *Introduction to Poetics*. Trans. Richard Howard. Minneapolis: U of Minnesota P, 1981.

Derrida, Jacques. "Signature Event Context." *Glyph* 1 (1977): 172-97.

Jefferson, Ann. "Intertextuality and the Poetics of Fiction." *Comparative Criticism: A Yearbook*. Ed. Elinor Shaffer. Vol.2. London: Cambridge UP, 1980. 235-51.

Kristeva, Julia. "Word, Dialogue and Novel." *Desire in Language: A Semiotic Approach to Literature and Art*. Ed. Léon S. Roudiez. Trans. Thomas Gora, Alice Jardine and Léon S. Roudiez. New York: Columbia UP, 1980. 64-91.

Kritzman, Lawrence D. "Barthesian Free Play." *Yale French Studies* 66 (1984): 189-210.

Margolis, Joseph. "Reinterpreting Interpretation." *The Journal of Aesthetics and Art Criticism* 47.3 (1989): 237-51.

Tang, Yanfang. "Cognition or Affective Experience: Theory and Practice of Reading in Chinese and Western Literary Traditions." *Comparative Literature* 49.2 (1997): 151-75.

方　珊　《形式主義文論》　濟南市　山東教育出版社　1999年

巴特，羅蘭（Barthes, Roland）　屠友祥譯　《S/Z》（*S/Z*）　上海市　上海人民出版社　2000年

伊瑟爾，沃夫爾岡（Iser, Wolfgang）　金惠敏等譯　《閱讀行為》（*The Act of Reading: A Theory of Aesthetic Response*）　長沙市　湖南文藝出版社　1991年

亞里士多德（Aristotle）　陳中梅譯注　《詩學》（*Poetics*）　北京市　商務印書館　1996年

汪民安　《誰是羅蘭·巴特》　南京市　江蘇人民出版社　2005年

胡亞敏　《敘事學》　第2版　武漢市　華中師範大學出版社　2004年

奚　密　《現當代詩文錄》　臺北市　聯合文學出版公司　1998年

奚　密　《現代漢詩——1917年以來的理論與實踐》（*Modern Chinese Poetry: Theory and Practices since 1917*）　奚密、宋炳輝譯　上海市　三聯書店　2008年

張清宇主編　《邏輯哲學九章》　南京市　江蘇人民出版社　2004年

張智光　《邏輯的第一本書——生活一切智慧的根源》　臺北市　先覺出版公司　2003年

張錯（張振翱）　《西洋文學術語手冊——文學詮釋舉隅》　臺北市　書林出版公司　2005年

蕭蕭（蕭水順）、白靈（莊祖煌）、羅文玲編著　《〈錯誤〉的驚喜》　臺北市　萬卷樓圖書公司　2012年

蕭蕭、白靈、羅文玲編著　《無常的覺知》　臺北市　萬卷樓圖書公司　2012年

蕭蕭、白靈、羅文玲編著　《愁予的傳奇》　臺北市　萬卷樓圖書公司　2012年

鄭愁予　《鄭愁予詩集I》　第2版　臺北市　洪範書店　2011年

鄭愁予　《鄭愁予詩集II》　臺北市　洪範書店　2004年

鄭愁予（鄭文韜）　《寂寞的人坐著看花》　臺北市　洪範書店　1993年

二　期刊論文

王光利、徐放鳴　〈互文性與比較詩學視域的融合〉　《揚州大學學報（人文社會科學版）》　12卷3期　2008年　頁92-98

林明玉　〈淺論小說敘事視角的雙重功能〉　《漳州師範學院學報（哲學社會科學版）》　1期　2006年　頁55-59

徐克瑜　〈論文學的「誤讀」接受〉　《隴東學院學報》　20卷6期　2009年　頁14-18

常　娟　〈試論「誤讀」在學界的被誤用〉　《海南大學學報人文社會科學版》27卷4期　2009期　頁441-447

趙忠山、張桂蘭　〈文學空白類型及其意蘊〉　《齊齊哈爾師範學院學報》　4期　1998年　頁43-45

德勒茲・吉爾　（Deleuze, Gilles）　劉漢全譯　〈與費利克斯・加達里關於《反俄狄浦斯》的談話〉（ *"Gilles Deleuze and Felix Guattari on Anti-Oedipus"* ）　《哲學與權力的談判——德勒茲訪談錄》（ *Negotiations* ）　北京市　商務印書館　2000年　頁15-28

人道詩魂鄭愁予

曾進豐

陳瑩芝

一　前言

　　鄭愁予（本名鄭文韜，1933-　）允為臺灣當代詩壇最負盛名的詩人，曾出版《夢土上》、《衣缽》、《燕人行》、《雪的可能》、《刺繡的歌謠》、《寂寞的人坐著看花》等詩集，與《鄭愁予詩選集》、《鄭愁予詩集I：1951-1968》、《鄭愁予詩集II：1969-1986》等選集。眾多膾炙人口的詩作，〈賦別〉、〈情婦〉、〈如霧起時〉、〈天窗〉、〈殘堡〉、〈野店〉……，迷醉了無數的青年男女，尤其是〈錯誤〉詩行：「我達達的馬蹄是美麗的錯誤／我不是歸人，是個過客……」[1]，溫婉情懷與瀟灑意識，成為早期詩作的主要風格。楊牧在《鄭愁予詩選集》代序文〈鄭愁予傳奇〉裡提到：

　　　「錯誤」詩中首二行低二格排列，其第一行短促，暗示過客之
　　　匆匆，這是愁予詩的特殊情緒，瀟灑的，不羈的心懷，「情

＊　高雄師範大學國文學系教授
　　高雄師範大學國文學系研究生

1　鄭愁予：《鄭愁予詩集 I：1951-1968》（臺北市：洪範書店，1979 年），頁 123。為
　　節省篇幅，後文引詩出自《鄭愁予詩集 I：1951-1968》、《鄭愁予詩集 II：1969-
　　1986》、《寂寞的人坐著看花》三本詩集者，僅在詩後（）中略標《詩集 I》、《詩集
　　II》、《寂寞看花》及其頁碼，不再另行加註。

婦」,「客來小城」,「賦別」,「窗外的女奴」,和對照的「晨」
及「下午」都是這種浪子意識的變奏。[2]

〈賦別〉的「這次我離開你,是風,是雨,是夜晚;／你笑了笑,我
擺一擺手／一條寂寞的路便展向兩頭了。」(《詩集I》,頁130-132),
以及〈情婦〉的「我要她感覺,那是季節,或／候鳥的來臨／因我不
是常常回家的那種人」(《詩集I》,頁165),充滿情感的文字中透露出
屬於浪人的一種漂泊與孤寂,使鄭愁予有「浪子詩人」[3]之稱。然
而,鄭愁予並不十分認同類似的評價,他在《鄭愁予詩集II:1969～
1986》之〈借序〉一文裡提到:

> 所謂單純的詩人,必有其出自特殊的單純「氣質」而產生的特
> 質。……一般詩評人多半流為巧俏文字的鑒賞家,鮮有能從我
> 的氣質上感知而又在技巧上發其微者。另有些因循的詩評家,
> 在氣質與技巧兩道門前格格不入時,便拾掇他人的論點。[4]

顯然鄭愁予對自己的詩作有不同的思考與見解。自認詩風源於「氣
質」,強調一個詩人的創作,「從觀景、融情與詩想的發生,到對某種
思維形象的偏執,無論是安靜平和的,抑或是嘈囂高拔的,詩人的
『氣質』在無形中主宰了詩人的『不自知』。」[5]可惜鮮有詩評家能洞
悉詩作原委,遑論深度掘發技巧之奧妙。評論者往往疏於觀察解析,
止於隔靴搔癢,或不得其門而入,或拾人牙慧地人云亦云,無怪乎,

---

2 楊牧:〈鄭愁予傳奇〉,《鄭愁予詩選集》(臺北市:志文出版社,1974年),頁13。
3 楊牧:「余光中在一首懷念旅美朋友的詩裡,稱愁予為浪子。愁予當然是浪子,是
  我們二十五年來新詩人中最令人著迷的浪子。」同前註,頁44。
4 鄭愁予:〈借序〉,《鄭愁予詩集 II:1969-1986》(臺北市:洪範書店,2004年),頁
  v-vi。
5 同前註,頁 i-ii。

鄭愁予慨嘆知音難尋。

關於「氣質」意涵，鄭愁予有獨特的理解：

> 對此，我的臆想大致是這樣的：一方面他（她）不會優游於世外，因為其內心無一刻不在關切人類的狀況——性靈的，文化的，以及災難的——且時時引為創作的原生力；另一方面他（她）應該不會在意自己名聲與利益的增長。[6]

詩人既不會脫離社會、優游於世外，也不會蠅營狗苟、汲汲於名利；時時刻刻關心人類的一切（包括性靈和現實各方面），並以之為素材，激發創作的原動力。詩人應當關注人類世界的不幸、社會環境的苦難，尤其能為社會卑微弱勢、邊緣群體發聲，以高揚人道主義精神為依歸。

鄭愁予自持著人道詩魂，詩中多社會嘲諷、弱勢關懷、感嘆生命、革命書寫⋯⋯，流露出對美好世界之嚮往與積極用世之熱情。他曾自述：一九四九年第一冊詩集《草鞋與筏子》剛印行，便遭遇白色恐怖，同學程源申為了保護鄭愁予，燒掉了所有留在他家中的詩集、詩稿。詩人為此感到無限痛心、無助與無奈，他說：「一個曾存活過抗戰內戰全心魄為民族呼喚黎明為國家追求一個新生民主制度而胸懷人道主義的年輕詩人，至此已無能為力。」[7]進而明確地揭示，人道主義不僅貫徹所有寫作歷程，且「即使一息偃偃卻也不會消散的」[8]。

何以鄭愁予自稱充滿人道關懷？究竟人道關懷涵蓋哪些層面？又其人道詩魂如何形成？如何被呈顯表露？本文擬藉由詩人自述，結合詩作，縝密而客觀地分析、探討，以釐清上述問題，並期盼能對「愁

6　同前註，頁 i。

7　鄭愁予：〈引言——九九九九九〉，《鄭愁予詩集 II：1969-1986》，頁 364。

8　同前註，頁 365。

予風」進行與以往截然不同之論述與評價。

二　流奶與蜜之地

　　鄭愁予宣稱其作品充滿人道主義，源於心中為理想燃燒的「熱
能」一直與成長階段受薰陶的古典「冷性」水火並存。一方面置身於
風潮中，憂慮而焦灼地顧及大眾，一方面又能與繁華保持一種疏離的
寧靜，而毫不頹廢，兩種性向的交錯並存，展現成詩裡的氣質。[9]本
文所討論的人道詩魂指向充滿人道關懷的「詩」想中心。人道關懷是
一種以尊重人類價值、生命、權利為前提，超越國家、種族、宗教差
異，主張人人平等、肯定人性、維護人權、反對迫害、救濟貧困的博
愛精神。中國周朝時，已有「天地之間，莫貴於人」、「仁者莫大於愛
人」等思想；西方的人道主義精神，則源自文藝復興時期，反對基督
教教會統治社會之神道主義而形成的思潮，後來延伸為救助弱者的慈
善精神。易璇〈人道主義與溫情主義——21世紀初臺灣主流紀錄片研
究〉提到：

> ……綜合看來，人道主義式的精神傳承，約略可看出一條隱性
> 的軸線。發端於對鄉土情懷的關心和對社會現實的回歸，並注
> 入如《人間》的見證與反省，人文探索與社會關懷的理念。[10]

儘管其論文探討的是臺灣主流紀錄片，但當中關心鄉土、回歸現實，

9　鄭愁予：〈我五十年前就骨董了〉，《聯合文學》第 221 期（2003 年 3 月），頁 70。

10　易璇：〈人道主義與溫情主義——21 世紀初臺灣主流紀錄片研究〉（臺南市：國立成
　　功大學臺灣文學研究所碩士論文，2011 年），頁 64。另引文中提到的《人間》，是
　　一本將報導攝影與報導文學結合之雜誌，本土色彩濃厚，由陳映真在一九八五年創
　　辦，共發行四十七期。其深入追求真相的文學描述、豐富的文化、歷史、社會關
　　懷，對八〇年代臺灣的學生運動、社會運動等有深刻影響。

見證、反省人文與關懷社會的理念，則相當符合人道主義精神的一般定義。科利斯・拉蒙特（Corlis Lamont, 1902-1995）指出：「對一切同類表示同情與關心的人道主義哲學，在對生活肯定的積極面向上，對現實世界各種歡樂、美麗、勇敢和理想主義的深切而熱情的肯定。而即使承認人類可能失敗和永久的失敗，卻又同時相信人類具有排除困難與爭取成功的能力、智慧和勇氣。」[11]於己秉持正面積極的信念，在承認人生可能失敗的同時，堅信人類具有面對挫折的勇氣及紓難解困的能力；於人則要關懷弱勢，發揮智慧以引領朝向更良善、平等、和平的世界：

> 人在任何行為中，都是一個活生生的身體和人格的統一體，是一個精神的、情感的和肉體的東西相互作用著的整體，人道主義堅持最崇高的道德理想，並促成諸如文化、藝術和公民責任等這類所謂精神的善果。[12]

鄭愁予詩作，廣闊而深層地表現社會的種種困境與光明良善，蘊含濃厚的人道精神。其人道情懷的生成，源於原生環境與自身經歷，兩者相互交乘，可謂詩人人道情懷之「奶與蜜之地」，蘊育並確立詩人往後數十年的精神信奉。以下分從兩個方面探討。

（一）我自人生來

　　鄭愁予的童年過得並不十分順遂，四歲時八年抗戰發生，因父親是軍人，全家只得隨著征戰南北。十二歲回到故鄉北平，年紀稍長時

---

11 轉引自易璇：〈人道主義與溫情主義——21 世紀初臺灣主流紀錄片研究〉，頁 65-66。

12 科利斯・拉蒙特（Corlis Lamont）著、賈高建等譯：《人道主義哲學》（北京市：華夏出版社，1990 年），頁 217。

就讀教會學校，初次認識了基督教的人道精神。[13]十六歲舉家跟隨國
民政府遷臺，心中炙熱的人道精神曾因白色恐怖而略為熄滅。一九五
一年，始在《野風》雜誌上發表[14]，藉〈老水手〉一詩還魂，表露對
時代社會的關懷：

> 你翻起所有的記憶／也許突然記起／兒時故鄉的雨季吧／……
> ／但你沉默／而你的沉默就是筆／在你／所有踏過的港口上／
> 在你底長眉毛／和嘴角的縐痕上／你寫著詩句……
> 我們讀不出……／這些詩句／但我們聽得見／這裡面有隱隱的
> ／憂鬱與啜泣。
>
> （《詩集I》，頁3-6）

老水手作為少年鄭愁予移情的替身，其沉默中有太多時代的傷痕記
憶。種種經歷深刻印記在「困乏而空幻的眼睛」及滄桑的皺紋裡，我
們也許無法閱讀、理解其「難堪的寂寞」、「遲暮的情緒」，卻依稀聽
得見內心的啜泣，那是對年少的懷念、對故人的想望，也隱含著對國
家社會的憂思，對未來未知的徬徨，歸結為「對生命一種無可奈何的
悲憫」[15]，而這也正是「人道主義精神」的具體展現。[16]

鄭愁予一九四九年轉入新竹中學，與幾位好友心志相契、意氣相
投，相互砥礪激盪，詩人胸中的「熱能」持續高亢。一九五〇年到澎
湖作暑期軍中服務，在那裡遇見來自山東的流亡學生，深刻體會到流

---

13 鄭愁予：〈我五十年前就骨董了〉，《聯合文學》第 221 期，頁 70。

14 參見廖祥荏：《鄭愁予詩研究》（臺北市：東吳大學中國文學系研究所碩士論文，
1998 年），頁 8。

15 鄭愁予：〈借序〉，《鄭愁予詩集 II：1969-1986》，頁 ii。

16 鄭愁予說：「憐憫其實就是人道主義精神」。梅新主持、史玉琪整理：〈「現代詩」40
週年座談（2）——面對詩人鄭愁予、張士甫〉，《現代詩》復刊 22 期（1994 年 8
月），頁 28-34。

亡學生的無奈處境：渴望能繼續學業，卻被迫背起槍桿，帶著恐懼與
疑惑成為保家衛國的軍人。此時，詩人心中「熱能」已達臨界點，滾
燙的岩漿乃迸發為〈來生的事件〉一詩：

> 雨這麼大，小姐，上車來吧
> 讓我把門關好，吉甫車的門
> 在風雨中是不嚴緊的
>
> 你說你剛念大二嗎？
> 而我當兵已經七年了
> 我是十四歲的秋天，跟著部隊
> 離開動亂的家鄉
>
> 雨這麼大　洪水和黑夜包裹著我們，就像
> 　　　　　森林密蔽著我們
> 　　　　　石壁困禁著我們
> 　　　　　我們就像蜷伏在小小的原始的洞穴裡
> 　　　　　唯有一簇小小的篝火在洞前
> 　　　　　我們盯著　守護著
>
> 突然　閃電　這世界乍亮又更為黑暗
> 吃驚了吧？像突見房樑的崩塌是不是？
> 不要怕吧　我會小心地握緊方向盤
> 守好這一簇篝火是指向生存的
> 不要怕吧　我會小心地握緊方向盤
> 守好這一簇篝火是指向生存的

我當兵已七年了

能送一個大學生安安穩穩地回家去

多高興　多有意義　而又多麼想知道

小姐　你的名字

可是……我是不會問的

下一次再見面恐怕是一個……是一個來生的

事件了

（《詩集II》，頁348-350）

以流亡學生作第一人稱，對比正要回家的大二女學生，人生、境遇大大不同，戰爭及部隊生活對主角（軍人）來說就像「蜷伏在小小的原始的洞穴裡」，心裡對於自由的渴望正如微弱地一簇簀火，唯有細心守護這份渴望，才有機會繼續生存，不至泯滅人性。主角將自己對學生身分的欣羨渴慕投射出去，認為能安穩送女學生回家，不使另一個人生絕望，「多高興，多有意義」，但也同時表現出對人生的悲觀與哀傷，因為「下一次再見面恐怕是一個來生的事件了」。

　　鄭愁予父親為國民黨高層將軍，大哥在南京大屠殺中遇害，時代動盪亂離，生命坎坷漂泊，這些成長經歷使得鄭愁予民族意識特別強烈。一九八九年「六四天安門」流血事件，更讓他在短時間內密集完成了二十餘首詩，自言：「這事件對我自四九年代便嚮往民主的『人道詩魂』予以致命的殺傷」[17]。加上國際災難頻傳，重大政治事件接二連三，基於知識分子職責，關懷憐憫人類生存狀況，寫作了「猜想黎明的顏色」一輯，拓寬且延伸人道情懷的廣度與深度，再一次印證「熱能」的永不枯竭、不止息。

---

17 鄭愁予：〈引言——九九九九九〉，《鄭愁予詩集 II：1969-1986》，頁369。

（二）流浪的方向

鄭愁予祖籍河北，一九四九年遷臺後所作，多傳達對故鄉的想望，以及無家可歸的感傷，有著濃濃的文化鄉愁。數十年後，重回河北老家，發現城市變動十分劇烈，經濟與現代化方面前進許多，歷史城牆、護城河卻一一被拆除，觸動詩人心中巨大的時間流逝感，加深了文化鄉愁。浪子不是不願回家，而是不能回家——現實中的家鄉人事全非，夢中的家園不知何方可尋。強烈的漂泊感，摻雜著社會現實的關懷，滲透到詩作當中，就成為以浪子情懷為包裝的人道主義詩作，乍看浪漫抒情、瀟灑不羈，實則殷殷關注、切切慨嘆。

一九六九年鄭愁予護照遭中華民國政府註銷，被迫離開臺灣，到美國愛荷華念書、工作、定居，直到父親過世，詩人瘂弦四處奔走，才得到「暫准回國」的特別許可，回臺奔喪。從大陸到臺灣，再從臺灣到美國，鄭愁予的浪子意識未曾減弱。空間的漂泊、時間的流逝，以及各國文化、人情差異，都對詩人造成不小的衝擊。在國外，目睹許多流血革命、激烈抗爭的殘餘現場，了解到世界各地的人民在面對獨裁與民主對決之時，是如何奮不顧身捍衛自由，反觀自己國家，油然生起萬千悲慨。無論是在〈雪的可能〉裡運用英文譯音雙關，寫出「愛我華呀就是你們的／名字。」（《詩集II》，頁162-165）或是〈在溫暖的土壤上跪出兩個窩〉中呼告：「盼望啊／鄉國的土壤有一天／也這麼地／連天越野地／肥沃起來」（《詩集II》，頁171-175），題材、意象儘管有別，卻同樣傳達出時刻繫念、魂牽夢縈的那片土地可以日漸茁壯的家國情懷。

旅居國外，鄭愁予依然關注社會動態、政治事件，而且每每形諸於詩。例如捷克民主大選前夕，遇見美麗破曉時分，暗喻民主到來而作〈PRAHA城之破曉〉（《寂寞看花》，頁56-57）、賦予綠色人道主義

象徵的〈BOHMIA平原之晝〉（《寂寞看花》，頁60-62），以及歌頌布
拉格革命，並為母國曾有之抗爭、革命傷懷的〈VACLAVSKE廣場之
永恆〉（《寂寞看花》，頁68-71）……，在在顯示出鄭愁予對人類生存
狀況的關切與熱情。流浪方向從大陸到臺灣，再從臺灣到美國，一路
漂泊，輾轉不定，包裹在浪子情懷底下的人道主義卻也愈加濃熾。

三 顛沛之實

鄭愁予認為中國的詩都是有任務的，從《詩經》開始，就負有社
會教化、移風易俗的責任，具備改革社會、教育群眾、協助政府宣導
的功用。五四文學運動，胡適雖然提倡白話詩，卻也保持了這個詩的
優良傳統，延續迄今而多有發揚。中國文人普遍具有「以國家興亡為
己任」的使命感，每每透過詩文陳情、諫上、諷時、刺世，這便是文
人的人道主義精神、悲憫情操。[18]基於這樣的觀點，他將詩分為「有
使命的詩」與「沒有使命的詩」兩種。前者如革命詩或政治抒情詩，
即使有好作品也很難流傳，因為時代過去，便很難有人耐心去閱讀，
遑論深入的賞析。弔詭的是，鄭愁予卻生長在一個寫詩必須有使命的
時代，而他也確實創作了不少類似詩篇，詳細記錄民族的苦難。

> 中國人真苦啊！在大陸上；抗戰時雖然我才四歲，有些景象卻
> 記憶非常鮮明，這個苦難，不是五十年後，日本首相道歉兩聲
> 就一筆勾消的，這個大苦難，不是那麼簡單的。[19]

---

18 鄭愁予說：「中國的文人自古以來，就有一種人道主義的精神，要救國、救民的悲
天憫人情操，到最後還是這個正統佔據詩壇的主位。」出自黃智溶採訪〈山水長青
詩情在——有使命與沒有使命的鄭愁予〉，《幼獅文藝》第 502 期（1995 年 10 月），頁
31。

19 同前註，頁 31-32。

詩人的生命與國家的苦難緊緊連結在一起，展現在詩裡，充滿時代感、政治性。然而，在「有使命」的包裹中，既未減損其藝術性與技巧性，甚且流露出崇高的人道情懷。

（一）無法歸巢的候鳥

戰爭是最容易被看見的歷史傷痕，也是最難以磨滅的傷疤。二次大戰的影響至今仍無法完全消除，殖民地與殖民母國之間的經濟政治拉扯、民主與共產對抗產生的流血事件，在在提醒著人們不能重蹈覆轍。「戰爭」一直是鄭愁予詩的重要母題之一，如〈殘堡〉：

> 戍守的人已歸了，留下
> 邊地的殘堡
> 看得出，十九世紀的草原啊
> 如今，是沙丘一片……
>
> 怔忡而空曠的箭眼
> 掛過號角的鐵釘
> 被黃昏和望歸的靴子磨平的
> 戍樓的石垛啊
> 一切都老了
> 一切都抹上風沙的鏽
>
> 百年前英雄繫馬的地方
> 百年前壯士磨劍的地方
> 這兒我黯然地卸了鞍
> 歷史的鎖啊沒有鑰匙

我的行囊也沒有劍
要一個鏗鏘的夢吧
趁月色，我傳下悲戚的「將軍令」
自琴弦……

（《詩集I》，頁41-42）

詩人走過古戰場，撫觸征戰遺跡，感慨「一切都老了／一切都抹上風沙的銹」，豐美的草原成為荒涼的沙丘，沒有英雄、沒有壯士，就連最後戍守的人也都離開了。詩人獨立蒼茫，化身當年將軍，想像馳騁沙場，為國奮勇殺敵的英姿……，但「歷史的鎖啊沒有鑰匙／我的行囊也沒有劍」，戰爭終究過去了，抱負未能實現，這些隱而未揭的回憶，換作「一個鏗鏘的夢吧」，在夢裡淋漓揮灑、反覆演練。

對於國父革命最重要的一役──武昌革命，詩人以〈無終站列車──三二九前夜〉歌詠、緬懷英靈：

在偎著遠雲的家鄉
我的小名被喚著
而黃花順著三月開
在春天　母親總是穿著藍袍子
哎　想起了那袍子我便流淚
母親啊　在偎著遠雲的家鄉
我的小名被喚著

沒有甚麼比今夜更好
投郵過絕命書的手
挑燈吧　沿著三月的背脊
折黃花　黃花　編個記憶的環兒哪

　　而且　擦了又擦那枝撥壳鎗吧

　　在今夜　沒有甚麼比這個更好

　　而列車行在自己的軌上

　　明天　在開闊的祖國

　　為了去升一面旗　浪子造著歷史

　　就這麼著　讓我喝上四兩吧

　　讓要升的那旗　先蓋蓋我的臉吧

　　哎　想著那旗一樣的袍子我便流淚

　　而列車已行在自己的軌上

　　在遠離家鄉的一個地方

　　有人在小站下去了

　　　　　　　　　　　　　（《詩集I》，頁281-282）

詩裡的浪子一如傳統「游俠」[20]，勇於獻身革命。今夜已寫好絕命書，擦著鎗、喝著酒，明天將要攻打總督府，並插上代表勝利的旗子。旗子的顏色則讓他想起母親穿的藍袍子，想起母親、想起自己即將光榮犧牲，不禁流下淚來。此詩精準地刻畫出烈士們在國家民族與家庭親情間、在大愛與小愛上，抉擇取捨的掙扎與痛苦的細微心理。

　　鄭愁予在詩中從不隱藏對國家的忠誠與熱情，諸如：〈革命的衣缽〉讚揚孫中山，歌頌革命，高唱「啊　革命　革命／好一個美得引人獻身的概念啊」（《詩集I》，頁300-317），展現青年的愛國情操；〈春之組曲〉呼喚民族的覺醒，「這民族　雖古老而一如塵封的鐘／以巨大的吼聲回答……敵人的棒子」（《詩集I》，頁318-330），吆喝廣

---

20 《史記》、《漢書》皆有〈游俠列傳〉，這些游俠在於「緩急」人世間的不平與困苦。

大群眾，抵抗外侮：「抵抗　抵抗　誰要侵略誰就得一寸一寸地死去」，氣勢磅礴，語調鏗鏘；〈讀舊作竟不能自已〉寫道：「而三十未死，就是這麼斑駁地／活著／想嚼一嚼九月的蕭草／緩緩踏濺多石的溪水／而在角聲中引耳／昂首，希律律轉向煙火處奔馳而歸隊……」（《詩集II》，頁36-37），渴望效命沙場，一酬壯志，庶幾不枉「三十未死」。儘管如此強烈的愛國意識，因當年被註銷護照而略有動搖，但是關懷生靈、拯救苦難大眾的人道情懷，早已深植心中。

　　面對國共內戰結果——大陸與臺灣壁壘分明，許多軍眷與榮民遙望著再也回不去的對岸故土，內心無限哀傷。戰事延伸鄉愁，尤其處於最敏感的「邊界」：「多想跨出去，一步即成鄉愁／那美麗的鄉愁，伸手可觸及」（〈邊界酒店〉，《詩集I》，頁241-242），這「一步」，比千萬里更遙遠，他只能靠著邊界「清醒的喝酒」，而「窗外是異國」，邊界愈是近在咫尺，愈是令人苦痛。[21]落馬洲是香港與大陸深圳之間的邊界地區，早年管制十分嚴格，許多人曾站在眺望臺上遠望故土，一解鄉愁。詩云：「遊魂已不擔心／追兵還逡巡在城外／魚塘　芭蕉／水田　阡陌／河道是不通往家鄉的／也許等到日沒以後／目隨送葬人歸去的背影／當穿越／千村　萬鎮／頹牆　瓦礫／舊宅院終會找到的」（〈落馬洲〉，《詩集II》，頁40-41）。是戰爭，是鄉愁，影響了整整一個時代及其人民，詩人正在其中。

（二）對飲的時刻

　　中國自古即有贈詩傳統，至唐代蔚為風氣，儼然成為詩的原型之一，如李白與杜甫便相互贈詩多次，白居易、王維、李賀、蘇軾等詩人也有為數不少的相關之作。現代詩人亦頗興此道，如余光中寫〈隔

---

21 商瑜容：〈鄭愁予旅美前詩作研究〉，《文與哲》第1期（2002年12月），頁460。

一座中央山脈——空投陳黎〉，隨後陳黎也回贈詩〈與永恆對壘——和余光中老師〉[22]；向明也曾贈夏菁〈拇指山下——寄夏菁〉[23]。鄭愁予說：

> 詩人在寫贈詩的時候，常以真摯溫暖的情思引喚受贈者同樣的情思，凸出兩者可能相近的氣質，並共享彼此的美學和倫理觀念，……贈詩的動機既是表達對他人的欣賞和敬重，在同時，也為自我尋出人生觀的定位。[24]

贈詩是贈者與受贈者彼此之間某種相近氣質、頻率的延伸，其動機可能是酬酢、知賞，與此同時，也能映照出自己一部分的人生觀。鄭愁予寫過幾首贈詩，如〈祝福楚戈〉（《鄭愁予詩集II：1969-1986》，頁90-91），贈賀楚戈八十大壽；〈贈一位同年遊美的舊友〉送給陳映真：

> 錯過九月，飲酒須酌薄衫
> 汗珠兒便不得直滾而下筋糾骨突的臂膀
> 便不復滴滴擊打大地發其輕響一如霧中的更聲
> 便不能，唉——
> 便不能顛躓地走著像你
> 剛剛開釋了的一別十年的受刑人……
>
> 趁著還能光著膀子，還禁得起落暉的焚灼

---

22 二詩皆收入余光中：《高樓對海》（臺北市：九歌出版社，2007 年），頁 75-78、79-81。

23 收入向明：《陽光顆粒》（臺北市：爾雅出版社，2004 年），頁 147-147。

24 鄭愁予：〈詩的贈達與自我尋位（一）〉，《聯合文學》第 230 期（2003 年 12 月），頁39。

來一個曹陽式的乾了一瓶再說吧

然後……讓汗珠兒滾著，大地響著，星空

漸漸明亮著……這時，我正懷念

你！

其實那晚你的顛躓是軋過卵石河堤的牽引機

這是我無論飲下多少壯烈的酒，也還是

無法模擬你那十年執著的形象於萬一的

（《詩集II》，頁292-293）

兩人同時受邀赴美，陳映真卻在臨行前被捕。十一年後，正值美麗島
事件前夕，政治情勢異常緊繃，鄭愁予發表此詩，以表示對陳映真的
敬仰。「無法模擬你那十年執著的形象於萬一的」，高度肯定陳映真堅
持理想的人格與精神，也折射出詩人不畏時局、擇善固執的理念。這
種「為正確歷史堅持並行動」的做法，也是人道主義精神的曲折展
現。

〈召魂──為楊喚十年祭作〉弔祭早逝老友，雖非屬贈詩之列，
但詩人召友魂兮歸來，同時藉詩自況自審自度，流露出歲月倏忽、壯
志未酬的恐慌情緒：

當長夜向黎明陡斜

其不禁漸漸滑入冥思的

是惘然竚候的召魂人

在多騎樓的臺北

猶須披起鞍一樣的上衣

我已中年的軀體畏懼早寒

> 星敲門　遄訪星　皆為攜手放逐
>
> 而此夜惟盼你這菊花客來
>
> 如與我結伴的信約一似十年前
>
> 要遨遊去（便不能讓你擔心）
>
> 我會多喝些酒　掩飾我衰竭的雙膝
>
>
> 但晨空澹澹如水
>
> 那浮著的薄月如即溶的冰
>
> （不就是騎樓下的百萬姓氏？）
>
> 但窄門無聲　你不來
>
> 哎哎　我豈是情怯於摒擋的人
>
> 　　　　　　　　　　　　（《詩集I》，頁279-280）

詩人嘗言「活過三十便是恥辱」[25]，時年已屆三十一歲，連番提及「我已中年的軀體畏懼早寒」、「我會多喝些酒　掩飾我衰竭的雙膝」，自覺已老而迭生感嘆，自審自剖、自嘲復自責，並寄寓未竟的理想與抱負。鄭愁予希望殘破之軀能為社會作出貢獻，這樣的心緒，不曾因時空的不同而改變。

（三）移情的替身

　　鄭愁予童年經歷戰亂，四處遷徙，看見窮苦百姓流離失所，因而累積了很多創作素材。就讀北京崇德中學時，在校刊發表處女詩作〈礦工〉，來臺後陸續寫過板車夫、娼妓、水手等題材，對社會底層人物賦予深深的同情。如寫〈娼女〉：

25　語出〈引言──九九九九九〉，《鄭愁予詩集 II：1969-1986》，頁366。

我認得出妳，妳是東街的娼妓，
曾為孩童們嘲罵追逐過……
我看見妳走進矮門的百貨店，
買了盒廉價粉，又低頭走出來……

你用蘊有著遲疑的倉促的腳步
拐向街隅的小巷，一閃，
那褪色的花裙不見了。

那兒沒有妳底家，和妳底親友。
那條陋巷是汙濁而泥濘的，
然而，妳卻像覓見了草塘的孤雁，
向這車輪衣角的大街
投下自安的一瞥……

我說，都市的律法不是妳的，
都市的文明也不是妳的，
通衢上僅有微弱的陽光
也不是妳的呀。
為了怕見更多的人眼的妳，
繞行了小巷，
那麼，都市的甚麼是妳的呢？

揣想妳在夕陽裡撲粉的心情，
揣想著孩童們嘲罵時妳的記憶，
年華，田園，遙遠了的一切啊……

　　那麼，還有什麼是妳的？

（《詩集I》，頁25-26）

　　透過細緻的觀察，揣摩娼女神情、舉止、心理，體會暗黑角落下的無助與不堪；寫娼女被嘲笑辱罵後的低落怯懦，以及生活上的不得已。喪失基本尊嚴，除了恥辱與卑微的哀傷，一切的美好都已遠去，真不知道「還有什麼是妳的？」這是詩人將心比心的憐憫與感慨。

　　〈颱風板車〉以故事情節鋪敘，深度刻畫板車夫的艱難生活。板車夫在風雨交加的惡劣天氣裡，仍要辛勤運送貨物，從「風更大雨更大上坡更斜啦／板車一寸一寸往上爬／汗水雨水從臉上一起灑／阿爹呀，用力拉，千萬不要鬆一下」，到快拉不動、千鈞一髮之時，「忽然衝出一群小學生／他們揹著書包赤著腳／左邊三個右邊四個把板車夾在當中／推呀！推呀！他們大聲喊」，熱血、緊張的氣氛讓人心頭為之糾結，且不自主地大喊「推呀！推呀！」。等到板車拉上山頂，「阿爹卻趴在地上臉色轉了青」，氣喘吁吁地說「你看……／咱們！……／還……／行嗎？」（《詩集I》，頁31-34）社會上眾多勞動階級，必須付出大量血汗，甚至冒著生命危險，才能換取微薄的溫飽，板車夫即是典型人物之一。詩人以生動的筆觸寫出他們不為人知的辛酸，刻畫形象，流露同情、悲憫，寫實的筆下飽蘸珍貴的人道情懷。

　　除了具象描繪人物的外在作為，亦重視其內在心靈的波動起伏，例如〈船長的獨步〉一詩：

　　月兒上了，船長，你向南走去
　　影子落在右方，你祇好看齊

　　七洋的風雨送一葉小帆歸泊
　　但哪兒是您底「我」呀

　　　昔日的紅衫子已淡，昔日的笑聲不再

　　　而今日的腰刀已成鈍錯了

　　　一九五三，八月十五，基隆港的日記

　　　熱帶的海面如鏡如冰

　　　若非夜鳥翅聲的驚醒

　　　船長，你必向北方的故鄉滑去……

　　　　　　　　　　　　　　　　　（《詩集I》，頁94-95）

「向南走去」意指輾轉暫居的陌生地臺灣，「落在右方」則暗喻反對
社會主義、共產主義的右派。船長回想當年曾經積極抗共，而今激情
過後，或許是歲月催人，也可能是時空環境已然改變，總之「腰刀已
成鈍錯」。結尾兩句：「若非夜鳥翅聲的驚醒／船長，你必向北方的故
鄉滑去……」，船長思念北方的故鄉，只能沿著夢境返回家園。夢能
浮顯潛意識，反映現實渴望，詩中船長形象及其縈思想望，與出生中
國北方（燕人），渡海南遷的鄭愁予若合符節。

　　游喚對於臺灣現代詩中「海」意象的重要意義，有番獨到見解，
他說：「海，以其動之形象，顯與變之取意，集中在『流浪』、『漂
泊』之喻象。無定的方向感，與乎一水遠隔之距離感，組合成『海』
作為詩象之意義鏈。」[26]此詩書寫船長與海，正映現詩人的漂泊意
識；替入船長之位北歸，詩人的鄉愁溢乎大海。此外，「哪兒是您底
『我』呀！」一句，發自內心深處的嘶喊，獨獨標以「您」字（全詩
出現三次「你」字），意謂「追尋自我」（包括現實的故鄉以及想像的
精神家園）者並非船長一人。質言之，此乃五〇年代的普遍現象，隱

---

26 游喚：〈臺灣現代詩中的土地：河流與海洋（上）——七十年代以前的現象考察〉，
　　〈臺灣詩學季刊〉第 16 期（1996 年 9 月），頁 135。

喻的正是整個時代的精神面目。

四　度厄之心

　　鄭愁予的人道精神表現在對戰爭、時代及人物等實際層面的現實關懷上，其源頭來自於悲憫之心。他說：「我的『心』，是悲憫『詩情』的緣由，而處理生命和時間是我寫詩的主要命題。」[27]「生命」與「時間」是詩的主題，「心」才是詩「發生」的關鍵和起源。度眾人免於災厄之心，如此悲憫氣質，融攝生命與時間，鑄煉出崇高的人道詩魂。以下分從犧牲與救贖、普世精神、懺悔與悲憫三方面析探之。

（一）犧牲與救贖

　　鄭愁予早年受基督教影響，年紀稍長，開始接觸佛禪、老莊。犧牲與救贖為宗教信仰中，十分基礎、普遍的情懷，如耶穌基督願意承擔世人罪孽，獨自承受被釘上十字架的痛苦；地藏王菩薩立下宏願：「地獄不空，誓不成佛」，誓言等待度脫眾生一切苦厄，不再受各種地獄之苦後，才要成佛上天。這種自我犧牲、拯救苦難的精神，對鄭愁予的詩作產生一定程度的影響。如〈持咒的微笑〉：

　　……
　　流盼
　　奪魂的嫵媚
　　使眾生豎耳昂首
　　又彈指

27　鄭愁予：〈借序〉，《鄭愁予詩集 II：1969-1986》，頁 iv。

　　紅塵儘成綠土
　　這是度厄的顏色
　　度愁苦
　　度我
　　　我　鬚眉皆綠
　　　　春已附骨

　　　　　　　　　　　　　　　　（《詩集II》，頁10-11）

觀世音菩薩「千手持咒／萬福到地」，立在「天地分明的／雪線上」，
流盼眾生，望盡世人苦難，誓以所有的力量救度世間眾生。菩薩慈悲
度厄，一彈指，「紅塵儘成綠土」，廣度愁苦亦度我，顯現宗教救贖力
量之浩瀚無邊。

　　除了直接描寫神佛大愛，更將此精神融入勞苦為子、犧牲無悔的
母親形象：

　　冬日是兩個綿長樂句間的
　　替歇。兩隻暖馥柔麗的手掌
　　為何捧著冷冷的一捧
　　畫雪？

　　雪溶流過指間是淚的模樣
　　隔室
　　傳來女兒的琴聲
　　樂句指多梳過我的白髮也是
　　雪的可能

　　又記起母親了

白髮和淚的

雪的可能

（〈重檢「雪的可能」〉，《詩集II》，頁34-35）

〈雪的可能〉以雪喻指母親，玉米比作新生命，而在〈重檢「雪的可能」〉中，雪水成為母親滋養後代的血液，一生辛勞的淚水。詩人在皚皚白雪的冬日裡，想起了母親的白髮；聽著女兒彈琴聲，回想幼年時母親溫暖疼愛的情景，想必此時已淚眼婆娑、無法自持。

對於母親的濃濃思念，還有〈冰淇凌食者〉一詩：

開始是蕈狀雲　一孩童舉著

而且開始舔拭

陀螺形的宇宙旋升旋落

以及孩童頭髮的飄張

（另一隻手牽著母親）

以及　看見星星在寥漠的太空

開始晃動起來

然後是蕈的形銷　骨露

星星融解

陀螺裂碎以及

孩童徬徨地望著死去的母親⋯⋯然後

終於夢見——

（母親喚我的窗外

太空的黑與冷以及回聲的清晰與遼闊）

（《詩集II》，頁318-319）

孩童一面牽著母親、一面舔食冰淇淋，畫面溫馨美好；轉瞬間，冰淇

淋融化,如「蕈的形銷 骨露/星星融解/陀螺裂碎」,終至「徬徨地望著死去的母親」,駭人意象接二連三,所有的美好(蕈、星星、陀螺、冰淇淋)隨著母親的死去,全部崩解消逝,殘忍得難以招架。夢回童年、母親聲聲呼喚,夢易醒,冰淇淋易化,一切幻滅破碎,迷離模糊的包括母親的音聲容顏。

鄭愁予透過母親的「救贖」形象,凸顯神佛自我犧牲、拯救世人的大愛精神,關注人世間最基本的親情,這樣的人道情懷,質樸親切而充滿力道。

(二)普世精神

普世精神,是一種普濟眾生、具有對廣大人民「施惠」的實踐衝動。非僅止於精神上的自我實現,而是超越神佛自身的犧牲救贖,更積極地將這種精神推及、影響廣泛大眾,使人人都願奉獻一己之力、協助他人,這也成為各宗教的終極目標。鄭愁予遍歷社會百態,尤其哀憐偏鄉底層人民,一一納入詩作素材,構成人道關懷的核心主題,而蘊含濃厚的普世精神;進而通過詩的擴衍散佈各個階層,讓人民的苦難被清晰看見、聽見,以至於願伸出援手。

散文詩〈黃土地〉寫乾旱:「你挑荷著水擔子,沿著車軋泥漿早已烤成死灰的土路床,顛躓的腳步激起灰揚像風中有誰在刨著墳。從擔子撒落的水珠就像隕星一閃一閃消失在灰氣中。三個月不雨,河底的水都不夠喝了。」(《詩集II》,頁253)農民苦不堪言;〈旅程〉控訴戰爭的災難:「……在去年/我們窮過 在許多友人家借了宿/……/而今年 我們沿著鐵道走/靠許多電桿木休息」,倉皇逃難,苦無苦棲身之地,途中妻子「被黃昏的列車輾死了」,來不及出生的孩子也胎死腹中。「就讓那嬰兒 像流星那麼/胎殞罷 別惦著姓氏 與乎存嗣/反正 大荒年以後 還要談戰爭/我不如仍去當傭

兵」（《詩集I》，頁243-245），倖存的男子，悲愴絕望，無奈做出沉痛的抉擇，繼續把生命投向荒謬的戰場。在混亂的時代，搬演著一齣齣人間慘劇，這是最易被隱形，也最不忍卒睹的一層，詩人卻看得一清二楚，並一一予以揭示。

　　即將入伍的年輕小伙子也有說不出的苦，〈土地公公，請讓我們躲一躲〉道盡難以傾訴的痛：

　　　　我們雖然是手牽著手，互相說著小心
　　　　掙扎地走了半夜，還不知歸宿在何地
　　　　土地公公，可憐我們又冷，又餓
　　　　讓我們躲一躲吧，兩個顫抖濕透的身體

　　　　我是不能回家轉了
　　　　可是他明天就要做兵去
　　　　讓我們在土地公公的腳下說說話
　　　　天亮了我們就要東西分離

　　　　老天是不是吝嗇晴朗的日子
　　　　連鳥獸也該有個窠穴來棲息
　　　　就讓我們在這裡躲一躲吧
　　　　總有一天我們再團聚，帶著香火來還禮

　　　　　　　　　　　　　　　　　（《詩集II》，頁230-231）

男子入伍前夕情侶約會，不料遇上颱風暴雨，躲進土地祠暫得庇護。尾節隱含期待祈求，相信風雨終將過去，分離總有再相聚的一天；末行「香火」顯然意涵雙關，既實指祭拜土地公祠之線香、供品，又有「子孫」綿延傳承深意。

　　鄭愁予從不曾放棄作為一個時代詩人、社會詩人的神聖責任，對於近些年間國內外發生的任何重大事件，皆給予關注。二○○一年美國發生九一一恐怖攻擊事件，一年後，詩人寫下了〈9／12十四行〉：

> 民鐵吾號高船在煙霧中下沉了，
> 兩具頂天桅桿斷裂頃刻的巨響震開天頂，
> 一面殘破的旗載著眾多的水手飄上邊際，
> 俯望啊可憐只見空洞的漩渦在海面歸零。
>
> 陸地何處去了？空留海上三百六十個方向，
> 很難分辨銀鱗紫藻泡沫狀的毛髮，
> 與乎燈的餘暉鷗的影子朝陽火把的灰爐，
> 水手的悲哀正如死者的懵懂不知身在何地。
>
> 人類何處去了？天之外時間的甬道錯亂了古今？
> 忽聽得洪荒恐龍的戾嘯間雜著最後一個嬰兒輕啼
> 而整整的二十四小時千千萬萬的鐘塔搖得山響
> 響給誰聽？上帝與上帝們正在創造另外星球的人類。
> 不能重複的遊戲重複創造兩類人──親人和仇人，只見
> 一群歡慶的乘客正是清醒的鑿船者改乘卿雲而去……[28]

遭受攻擊的五角大廈與世貿大樓皆位於曼哈頓，下沉的民鐵吾號高船正如雙子星高樓在飛機撞擊後倒塌；沉船意象暗喻文明毀滅，「人類何處去了」喻指人性的喪失，「洪荒恐龍的戾嘯」當為災難的普泛徵

---

28 轉引自林麗如：〈人道關懷的詩魂──專訪鄭愁予先生〉，《文訊》205 期（2002 年11 月），頁 84-85。

象。九一一恐怖事件導源於美國與阿富汗塔利班政權的嚴重摩擦，兩個種族間長期無法溝通的文化仇恨。恐怖攻擊者身陷憤怒情緒而不自知，不知如何消除巨大裂痕，只有瘋狂地採取毀滅暴行。「不能重複的遊戲重複創造兩類人——親人和仇人」，激烈而殘酷的手段——無論是恐怖攻擊或隨後的反恐戰爭——造成人類嚴重撕裂，詩人既敏銳拈出人類盲點，更在哀嘆、悼祭之餘，警惕世人的魯莽愚蠢，祈禱悲劇永遠不再發生。鄭愁予關注人類的生存狀況，不侷限在母國鄉土，而是擴及世界各地，突破狹隘時空，足以印證普世精神之無限性。

（三）懺悔與悲憫

悲憫心源於宗教中一種深切肯定人生苦罪之存在，因為自覺個人去除苦難的能力有限，而產生懺悔心，再由此懺悔化為對眾人的悲憫。這種懺悔與悲憫的力量，正是宗教中相當重要的道德精神，也是人道關懷實踐之源頭。鄭愁予在談論自己詩作時，經常提到「氣質」二字，對「氣質」有一番獨到的見解：

> 原來「氣質」非常近似佛經中講說的「心」；悲憫之心即是「菩提心」。據《大乘觀無量壽經》說，「菩提心」是「至誠心、深心、回向發願心」。[29]

鄭愁予自承詩的發生，源於悲憫之心，自然真誠，且一往情深。所謂人道關懷簡言之就是「憐憫」，以詩揭示苦難，憐憫廣大黎民，即使不能直接拯救、拔脫苦難，至少要能協助清創、予以慰藉。

革命需要極大的勇氣與行動力，成功更是不易。鄭愁予經常在詩中歌頌革命、讚嘆其偉大，所觸及的層面，依序從本國歷史、民族而

---

29 鄭愁予：〈借序〉，《鄭愁予詩集 II：1969-1986》，頁 viii。

擴及歐美國際等各個角落。如先前提到〈革命的衣缽〉、〈春之組曲〉
以外,〈編秋草〉中「島上的秋晨,老是迷掛著/一幅幅黃花的黃與
棕櫚的棕」、「而我透明板下的,卻是你畫的北方/那兒大地的粗糙在
這裡壓平/風沙和理想都變得細膩」(《詩集I》,頁189-192)隱喻了
黃花崗之役與回歸北方的理想;〈北京北京——紀念楊國慶〉書寫天
安門事件:「犬聲就是耳語/人民的夜不睡/依然到廣場去 明晨/
依然是許多腳印」、「 腳印喲/必定埋葬天安門」(《詩集I》,頁292-
293)。繼而延伸至國外政治歷史、民主運動,如〈西安旅次見電視映
出三色旗升上克里姆林不禁肅然〉一詩:

> 沙皇死時
> 俄羅斯人民的殉葬式是剝去所有的顏色只剩下紅啊
> 血染了革命
> 紅旗升　旗上載著那副歷史的刑具
>
> 八十年後俄羅斯人民不再是沙皇的陶俑
> 死去魂靈的陪葬歲月于焉結束
> 紅旗落　三色旗升起
> 而使我肅然的是
> 一滴血也沒有流灑

(《寂寞看花》,頁50-51)

「紅旗」明指瓦解前的蘇聯,並雙關遍染大地的人民鮮血。蘇聯崩毀
解體,俄羅斯聯邦三色旗取而代之,宣告和平勝利,人民得以擺脫極
權,免除恐懼陰影。如此龐大政權的更替,竟然「一滴血也沒有流
灑」,彰顯了民主自由的普世價值,及人性的共同追求。此外,〈進入
巴黎〉一詩結尾,也提及法國大革命:

　　而我　　只選了沉思者的方墩小坐

　　支頤片刻　　只

　　尋到巴斯底獄的窄門　　踟躕

　　進入　　所有的十字架前

　　　　　　　站著烈士

　　　　　　　任我握手

　啊　　巴黎　　你歷史了我

　巴黎巴黎你以整個的巴黎

　革命了我

（《寂寞看花》，頁166-168）

到了巴黎，不去觀賞雕塑藝術、聆聽古典音樂，卻前往憑弔巴斯底監
獄──舊時法國王權的象徵。陷入厚重歷史沉思，隱然一股力量，撥
開時間封埋的激情，遂不自禁地喊道：「啊　巴黎　你歷史了我／巴
黎巴黎你以整個的巴黎／革命了我」，頗有被徹底淨化、盪滌，重獲
新生的驚喜。

　　懺悔於無法拯救世人而延伸出的悲憫情懷，是人道精神的曲折外
顯。舉凡關切弱勢族群、為普羅庶民發聲、頌揚革命精神等，皆發源
於一顆能推己及人，不忍人類受苦受罪的度厄之心。

五　結語

　　鄭愁予向來被歸類為情詩擅場，而忽視其他類型的詩作。詩
是一種易有歧義性的文類，詩人暢談自己作品，無非是期望讀者
能夠獲得不同詮解角度，以便更易於「透知」[30]詩裡隱藏的訊息。

---

30 鄭愁予常感嘆：「詩人的『氣質』在無形中主宰了詩人的『不自知』；待詩寫成公諸

例如被譽為「現代情詩絕唱」的〈錯誤〉一詩,原型其實來自詩人幼年與母親逃難途中,看見馬車拉著砲火達達奔馳而過的情形;另一首〈小小的島〉(《詩集I》,頁92-93),則是贈予一位在白色恐怖時期,因私藏禁書而被逮捕、囚禁於綠島的好友。類此夫子自道之「創作實況」,既開啟詩的密室,揭示詩人心靈符碼,亦顛覆了種種保守、呆板而近乎僵化的理解模式,進而豐富了詩作的歧義性與趣味性。

深具游俠氣質的鄭愁予,不甘止於詩名成就,一種聲音頻頻召喚,想要「在角聲中引耳/昂首,希律律轉向煙火處奔馳而歸隊⋯⋯」[31],其理想與抱負,一一指向時代、社會與人民,毋寧說是遠在舞文弄墨之外,更趨近於武略建功。政治局勢、革命事件、人道援助等多所著墨,歌頌先賢先烈、悲憫關懷底層人物,或贈詩肯定好友人格等,無一不以「人」為核心,既體現詩人念茲在茲之「氣質」本有,且印證「人道詩魂」之稱洵非過譽。

於世後,亦常為讀者所『不能透知』。」鄭愁予:〈借序〉,《鄭愁予詩集 II:1969-1986》,頁 ii。

31 鄭愁予詩:「三十未死,卻斑駁一如背負詩囊的唐馬/止在陳列的地方/活著/
/⋯⋯/而三十未死,就是這麼斑駁地/活著/想嚼一嚼九月的蕭草/緩緩踏濺多石的溪水/而在角聲中引耳/昂首,希律律轉向煙火處奔馳而歸隊⋯⋯」,〈讀舊作不能自己〉,《詩集II》,頁 36-37。

參考文獻（依作者姓氏筆畫排列）

一 書籍

向　明　《陽光顆粒》　臺北市　爾雅出版社　2004年

余光中　《高樓對海》　臺北市　九歌出版社　2007年

科利斯・拉蒙特（Corlis Lamont）著、賈高建等譯　《人道主義哲學》　北京市　華夏出版社　1990年

鄭愁予　《夢土上》　臺北市　現代詩社　1955年

鄭愁予　《衣缽》　臺北市　臺灣商務印書館　1966年

鄭愁予　《燕人行》　臺北市　洪範書店　1970年

鄭愁予　《鄭愁予詩選集》　臺北市　志文出版社　1974年

鄭愁予　《鄭愁予詩集I：1951-1968》　臺北市　洪範書店　1979年

鄭愁予　《雪的可能》　臺北市　洪範書店　1985年

鄭愁予　《刺繡的歌謠》　臺北市　聯合文學出版社　1987年

鄭愁予　《寂寞的人坐著看花》　臺北市　洪範書店　1993年

鄭愁予　《鄭愁予詩集II：1969-1986》　臺北市　現代詩社　2004年

二 期刊論文

朱雙一　〈金門：鄭愁予的生命原鄉〉　《華文文學》　2010卷2期　2010年4月　頁16-18

林麗如　〈人道關懷的詩魂——專訪鄭愁予先生〉　《文訊》　205期　2002年11月　頁84-87

易　璇　《人道主義與溫情主義——21世紀初臺灣主流紀錄片研究》　臺南市　國立成功大學臺灣文學研究所碩士論文　2011年6月

商瑜容　〈鄭愁予旅美前詩作研究〉　《文與哲》　第1期　2002年
　　12月　頁449-472

梅新主持、史玉琪整理　〈「現代詩」40週年座談（2）──面對詩人
　　鄭愁予、張士甫〉　《現代詩》　復刊22期　1994年8月　頁28-
　　34

黃智溶採訪　〈山水長青詩情在──有使命與沒有使命的鄭愁予〉
　　《幼獅文藝》　第502期　1995年10月　頁28-33

游　喚　〈臺灣現代詩中的土地：河流與海洋（上）──七十年代以
　　前的現象考察〉　《臺灣詩學季刊》　第16期　1996年9月　頁
　　125-136

廖祥荏　《鄭愁予詩研究》　臺北市　東吳大學中國文學研究所碩士
　　論文　1998年5月

鄭愁予　〈詩的贈達與自我尋位（一）〉　《聯合文學》　第230期
　　2003年12月　頁38-41

鄭愁予　〈我五十年前就骨董了〉　《聯合文學》　第221期　2003
　　年3月　頁70-76

鄭愁予兩種詩風的形成因素

陳啟佑（渡也）

　　鄭愁予從一九四九年出版《草鞋與筏子》詩集，一九五〇年創作〈雨絲〉，一九五一年創作〈歸航曲〉、〈殘堡〉、〈野店〉、〈牧羊女〉以來，至今已六十餘年矣。此期間所創作之詩，大體而言，有三種顯著的風格：秀美（婉約或陰柔）、雄偉（陽剛）、怪誕（險怪）。前二種詩作數量甚多，各有迷人之處，由秀美轉趨雄偉，轉變之痕亦有跡可尋。此文旨在分析鄭愁予這兩種風格的形成因素，來日當再撰文探討鄭愁予的怪誕詩風。

　　何謂風格？臺灣語言學者竺家寧表示：

> 我們所說「風格」，一般都是指文學作品而言。同時，我們還要把「風格」作個更嚴格的界定：凡是用文學的方法從事研究，涉及作品內容、思想、情感、象徵、價值判斷、美的問題的，是「文藝風格學」；凡是用語言學的觀念和方法進行研究，涉及作品形式、音韻、詞彙、句法的，是「語言風格學」。[1]

　　此文則兼容並蓄，合文藝風格、語言風格二者來討論鄭愁予兩種詩風的成因。成因之犖犖大者約有材料、語言、感情、思想、節奏五

---

* 育達商業科技大學華文傳播與創意系教授
1　竺家寧：《語言風格與文學韻律》（臺北市：五南圖書出版公司，2001 年），頁 27。

項。當然尚有其他因素，本文僅針對這五項因素論述。

　　一首詩的材料所包含的時間、空間如果屬於短的時間或小的空間，較易造成秀美風格，如〈晨〉、〈當西風走過〉二首詩。就語言方面而言，語意如果是小的、細的、柔的、軟的、弱的，較易造成秀美風格，如〈客來小城〉、〈港夜〉；句子短或無艱奧冷僻字者，較易造成秀美風格，如〈燕雲之六〉、〈採貝〉。詩所引起的感情如果是寧靜、妥貼[2]，或是「所引致的快感是使人感到舒適柔和，而使情緒軟化」[3]，較易造成秀美風格，如〈夢土上〉、〈情婦〉。思想簡單、淺易者，較易造成秀美風格，如〈定〉、〈深山旅邸1〉。至於節奏慢、低、單一，也較易造成秀美風格，如〈四月〉、〈知風草〉。以下僅舉一首詩加以闡釋。〈錯誤〉一詩寫於一九五四年，為鄭愁予二十二歲時的作品。

　　　　　我打江南走過
　　　　　那等在季節裡的容顏如蓮花的開落

　　　　東風不來，三月的柳絮不飛
　　　　你底心如小小的寂寞的城
　　　　恰若青石的街道向晚
　　　　跫音不響，三月的春帷不揭
　　　　你底心是小小的窗扉緊掩

　　　　我達達的馬蹄是美麗的錯誤
　　　　我不是歸人，是個過客……

2　姚一葦：〈論崇高〉，《美的範疇論》（臺北市：開明書店，1989 年），頁 52。
3　姚一葦：〈論秀美〉，《美的範疇論》，頁 44。

此詩所遣用的材料如下：江南、季節、容顏、蓮花、東風、三月、柳絮、心、城、青石的街道、向晚、跫音、春帷、窗扉、馬蹄、歸人、過客等，大多具古典美，泰半屬於在時間、空間上較短、較小的意象。即使所佔空間遼闊的「城」，也是小的——「小小的寂寞的城」。姚一葦表示「秀美的外形必要以纖小為條件；易言之，它是纖巧的、細小的，而非雄渾的，宏大的。」[4]因此，這些材料對秀美風格之形成有加分作用。此詩語言之語意屬於小（柳絮、心、小小的）、弱（蓮花、柳絮、寂寞、春帷）、柔（蓮花、柳絮、春帷）、輕（蓮花的開落、柳絮、跫音不響）者居多；再者，文字皆平易近人，毫無艱深的文字。所表達的內容係兒女私情，小我之情，所引致的情緒誠如前文引述乃是寧靜、妥貼，使人感到舒適柔和的。美學家認為秀美「表現於精神方面的乃是化倔強為柔順，化緊張為協和。」[5]此詩予人柔順、協和的感覺，與秀美風格攸關。此詩並無思想、哲理，本來這首情詩即以書寫愛情為主，不以書寫思想為目的。附帶一提者，詩沒有思想並不意味是拙劣之作。最後談節奏，此詩有四句長句，即首段（低兩格者）第二行、第二段第二行、第二段末行、第三段第一行。這四行節奏較慢，尤其是「那等在季節裡的容顏如蓮花的開落」這一行。楊牧〈鄭愁予傳奇〉一文特別對此句頗有好評：

> 長句如「那等在季節裡的容顏如蓮花的開落」，講求的是單音節語字結合排比的「頓」的效果，並以音響的延伸暗示意義，季節漫長，等候亦乎漫長，蓮花的開落日復一日，時間在流淌，無聲的，悠遠的。[6]

---

4 姚一葦：〈論秀美〉，《美的範疇論》，頁 40。

5 姚一葦：〈論秀美〉，《美的範疇論》，頁 40。

6 楊牧：〈鄭愁予傳奇〉，收入鄭愁予：《鄭愁予詩選集》（臺北市：志文出版社，1977年），頁 12。

　　不過，由於此詩短句多一點，加以有助於快節奏的類疊、排比技巧數度出現，所以整首的節奏稍快一些，且聲音亦較宏亮，較不利於秀美風格之形成，換言之，會輕微影響秀美風格之形成。

　　綜上所述，〈錯誤〉顯係具有秀美之風。這裡必須強調的是風格之形成有數種因素，一首詩並不一定要完全具備所有因素才足以造成秀美之風。當然，所有因素均具備，則秀美之風越鮮明，〈錯誤〉一詩與秀美風格有關的因素不少，然無關者亦有之。由於每首詩秀美的形成因素多寡不同，因而秀美風格的程度各自不同，因而筆者建議區分等級，例如上、中、下三級，一首詩所包含秀美之形成因素最多者，屬於上級，其次為中級，再其次為下級，例如〈情婦〉、〈錯誤〉隸屬上級，〈邊界酒店〉則隸屬下級，如此討論秀美詩作比較精確。鄭愁予詩作屬於秀美之風者較多，佳篇除上述〈錯誤〉之外，經典之作如〈夢土上〉、〈天窗〉、〈情婦〉、〈水巷〉、〈右邊的人〉均為標準的秀美作品，風靡臺灣數十載。

　　接著談雄偉風格。柏勒得里（A. C. Bradley）曾提出崇高觀，認為崇高「特徵為『大』，而且是過分的或甚至壓倒的『大』。此種大首先表現在範圍，即大小、數量或持續時間上，如蒼穹，浩瀚碧空飾以無數繁星；海之伸向天際，水平如鏡或化成無數浪花；時間的無始無終，皆崇高典型例證。」[7]順著這個說法，一首詩的材料所包含的時間、空間如果屬於長的時間、大的空間，較易造成雄偉風格，如〈雨神〉、〈偈〉二詩。在語言方面，若有些字詞具有大的、粗的、剛的、硬的、猛的意義者，較易造成雄偉風格，如〈雪山莊〉、〈最美的形式給予酒器〉。語言有益於雄偉之風的產生，曾國藩〈咸豐十四年正月初四家訓〉於此有精闢而扼要之高見：

7　姚一葦：〈論崇高〉，《美的範疇論》，頁77。

雄奇以行氣為上，造句次之，選字又次之。……未有字不雄奇
而句能雄奇，句不雄奇而氣能雄奇者。是文章之雄奇，其精處
在於行氣，其麤處在於造句選字也。[8]

　　所謂雄奇，即雄偉也。所謂造句、選字即指語言。〈偈〉、〈雨
神〉有些文言及艱深文字，有些句法也和白話文迥異。以俄國形式主
義的術語來說，這一類語言具有「陌生化」的現象。至於感情方面，
昂揚、浪漫、瀟灑的情緒較易造成雄偉風格，如〈聞北海先生笑拒談
酒事有贈〉、〈諾言〉，前者字裡行間充滿瀟灑之情，後者情緒昂揚。
思想崇高、深奧者，較易造成雄偉風格，如〈霸上印象〉，書寫登高
遠眺，洞見生、死之交界，發現此世界、彼世界僅一線之隔。又如
〈偈〉，從勒刻偈文之石頭發想，以兩種角度看人生的靜與動：人看
似定於一，實則是大時空中的遊子也。進一層言，節奏快速、高昂、
繁複，較易造成雄偉風格，〈浪子麻沁〉一詩節奏快速，而〈草生
原〉多音交響，節奏既繁複又快速，乃是此二首詩富雄偉風格主因之
一。

　　以下僅列舉一首詩並說明之。〈鹿場大山〉係一九六三年所作，
時鄭愁予三十一歲。這一年，他寫下三首關於大霸尖山的山水之作，
斯為第一首。

　　　許多竹　許多藍孩子的樅
　　　擠瘦了鹿場大山的脊
　　　坐著吃路的森林
　　　在崖谷吐著雷聲
　　　我們踩路來　便被吞沒了

8　轉引自姚一葦：〈論崇高〉，《美的範疇論》，頁64。

便隨雷那麼懵懂地走出
正是雲霧像海的地方

正是雲霧像海的地方
此刻　　怎不見你帆紅的衫子
可已航入寬大的懷袖
此痴身　已化為寒冷的島嶼
蒼茫裡　　唇與唇守護
惟呼暱名輕悄
互擊額際而成回聲

　　所呈現的材料為：竹、樅、鹿場大山、路、森林、崖谷、雷聲、海、懷袖、身、島嶼、蒼茫等，均為空間較巨大的材料。這些材料無一屬於時間意象。即使有小的空間意象，如「竹」和「樅」，但都加上數量詞「許多」，因此仍屬於大空間的材料。空間感極小的「懷袖」亦然，加上形容詞「寬大的」，空間遼闊，且從上下文看來，這懷袖「非同小可」。接著分析語言。語詞以具有大、粗、剛、硬、猛之含意者居多，除了上述材料、語詞之外，「擠瘦」、「吃路」、「吞沒」、「互擊」亦屬之。就感情而言，作者所欲表現的是投入大自然「懷袖」，視野遼闊，胸襟開朗的心情─激昂、瀟灑、浪漫三者兼而有之；頗符合姚一葦所言「崇高所引致的快感是使人感到蓬勃奮發，而使情緒高揚」[9]。在思想上，此詩表達了天人合一、物我合一的崇高的境界。節奏方面，特色可不少。「許多竹」、「我們踩路來」、「此刻」、「此痴身」、「蒼茫裡」的短句，促使節奏快速；「樅」、「林」、「聲」、「方」、「方」、「身」、「聲」七個陽聲鼻韻字，相互呼應，加上

9　姚一葦：〈論秀美〉，《美的範疇論》，頁44。

「正是雲霧像海的地方」的「連環體」技巧的運用，節奏越快速而有力，音節鏗鏘！更助長「雄風」！

從以上剖析，可見此詩乃是典型的雄偉之作。如同前面討論秀美形成因素時所說，在此也要聲明並非所有因素一應俱全才足以形成雄偉風格。所有因素皆備，則雄偉之風當然越強烈。〈鹿場大山〉中雄偉風格的形成要素不少，材料、語言、感情、思想、節奏的要素皆齊全。

由於每一首雄偉風格的詩所包含的雄偉形成因素多寡均不同，即雄偉的強弱程度不同，因此不妨區分為三個等級：高、中、低。一首詩含雄偉之形成因素最多者，屬於高級，其次為中級，再其次為低級。例如〈草生原〉隸屬高級，〈鹿場大山〉、〈浪子麻沁〉隸屬中級，〈偈〉隸屬低級，以這樣的方式來談雄偉風格較科學、準確度高。低級者並非表示失敗或低劣的意思，那僅僅指雄偉風格在詩中的高低、強弱程度而已，沒有其他含意。鄭愁予詩作屬於雄偉風格者屢見不鮮，〈鹿場大山〉之外，順手拈來，如〈賦別〉、〈燕雲之十〉、〈金門集〉、〈醉溪流域〉、〈苦力長城〉等皆是佳篇。

根據楊牧的考證，鄭愁予詩語言以愁予二十五歲為分水嶺：

> 在一九五七年以前，亦即愁予二十五歲之前，他的語言是和緩的，陰性的，甚至可以說是傳統地「詩的」。這以後，幾乎以「窗外的女奴」一詩開始，愁予突然蓄意放棄他陰性的語言，努力塑造陽性新語言。他的方法是在傳統性的白話裡注入文言句式的因素，鑄創新辭，分裂古義，無形中使他的語言增加許多硬度。……他的語言轉為堅硬，漸趨陽剛。[10]

---

10 楊牧：〈鄭愁予傳奇〉，收入鄭愁予：《鄭愁予詩選集》，頁 36。

　　楊牧〈鄭愁予傳奇〉一文寫於一九七三年七月，對鄭愁予「陽性新語言」的轉變之跡及其利弊，詳細舉證並解說。四十年前，楊牧慧眼獨具，洞悉鄭愁予詩風轉變的重要因素：語言。不過，其他因素，諸如經歷、思想、人生觀、年齡等因素，與鄭愁予詩風由秀美（陰柔）一變而為雄偉（陽剛）亦息息相關，楊牧未有一語述及。值得注意的是，詩風轉變應是指某些詩而言，並非鄭愁予所有「新語言」的詩皆然。因為啟用「陽性新語言」之後，鄭愁予仍創作許多秀美詩作。進而言之，在一九五七年之前，鄭愁予已使用「陽性新語言」，這在〈偈〉（1954）、〈定〉（1954）、〈度牒〉（1955）、〈當西風走過〉（1956）、〈生命〉（1956）等詩中早已出現。再者，一九五七年，鄭愁予有許多作品使用新語言，這一點，楊牧十分了解，但楊牧卻表示鄭愁予於一九五八年所作的〈窗外的女奴〉是蓄意放棄他陰性的語言的「開始」，換句話說，比楊牧自己說的一九五七年晚了一年，不知何故？此乃楊牧自相矛盾之處。這幾個「美麗的錯誤」必須更正，否則將繼續誤導研究鄭愁予語言的專家、學者。

　　本文僅從語言學或風格學的角度切入，詳細、具體舉例、證明鄭愁予秀美、雄偉詩風的形成因素。六十多年來，研究鄭愁予詩作風格者不少，然而採取本文這種方式、策略剖析的論文，應該不多。這只是一個粗淺的嘗試，冀望拋磚引玉，期待來日能有學者、專家從更多、更新的角度，更深入地鑽研鄭愁予的詩風。

　　最後附帶一提的是，我近幾年已不隨時下所流行過量的、浮濫的引經據典的論文起舞，此文所引用之資料不貪多、不嫌少，夠用就好。再者，此文深受已故美學理論家姚一葦先生的論著啟發，在此特別向他致謝，向他致敬。

鄭愁予的海洋詩

陳俊榮（孟樊）

一 前言

　　有「福爾摩沙」美譽的臺灣四面臨海，海洋應是臺灣人最熟悉的家園，唯誠如論者所言，「在世界的文學舞臺上，臺灣似乎並不以海洋文學著稱」[1]。雖然相關的海洋文學創作與研究直到上世紀末才受到重視[2]，但是臺灣自始並不乏海洋文學作品，楊雅惠即指出：「表面

---

* 　臺北教育大學語文與創作學系教授兼主任

1 　楊雅惠編著：《臺灣海洋文學》（臺南市：國立臺灣文學館；高雄市：國立中山大學現代文學研究室，2012 年），頁 iii。對於海洋的疏離，中國傳統文學亦然。余光中即指出「海洋並非中國文學的重要之選」，並認為：「中國文學的墨水裡缺少海藍。相反地，蘇武牧於北海，張騫通於西域，卻在詩中留下不少白雲、黃沙。」不惟如此，「中國古典詩中歌詠江、湖的傑作很多，但寫海的卻罕見，偶有涉及海洋，也往往一筆帶過，很少大規模的正面描寫。」參見氏著：〈被誘於那一泓魔幻的藍〉──《二十世紀海洋詩精品賞析選》總序〉，收入朱學恕、汪啟疆之編：《二十世紀海洋詩精品賞析選集》（臺北縣：詩藝文，2002 年），頁 21-22。

2 　一九九八年十二月十九日至二十日由國立中山大學文學院主辦的「海洋與繆斯：藝術、文學與海洋文藝國際會議」，是臺灣學界首次以「海洋與文藝」為主題舉辦的學術研討會，會後出版《海洋與文藝國際會議論文集》。相關的海洋詩選集，最早有朱學恕編的《中國海洋詩選》於一九八五年出版（同年出版的有舒蘭主編的《中國海洋詩話》）；之後一九八八年林燿德主編出版《海是地球的第一個名字──中國現代海洋詩選》，以及一九九四年再由朱學恕主編出版《中國海洋詩選（第二輯）》、二○○二年朱學恕與汪啟疆合編出版《二十世紀海洋詩精品賞析選集》。

上看我們並無驚心動魄的海洋文學作品，然而待我們細細整理爬梳，
便會發覺：原來我們有很多海洋書寫，隱藏在各時代、各族群、各文
類作品中，內蘊深厚，令人興奮。」[3]在這些為數不算少的海洋文學
作品中，新詩的創作不僅較早，且其成績遠超過散文與小說，乃至學
界的研究也是先注意到海洋詩的特質與發展[4]。

　　若以作品產量而言，目前臺灣海洋文學的相關創作仍以新詩為
最，其次才是散文與小說[5]。然則海洋詩本身的創作情形究竟為何？
以國內三部較具代表性的詩選《創世紀詩選》（瘂弦等編）、《混聲合
唱》（趙天儀等編）、《新詩三百首》（張默、蕭蕭編）來看，其中所收
詩作內容涉及海及其相關景物的數目分別為：二十首、一百二十首、
三十首，總共一百七十首，比例不高[6]，不到總數一成；雖然海洋詩
的創作量有限，但相較於其他類別的詩作，也算是一大類[7]。較早寫
作海洋詩的詩人從覃子豪以下，包括瘂弦、鄭愁予、楊牧、朱學恕，
以至於汪啟疆等人，可謂為臺灣詩壇較具代表性的詩人。覃子豪於一
九五三年出版的（為他來臺後的第一本詩集）《海洋詩抄》共收四十
七首詩作，全數皆以海洋為主題，被稱為「為海洋詩之寫作推湧出第
一個大浪」[8]，可謂為為臺灣海洋詩創作奠下第一塊基石。稍後接著

3　楊雅惠編著：《臺灣海洋文學》，頁 iii。
4　謝玉玲：《空間與意象的交融——海洋文學研究論述》（臺北市：文史哲出版社，
　　2010 年），頁 8。
5　同前註。
6　李若鶯：〈海洋語文學的浪聲合唱——現代詩中的海洋意象析論〉，收入鍾玲總編
　　輯：《海洋與文藝國際會議論文集》（高雄市：國立中山大學文學院，1999 年），頁
　　42。
7　另外，按李若鶯的統計，以張默《臺灣現代詩編目》所錄一千兩百多種詩集來看，
　　其中書名與海有關者（如船、水手、浪濤之類等等）得數有三十餘種，這當然不是
　　個大數目，「但以書名的五花八門而言，也算是一大類了」。同前註，頁 41。
8　蕭蕭：〈臺灣海洋詩的美學特質〉，收入鍾玲總編輯：《海洋與文藝國際會議論文集》

覃子豪上書的出版，鄭愁予的《夢土上》、《衣缽》、《窗外的女奴》三冊詩集分別於一九五五年、一九六六年、一九六八年出版[9]，這三冊詩集後來於一九七四年整合成《鄭愁予詩選集》出版，其中由鄭愁予本人重編，更收入之前未被選入該詩集的若干詩作，於一九七九年復以《鄭愁予詩集 I：1951-1968》（底下簡稱《鄭》書）重新編印出版。

以《鄭》書而言，該詩集共收一百五十三首詩作，其中有二十一首海洋詩，佔全書的百分之十三點七，比例乍看之下似乎不高，卻是該詩集中極為突出的一個類別[10]。若再與上述幾部詩選集（如《創世紀詩選》的二十首、《新詩三百首》的三十首）相較，便可得知，鄭愁予早期的詩作中，海洋詩創作居有重要的地位；即便與覃子豪的《海洋詩抄》相比，他的海洋詩作份量也幾近覃氏的半數。

然而中晚期之後的鄭愁予，或由於生活際遇與心境的轉變，海洋詩的創作量遽減。停筆十多年後始復出版的《燕人行》（1980）只得一首（總數四十一首），之後再出版的《雪的可能》（1985）（總數五十九首）、《刺繡的歌謠》（1987）（總數四十首）與《寂寞的人坐著看

（高雄市：國立中山大學文學院，1999 年），頁 196。

9　這三本詩集經由鄭愁予重新編排、調整輯目，編輯成《鄭愁予詩選集》一冊於一九七四年出版。參見鄭愁予：〈後記〉，《鄭愁予詩選集》（臺北市：志文出版社，1974年），頁 245。另，按張默《臺灣現代詩編目（修訂篇）》一書所載，一九六八年六月鄭愁予曾自費出版一冊《長歌》（三十二開本，共七十六頁），但據《鄭愁予詩選集》一書作者上述〈後記〉所言，並未提及該本詩集有作品收入上述書中。參見張默：《臺灣現代詩編目（修訂篇）》（臺北市：爾雅出版社，1996 年），頁 25。

10　與海洋詩相互媲美的另有山岳詩一類，詩集中即有兩輯〈山居的日子〉與〈五嶽記〉，收錄的絕大多數都屬山岳詩，其比例較諸海洋詩更高，此或與詩人年輕時代酷愛登山有關，在《寂寞的人坐著看花》詩集〈後記〉中，鄭氏曾自述：「我昔日的登山活動，結局於輯輯小詩……」，意即指此。參見鄭愁予：《寂寞的人坐著看花》（臺北市：洪範書局，1993 年），頁 225。

花》（1993）（總數八十三首），其海洋詩作分別只有：一、三、七首，比例甚低，顯而易見，鄭愁予的海洋詩幾乎全集中於他早期創作的年代[11]。在總數三十三首海洋詩中，有百分之六三點六的比例全集中於他早期出版的《鄭》書中。

　　誠如上述，海洋詩的比重雖然不是很高，但在鄭愁予早期的創作中可謂為他極為看重的一個文類，否則他的《夢土上》就不會特別闢出一輯〈船長的獨步〉收錄他多首海洋詩。然則他的海洋詩有如何的表現？或者說，他如何來經營這一獨特類別的詩作？底下分從意象與主題，以及語言與手法兩部分，以進一步探究鄭愁予海洋詩作的底蘊。

二　海洋詩的意象與主題

　　一如海洋文學的範疇包含甚廣[12]，屬於海洋文學一環的海洋詩，其指涉層面亦極為廣泛，廣義而言，它實係涵蓋了海景、港岸、航海、水族，乃至於海洋生態書寫等，茲引余光中為朱學恕與汪啟疆含編的《二十世紀海洋詩精品賞析選集》所寫的總序提及的關於海洋詩一詞界義的一段話以為說明：

　　　甚麼是海洋詩呢？這名詞頗難界定。如果說，以海洋為主題而
　　　正面寫海的詩，才算是海洋詩，那這本選集裡有不少詩都不合

11　統計這些詩集（上述前三冊合集為《鄭愁予詩集Ⅱ：1969-1986》，2004 年由洪範書店出版）加上《鄭》一冊詩作總數共三百七十六首，其中海洋詩作有三十三首，僅佔總數的百分之八點七，比例不到一成。

12　謝玉玲指出：「海洋文學的範圍甚廣，除了對海洋地理地貌與生態人文的描寫之外，還包含了海港城市的開發與傳說、海洋文化傳承、海洋生物故事輯述與鉤沉、海洋風光、海洋飲食文化等諸多面向。」參見氏著，前揭書，頁 9。

格。許多詩其實寫的是人，而以海洋為其背景；或是以人情、人事為主體，而以海洋為襯托，為比喻；或是出入於虛實之間，寫岸上人思念海上人，或海上人思念岸上人；或是寫海陸之間的特殊空間：海岸[13]。

余文上述的自問自答，似乎並未正面為海洋詩下定義，但是從他所勾勒的諸種海洋詩所涉及的面向，以及在該文中所舉詩作的討論來看，不啻說明上面那一段話其實就是他給予海洋詩一詞的界定。如果說正面寫海的詩才是海洋詩，那麼朱學恕與汪啟疆合編的書中不少詩都可以被剔除掉，包括本文擬欲討論的鄭愁予的海洋詩，情形亦同。再以余光中上述對於海洋詩的界定觀之，一首詩作如梁啟超的〈澳亞歸舟雜興〉同時要描寫海港、水族、航海與海上景致，還要抒發詩人當下心境，甚至寄託情志以喻人（國）事，殊屬難得[14]：

> 拍拍群鷗相送迎，珊瑚港灣夕陽明。
> 遠波淡似裡湖水，列島繁於初夜星。
> 蕩胸海風和露吸，洗心天樂帶濤聽。
> 此遊也算人間福，敢道潮平意未平。

以余氏的界義而言，梁任公此一海洋詩可說再標準不過了；但是合此「典型」標準的海洋詩實不多見。鄭愁予海洋詩作所涉及的題材雖不能說是狹隘，然而單就一首詩來看，其涵蓋面顯然未能如梁氏此詩「完整」。

---

13 余光中：《二十世紀海洋詩精品賞析選集》，頁 25。

14 余光中上文認為梁啟超這首在一九○一年五月寫於自澳洲赴日本的海洋詩作，不算他的傑作，至少比他的〈自勵〉七律名句「世界無窮願無盡，海天寥廓立多時」要遜色多了。同前註，頁 24。

1 海洋詩的意象

詩人所運用之意象通常來自詩作所涉及之題材，題材廣泛，意象也就能多采多姿。按李若鶯對臺灣現代詩海洋意象的研究，海洋詩涉及的相關題材包括：海邊景物、海民及其生活、海的物產、海面景物、海戰，以及海濱的情愁，並由這些題材，以做為海洋意象的展現[15]。從余光中的界義來看鄭愁予的海洋詩，可以發現它幾乎不從正面來描寫海，類如這樣的詩句：「熱帶的海面如鏡如冰」（〈船長的獨步〉）、「金光金光萬指／波濤波濤千掌」（〈金山灣遠眺〉）、「我們從遠方踏著中國海的波來／兩腳染了浪漫的南方藍」（〈浪漫新加坡〉）、「星星在水面滑行／也許是魚的眼睛」（〈夜船行〉）觸及海洋本身的意象者，可謂少之又少。大體上，鄭愁予的海洋詩敘寫的有海邊景物（海岸、沙灘、燈塔、碼頭⋯⋯）、海的物產（珊瑚、貝殼、魚）、海面景物（海浪、船舵、鷗鳥、海豹），亦涉及李若鶯所歸納的「海濱的情愁」（如〈小小的島〉一詩的起頭兩行：「你住的小小的島我正思念／那兒屬於熱帶，屬於青春的國度」）；至於「海民及其生活」與「海戰」這兩類題材及其意象，則未見之於鄭氏的海洋詩作中。

如果我們進一步細察，可以發現，在鄭愁予海洋詩中最常出現的有兩種意象：港與島，前者有十二首而後者有七首詩分別出現這兩類意象，各佔總數的百分之三十六與百分之二十一，試看下表的統計：

---

15 李若鶯：〈海洋語文學的浪聲合唱——現代詩中的海洋意象析論〉，收入鍾玲總編輯：《海洋與文藝國際會議論文集》，頁 46-48。

意象	意涵	詩作	詩集	合計
港	停泊／回歸	〈老水手〉、〈港邊吟〉、〈貝勒維爾〉〈晨景〉、〈港夜〉、〈姊妹港〉〈夜謌〉、〈編秋草〉	《鄭愁予詩集Ⅰ》	12（首）
		〈金山灣遠眺〉	《燕人行》	
		〈舊港〉	《雪的可能》	
		〈西頭嶼邀飲海明威〉	《刺繡的歌謠》	
		〈靜的要碎的漁港〉	《寂寞的人坐著看花》	
島	思念	〈我以這輕歌試探你〉、〈小小的島〉、〈水手刀〉、〈編秋草〉	《鄭愁予詩集Ⅰ》	7（首）
		〈訪友預備〉	《刺繡的歌謠》	
		〈老塞布魯河口燈塔〉、〈鱈魚角談創作〉	《寂寞的人坐著看花》	

　　按照楊雅惠對於臺灣現代海洋詩的研究所示，在詩中出現的海港（海濱、渡口、碼頭）意象，由於港口特殊的交通位置，往往代表的是「人送往迎來記憶匯集的場所」，由是「記滿了人生聚散契闊」（例如林永修的〈出航〉、旅人的〈港邊惜別〉、郭水潭的〈廣闊的海——給出嫁的妹妹〉等）[16]。然而鄭愁予海洋詩中出現的「港」意象卻有與眾不同的用法，它往往意指「停泊」，「有生命的休憩」之意，如〈貝勒維爾〉一詩開頭四行所說：「你航期誤了，貝勒維爾！／太耽於春深的港灣了，貝勒維爾！／整個的春天你都停泊著／說要載的花蜜太多，喂，貝勒維爾呀：」[17]；有時候「海港」的意象在詩中更有

16 楊雅惠編著：《臺灣海洋文學》，頁213。
17 鄭愁予：《鄭愁予詩集Ⅰ：1951-1968》（臺北市：洪範書局，1979年），頁96。

進一步指向「回歸」之意，此一用法最明顯的莫過於〈舊港〉一詩
了。與〈錯誤〉、〈貴族〉、〈情婦〉諸「新聞怨詩」恰成對比的是[18]，
〈舊港〉裡的浪子已經歸來（欲迎娶佳人），奈何佳人已杳（真應了
一句「雕欄玉砌應猶在，只是朱顏改」）[19]。港，在此已變成「人生回
歸」的象徵；水手或旅人在海上航行想念那港的晴朗的日子，試看
〈港邊吟〉一詩第二段的描繪：

> 我思念，晴朗的日子
> 小窗透描這畫的美予我
> 以雲的姿，以高建築的陰影
> 以整個陽光的主體和亮度
> 除圓與直角，及無數
> 耀耀的小眼睛，這港的春呀
> 繫在旅人淡色的領結上
> 與牽動這畫的水手底紅衫子
> 而我遊戲，乘大浪擠小浪到岸上
> 大浪咆哮，小浪無言
> 小浪卻悄悄誘走了沙粒……[20]

海港的春訊「繫在旅人淡色的領結上／與牽動這畫的水手底紅衫
子」，成了他們（水手或旅人）思念的象徵，這港乃「以雲之姿，以
高建築的陰影／以整個陽光的主體和亮度」以及「無數／耀耀的小眼
睛」向他們召喚。海港（或港口）召喚著水手（有時也指船長）回

18 孟樊：〈浪子意識的變奏——讀鄭愁予的詩〉，《文訊月刊》，第 30 期（1987 年 6
　月），頁 153。
19 鄭愁予：《雲的可能》（臺北市：洪範書局，1985 年），頁 182-184。
20 鄭愁予：《鄭愁予詩集 I：1951-1968》，頁 72-73。

歸，然而往往讓人日夜思念的卻是那海上的島，鄭詩多以海島來象徵
他的思念，像〈我以這輕歌試探你〉一詩，詩中所試探的對象「你」
也即是象徵他思念的那座海島，一開頭他就說「海島是海洋的隱
宮」，他雖撩不開這「隱宮的重幃」卻仍能「感到你微微地噓息」，然
後才「想以這輕歌試探你」，並且一路上拾著貝殼，「像採集著花束向
你走近」[21]。海島作為思念的象徵，莫過於底下這首〈小小的島〉
了：

> 你住的小小的島我正思念
> 那兒屬於熱帶，屬於青春的國度
> 淺沙上，老是棲息著五色的魚群
> 小鳥跳響在枝上，如琴鍵的起落
>
> 那兒的山崖都愛凝望，披垂著長藤如髮
> 那兒的草地都善等待，鋪綴著野花如菓盤
> 那兒浴你的陽光是藍的，海風是綠的
> 則你的健康是鬱鬱的，愛情是徐徐的
>
> 雲的幽默與隱隱的雷笑
> 林叢的舞樂與冷冷的流歌
> 你住的那小小的島我難描繪
> 難繪那兒的午寐有輕輕的地震
>
> 如果，我去了，將帶著我的笛杖
> 那時我是牧童而你是小羊

---

21 同前註，頁 90-91。

　　　要不，我去了，我便化做螢火蟲

　　　以我的一生為你點燈[22]。

　　詩中人「我」所思念的是你居住的熱帶的小島[23]，「我」想念的有島上的山崖、草地、陽光、林叢、地震……乃至於「我」所愛的你（「愛情是徐徐的」），而且「我」甚至願意化作螢火蟲「一生為你點燈」。鄭愁予詩中所出現的島雖代表思念，未必都指向詩中人所愛的對象，這首〈小小的島〉較為特殊，將思念和愛情結合，抒發了詩人的情思。

　　若我們進一步從上述鄭詩較常出現的意象「港」與「島」予以探究，便會發覺他的海洋詩的另一項特徵。如上所述，鄭愁予極少描寫海洋本身的景致，反而常從海的那一面來看島嶼或陸地。亦即他的觀看視角往往是從海上的角度出發（海→陸），很少自陸地（海港、海岸、海灣）來描寫海洋本身（陸→海）；而與此相連結的是，詩中人從海上歸來的行動，如〈老水手〉中的老水手「上岸來了」（「你不過是／想看一看這片土地」）[24]，又如〈想望〉中的「生活在海上」的「我」，「心想著那天外的陸地」：「那遠處的沙岸，鷗鳥和旗／那帶著慰問和離緒的／出出進進的檣帆」[25]，再如〈浪漫新加坡〉所云：「我們從遠方踏著中國海的波來／兩腳染了浪漫的南方藍／／然後動著情歌在震盪的沙灘上／享受世界上最浪漫的水床」[26]……所以他寫港與

22　同前註，頁 92-93。

23　鄭愁予詩作中出現的島（小島、海島），並未有特定指涉臺灣島。以這首詩為例，此一「屬於青春的國度」的小島，是熱帶的島嶼；但臺灣島則位於亞熱帶，顯然兩者的緯度是不同的。

24　鄭愁予：《鄭愁予詩集 I：1951-1968》，頁 3。

25　同前註，頁 7-8。

26　鄭愁予：《刺繡的歌謠》（臺北市：聯合文學，1987 年），頁 81。

島，視角多是從海至陸的角度出發；再不然就像〈港邊吟〉與〈貝勒維爾〉中的詩中人一樣在港邊散步或港灣耽擱——就在陸地上彳亍，海反而離得遠。

2 海洋詩的主題

如上所述，詩的題材有助於意象的形塑，而意象的展現也能進一步塑造或凸顯詩的主題。在西洋文學中，大海或海洋常常被隱喻為母親，具有誕生與再世的意涵[27]，而在詩歌的表現上，所涵蓋的主題範圍則更為廣泛，譬如在美國詩人惠特曼（Walt Whitman）的《草葉集》（*Leaves of Grass*）中所得見的海洋詩，表現的即流動而神祕的主題[28]。又如英國湖畔派詩人柯立芝（Samuel Taylor Coleridge）的〈古舟子詠〉（"The Rime of the Ancient Mariner"），呈現的則是罪與罰的主題[29]。另一位著名的浪漫派詩人拜倫（George Gordon Byron）的〈海盜〉（The Corsair）卻是以惡魔的主角人物表現詩人對「自由的守望」的主題[30]。還有其他詩人如狄瑾蓀（Emily Dickinson）、鄧肯（Robert Duncan）等的海洋詩，書寫的是愛情的主題，大海被比喻為「愛的世界」，而航海則是一種「愛的旅程」[31]。西洋海洋詩廣闊而多元的主題，中國古典海洋詩的表現也不遑多讓，以盛產海洋詩的唐詩而言[32]，海洋在詩中往往表現為懷抱廣闊胸懷、反映離情別緒，以及

---

27 Jack Tresidder 著，石毅、劉衍譯：《象徵之旅》（北京市：中央編譯出版社，2001年），頁 112。

28 楊中舉：〈從自然主義到象徵主義和生態主義——美國海洋文學概述〉，《譯林》，2004 年第 6 期，頁 197。

29 朱自強主編：《海洋文學》（青島市：中國海洋大學出版社，2012 年），頁 80。

30 同前註，頁 85。

31 劉衛英、周小倩：〈英美詩歌中的海洋意象片論〉，《東疆學刊》，第 15 卷第 2 期（1998 年 4 月），頁 76。

32 據尚光一對《全唐詩》（清彭定求等編，中華書局 1999 年版）的統計，在五萬多首

寄託憂戚感懷的主題[33]。然則鄭愁予的海洋詩到底表現了甚麼樣的主題？

在為數三十三首海洋詩作中，鄭愁予最常表現的主題是：鄉愁與愛情；另有少部分詩作則與人的寂寞的主題有關。不論與西洋（尤其是英美）或中國古典海洋詩相比，鄭愁予的海洋詩所呈現的主題都較為集中，顯得沒它們那麼多面（譬如缺乏自由奔放、開闊胸懷、流動神祕、挑戰與征服、孕育生命……的主題），這或與詩人早年的浪漫情懷有關。進一步言，鄭詩的浪漫情懷實又源出於他的浪子意識，而浪子意識形成他的流浪詩風，使得他早期的詩作主題呈顯出濃濃的「空間漂泊感」與「時間消逝感」[34]；而這樣的浪子意識展現在他的海洋詩作上，則多集中為鄉愁與愛情的主題（外加「浪子的寂寞」）。

先看鄭愁予擅長表現的鄉愁主題。人的鄉愁何由而生？一言以蔽之，乃來自對家鄉的思歸；而這種歸思則又緣由他（水手、船長、旅人，或者——浪子）的遠離，遠離久了就想上岸，想要回到故鄉來。如〈老水手〉中上岸來了的老水手，對著靜靜的城角「翻起所有的記憶」，想念著故鄉的雨季和女人[35]。在〈船長的獨步〉中，船長的獨步訴說的除了「空間的飄泊感」（「你面向南走去」），更有濃郁的「時間消逝感」（「昔日的紅衫子已淡，昔日的笑聲不在／而今日的腰刀已成鈍錯了」）；「若非夜鳥翅聲的驚醒」（他須向南續航），船長「必向北

唐詩中，涉及海洋意象的詩作有九百餘首；「其中僅以吟詠海洋本身、涉海物品、海濱島嶼生活等為主題的描述型海洋意象」之詩作也有一百餘首，數量眾多。參見尚光一：〈論唐詩中海洋意象的抒情價值〉，《華夏文化》，2010 年第 3 期（2010 年 9 月），頁 32。

33 同前註，頁 32-36。

34 孟樊：〈浪子意識的變奏——讀鄭愁予的詩〉，頁 152-154。

35 鄭愁予：《鄭愁予詩集Ⅰ：1951-1968》，頁 3-6。

方的故鄉滑去」[36]。浪子的歸思在〈歸航曲〉這首詩展露得最為徹底：

> 飄泊得很久，我想歸去了
> 彷彿，我不再屬於這裡的一切
> 我要摘下久懸的桅燈
> 摘下航程裡最後的信號
> 我要歸去了……
>
> 每一片帆都會駛向
> 斯培西阿海灣
> 像疲倦的太陽
> 在那兒降落，我知道
> 每一朵雲都會俯吻
> 汨羅江渚，像清淺的水渦一樣
> 在那兒旋沒……
>
> 我要歸去了
> 天隅有幽藍的空席
> 有星座們洗塵的酒宴
> 在隱去雲朵和帆的地方
> 我的燈將在那兒昇起……[37]

這首「歸航曲」不啻就是浪子的海洋「遊子吟」：浪子倦遊而思
歸！詩中提及的斯培西阿海灣與汨羅江渚皆為詩人（雪萊、屈原）葬
身所在，其用典儘管或有商榷之處，但死亡畢竟是人生最後的歸宿

---

36 同前註，頁 94-95。
37 同前註，頁 117-118。

（落葉歸根），鄭愁予也許刻意用此典故以示浪子最決絕的思歸。正因為思鄉情怯，在〈貝勒維爾〉一詩中，回到港灣和陸地的貝勒維爾，整個春天船都停泊著，終於耽誤航期：「帆上的補綴已破了⋯⋯／舵上的青苔也厚了⋯⋯」[38]。不僅如此，來自海上歸居山裡的人，在〈山外書〉中甚至「不再相信海的消息」，以山為「凝固的波浪」，也因此他的「歸心」終「不再湧動」[39]。

次言海洋詩的愛情主題。如前所述，西方海洋詩中不乏表現愛情的主題。例如以〈致大海〉（"To the Sea"）海洋詩聞名的俄國浪漫主義詩人普希金（Alexander Pushkin）[40]，他亦有以海洋或海上航行為寄託的海洋愛情小詩，如〈致航船〉中所呼喚的「你這海上有翼的美人！」將美人喻為帆船，希望海風「鼓滿那張幸福的風帆」，別用波浪劇烈搖晃，「使她的胸口感到苦酸」，藉海洋抒發詩人憂鬱深沉的戀情[41]。鄭愁予的海洋詩中也有類似普希金這種愛情小詩，如〈小小的島〉、〈如霧起時〉、〈採貝〉、〈姊妹港〉等等，浪漫情懷依稀可見，請看這首膾炙人口的〈如霧起時〉：

> 我從海上來，帶回航海的二十二顆星。
>
> 你問我航海的事兒，我仰天笑了⋯⋯
>
> 如霧起時，
>
> 敲叮叮的耳環在濃密的髮叢找航路；
>
> 用最細最細的噓息，吹開睫毛引燈塔的光。

---

38 同前註，頁 96-97。

39 同前註，頁 57-58。

40 一八二四年發表的〈致大海〉一詩，是普希金一首被傳誦最多的政治抒情詩，海洋在詩中被詩人賦予最高貴的自由品格，表現出反抗暴政、追求光明與謳歌自由的主題。參見吳曉都：〈普希金與海洋〉，《寧波大學學報（人文科學版）》，第 24 卷第 4 期（2011 年 7 月），頁 10。

41 同前註。

　　　　赤道是一痕潤紅的線，你笑時不見。

　　　　子午線是一串暗藍的珍珠，

　　　　當你思念時即為時間的分隔而滴落。

　　　　我從海上來，你有海上的珍奇太多了……

　　　　迎人的編貝，嗔人的晚雲，

　　　　和使我不敢輕易近航的珊瑚的礁區[42]。

　　這首海洋情詩，余光中和蔡振念諸人都有過精闢的分析[43]，如余光中認為「詩中人表面是水手，實際上是情人，但是一路寫來，海上的景色與陸上女友的面容體態卻互為虛實，相映成趣，其中意象的交射互補，靈活而且生動」[44]；蔡振念則指出「船行霧中，追尋燈塔正如撥開情人的睫毛尋其眼神，在髮叢中敲叮叮的耳環或如霧中的鳴笛，意象貼切的並比鋪陳，具象化了情人間的親暱感。情人如編貝之皓齒，如晚雲的臉頰，提醒了詩人海上的珍奇，而情人難懂的心，則如航行中危險的珊瑚礁區了。」[45]

　　余光中認為不少海洋詩，尤其是所謂的「詠海詩」，表面上描寫的雖是有關海的物事，其實是在喻人[46]，〈如霧起時〉也就是一首喻人之詩。另一首〈姊妹港〉海洋情詩如此寫道：「小小的姊妹港，寄泊的人都沉醉／那時，你與一個小小的潮／是少女熱淚的盈滿／偎著所

---

42 鄭愁予：《鄭愁予詩集Ⅰ：1951-1968》，頁 99-100。

43 參見余光中，前揭文，頁 30-31；蔡振念：〈臺灣現代海洋詩中的意象與情感〉，收入鍾玲總編輯：《海洋與文藝國際會議論文集》（高雄市：國立中山大學文學院，1999 年），頁 118。

44 余光中：《二十世紀海洋詩精品賞析選集》，頁 30。

45 蔡振念：〈臺灣現代海洋詩中的意象與情感〉，頁 118。

46 余光中：《二十世紀海洋詩精品賞析選集》頁 26。

有的舵，攀著所有泊者的夢緣／那時，或將我感動，便禁不住把長錨徐徐下碇」[47]，詩中姊妹港中的小浪潮被喻為少女的盈滿的熱淚，將「我」感動，令「我」這位浪子（水手、船長，旅人）「禁不住把長錨徐徐下碇」；至此，倩女讓停泊的浪子為伊不再漂泊了！思歸的浪子意識由於有了情愛的寄託，終於可以休矣。

至於鄭詩所呈現的另一種寂寞的主題，如上面提及的〈貝勒維爾〉，以及〈水手刀〉、〈老水手〉等詩，都顯露出詩中人因長期航海而揮之不去的寂寞情緒或心境。〈水手刀〉中那把因「被離別磨亮」的水手刀（每趟出航都代表一次的離別），雖然也帶給水手歡樂，卻也「被用於寂寞」[48]。而耽於春深的港灣的貝勒維爾以及上了岸來的老水手，莫不也因海上的寂寞情緒，才會興起他們的回憶與不欲再離去的念頭[49]？說穿了，正因為海上生活的寂寞，才令他們思念起島嶼（岸上），想要回到港口（港灣），泛起濃郁的鄉愁，興許島上還有一位他們魂牽夢繫的女郎，企盼他們的回歸。如此看來，諸如島嶼、港口、沙灘、燈塔、碼頭、貝殼……等經常出現於鄭詩中的「海洋意象」──其共同特徵都在陸地（海→陸），正是為了要烘托上述那樣的主題。

三　海洋詩的語言與手法

鄭愁予海洋詩擅長使用的意象與展現的主題已如上所述，底下我

---

47 鄭愁予：《鄭愁予詩集 I：1951-1968》，頁 141。

48 同前註，頁 98。

49 〈老水手〉一詩開頭雖說老水手上岸，並「不是為了／難堪的寂寞／和打發一些／遲暮的情緒」（同前註，頁 3），但這有欲蓋彌彰的味道，因為老水手憶起的故鄉和女人無法和他分離，然而海上的生活卻讓他遠離他們，豈不感到「難堪的寂寞」？

們則進一步探討他所運用的語言特徵，以及用何種手法以呈現上述那樣的主題。李若鶯曾歸納臺灣現代海洋詩中有關意象的五種主要面向：概念之海、原象之海、譬喻之海、象徵之海、哲思之海[50]，其中前兩類與最後的一類屬海洋詩的語言特質，而第三、四類則屬運用的手法。撇下其分類標準不一的問題不談，從它的分類依稀可以得知，臺灣海洋詩的語言本身有多種不同面向的展現，譬如有覃子豪〈追求〉這種具壯美之美的語言，又有瘂弦〈遠洋感覺〉那種具知性又現實感的語言[51]；有白萩〈羅盤〉這種精神抖擻、慷慨激昂的語言，也有汪啟疆〈羅曼史感覺〉那種溫熱潮溼的語言；有張默〈關於海喇〉這種現代主義的語言，更有羅青〈多次觀滄海之後再觀滄海〉那種後現代主義的語言……。那麼，鄭愁予海洋詩的語言具有何種特徵？

1 海洋詩的語言

在臺灣眾多的海洋詩作中，獨樹一格的鄭愁予由於往往被視為浪漫派的代表性詩人[52]，其海洋詩作亦因而展現了與上述諸人不同的風格特徵。蕭蕭在〈臺灣海洋詩的美學特質〉一文中即拿他和瘂弦做比較，說鄭愁予的海洋詩是「柔美之美」，而瘂弦則「類近於壯美之美，隱藏著現實感、現實的批判」，並認為鄭詩的語言是一種「近海的女性書寫」[53]。也正因為鄭詩的語言風格如此，所以蕭蕭即認為「基

---

50 這五種意象（面向）的分類標準不一（劃分標準有的按語言本身的特性，如概念；有的依運用的手法，如譬喻與象徵），不能兜在一起來劃分，類別之間的性質是不同的。參見李若鶯：頁 42-46。

51 瘂弦此詩，余光中卻認為「感性十足」，而且具現代感（中間以暈船的意識流來承接）。參見余光中：《二十世紀海洋詩精品賞析選集》，頁 28。

52 其實臺灣詩壇並無所謂浪漫派，雖然有若干抒情風格較為強烈的詩人（如早期的葉珊，夐虹，林泠，鄭愁予等人），卻從未自成一個流派，充其量只能說他們具有一些浪漫主義的精神。

53 蕭蕭：〈臺灣海洋詩的美學特質〉，頁 201。

本上,鄭愁予是一個柔性的詩人」,透露著濃厚的「傳統詩情」[54]。

　　如果我們細查上文徵引的幾首鄭愁予的海洋詩,如〈港邊吟〉、〈小小的島〉、〈如霧起時〉……,便可發覺它們所顯現的「陰柔美」特性;而之所以會具有這種陰柔美的特性,按照楊牧在〈鄭愁予傳奇〉一文的說法是,乃由於鄭愁予早期(二十五歲之前)的語言是和緩的、陰性的[55],試看底下另一首〈我以這輕歌試探你〉:

> 說海島是海洋的隱宮,
> 　夏夜是隱宮的的重幃;
> 說遠來的河道是隱宮的曲徑,
> 　小魚的泡沫是我的足音。
> 我呀,撩不開這重幃,
> 　卻感到你微微地噓息。
>
> 我想以這輕歌試探你,
> 我聽過你的鈴聲,你的槳聲。
> 你悄悄地自言自語……
> 一路上我拾著貝殼,
> 　像採集著花束向你走近;
> 呀,你使我如此的驚喜,
> 　原來竟是這麼個黑裙的小精靈。[56]

　　這首「思念」的情歌,如同詩題所稱,有著「輕快的旋律」;雖然當中可嗅出詩中人「我」濃郁的思念情緒(「我呀,撩不開這重

---

54 蕭蕭:《現代詩學》(臺北市:東大圖書公司,1987年),頁71。

55 楊牧:〈鄭愁予傳奇(代序)〉,《鄭愁予詩選集》,頁36。

56 鄭愁予:《鄭愁予詩集Ⅰ:1951-1968》,頁90-91。

幃」），但是朗讀起來的旋律與節奏則是輕快無比。正因為「歌」是
「輕」的，所以語言極為柔美；而且歌雖是輕快的，卻一點也不急
促，例如首、末兩節倒數第二行感嘆詞「呀」的停頓，除了顯露帶點
自艾與驚喜的情緒之外，更兼有和緩節奏的效果。鄭詩以陰性的語言
所構築的這些意象，諸如隱宮、重幃、曲徑、噓息、樂聲（而非沉重
的鐘聲）、貝殼、花束、黑裙的小精靈，乃至輕歌本身，形塑了此詩
的柔美之感。清代桐城派姚鼐的〈復魯絜非書〉一文曾以對照的方式
提出文學語言的陽剛與陰柔之美的說法，鄭愁予的海洋詩庶幾近於陰
柔之風：

> 自諸子以降，其為文無弗有偏者。其得於陽與剛之美者，則其
> 文如霆，如電，如長風之出谷，如崇山峻嶺，如決大川，如奔
> 騏驥；其光也，如杲日，如火，如金鏐鐵……。其得於陰與柔
> 之美者，則其文如升初日，如清風，如雲，如珠玉之輝，如鴻
> 鵠之鳴而入寥廓……。

以姚鼐所說的「陰柔之美」——如升初日、如清風、如雲、如珠玉之
輝，乃至如鴻鵠之鳴而入寥廓來形容鄭詩的語言風格，可說頗為肯
綮。從上詩〈我以這輕歌試探你〉也可得知鄭愁予海洋詩的抒情特
徵，他的陰柔之美都帶有濃濃的抒情風，而這一點通常也是浪漫主義
詩人共有的語言特色，誠如佩克（John Peck）與柯里（Martin Coyle）
二氏指出的，浪漫派詩人較為崇尚自然（海洋詩即屬之），他們在自
然那裡發現理性哲學家所無法看見的真理與價值；也由於對自然的強
調，導致他們極為重視情感與情緒（emotions and feelings）[57]，換言

---

57 John Peck, Martin Coyle, *Literary Terms and Criticism* (Houndmills, Basingstoke, Hampshire: Macmillan, 1993), 62.

之，浪漫派詩人多使用感性的語言而少用知性的語言，譬如英國華滋華斯（William Wordsworth）與柯立芝（Samuel Taylor Coleridge）合著的《抒情歌謠》（*Lyrical Ballads*）[58]，即顯現詩人「強烈感情的自然流露」（the spontaneous overflour of powerful feelings）[59]。

帶有抒情風格的浪漫主義詩作，除了上述表現詩人個人豐富的感情之外，由於對自然的熱愛，其語言也強調回歸「自然」，亦即認為日常的素樸語言也可以進入詩的創作來[60]；也因此，一般浪漫主義詩作的語言皆遠離晦澀難解。鄭愁予海洋詩的語言一如他大部分的詩作（尤其是早期），語言都相當散文化[61]，例如〈老水手〉、〈想望〉、〈我以這輕歌試探你〉、〈船長的獨步〉、〈貝勒維爾〉、〈採貝〉、〈歸航曲〉……語言都極為「日常」，甚至有口語化的傾向，如〈老水手〉的首段十四行，若不以分行詩的方式迴行或斷句，改成一般行文方式呈現，即為「不是為了難堪的寂寞和打發一些遲暮的情緒，你提著舊外套，張開困乏而空幻的眼睛，你上岸來了。你不過是想看一看這片土地，這片不會浮動的屋宇，和陌生得無所謂陌生的臉孔。」[62]顯而易見，這是非常口語化的句子，也就是我們平常所使用的白話，因此楊牧在上文中才指出鄭詩使用的是「清楚乾淨的白話」[63]

然而，誠如拙文〈浪子意識的變奏──讀鄭愁予的詩〉所說，中晚期的鄭愁予，雖然仍保有散文化的語言，「但大體言之，語言有濃

---

58 《抒情歌謠》被視為為浪漫派的詩歌提供了一有效的起始點。Ibid.

59 張瓊：《靈魂旋律──英美浪漫主義詩新讀》（北京市：北京大學出版社，2012 年），頁 4。

60 同前註。

61 孟樊：〈浪子意識的變奏──讀鄭愁予的詩〉，頁 160-161。

62 鄭愁予：《鄭愁予詩集 I：1951-1968》，頁 3-4。

63 楊牧：〈鄭愁予傳奇（代序）〉，《鄭愁予詩選集》，頁 23。

縮的傾向」[64]，他的海洋詩作當然也不例外，例如〈在渡中〉的前五行：「　起音演奏／浪花竟輕輕推拒／因之我們拋卻所有的欲念／如海天只餘下藍／只餘下藍的大舞臺佔滿空洞的演奏場」，以及末九行：「渡船仍是一團樂隊／為演奏卻不為／行進／　旅人終要／試著自己登岸／而所謂岸是另一條船舷／天海終是無渡／這些情節／序曲早就演奏過」[65]詩中的語言已不再那麼口語。按楊牧上文的看法，這是由於鄭愁予「在傳統性的白話裡注入文言句式的因素」，乃至「鑄創新辭，分裂古義」，無形之中使他的語言增加許多硬度[66]，包括〈金山灣遠眺〉、〈舊港〉、〈靜的要碎的漁港〉、〈思凡期的海豹——在阿拉斯加，中秋，是思凡的季節〉……都有比較不流暢的文言辭彙或句式[67]。事實上，鄭詩語言硬度之所以增加，除了是口語化的褪去有以致之，也有一半是因為抒情色彩的淡化，換言之，中晚期的海洋詩，知性的語言逐漸增加，而感性的語言便也相對減少，早期的浪漫風格遂也隨之改變。

2 海洋詩的手法

　　鄭愁予詩作的擅用手法，歷來研究者眾，但說法大體上不脫楊牧最早在〈鄭愁予傳奇〉一文中劈頭便開門見山所提出的看法：「鄭愁予是中國的中國詩人，用良好的中國文學寫作，形象準確，聲籟華

64　孟樊：〈浪子意識的變奏——讀鄭愁予的詩〉，頁 161。

65　鄭愁予：《寂寞的人坐著看花》，頁 16-17。

66　楊牧：〈鄭愁予傳奇（代序）〉，《鄭愁予詩選集》，頁 36。

67　張梅芳對鄭愁予這種「文言與白話交揉的現象」有不同的看法。她認為這反而可以「形成語言伸縮的效果」，蓋詩行中若「以文言又凝鍊的語句，壓縮文字的密度，配合口語白話的調度」，可使「語感緊嚴而不過度散化」。參見張梅芳：〈鄭愁予詩語言的構成物件及其技法〉，《當代詩學》，第 2 期（2006 年 9 月），頁 73。但是楊牧則認為鄭愁予最可觀的詩，「仍然要在他明快的語言裡找」。參見楊牧：〈鄭愁予傳奇（代序）〉，《鄭愁予詩選集》，頁 39。

美，而且是絕對地現代的。」[68]說他是「中國的」，是因為他文字的節
奏極其中國，非英語節奏所能替代的[69]，而且其意象又很富中國傳
統；至於說他又是「絕對地現代」，則係他能「以最傳統的意象撥見
最現代的敏感」[70]。然而，若專就其展現手法來看，楊牧上文指出的
主要有兩項，即「形象準確」與「聲籟華美」。以前者「形象準確」
而言，上一節論及其海洋詩的意象表現時即曾觸及此一特點（因形象
化在詩中也即以意象展現出來）──確切地說，應該是「長於形象地
描繪」，茲不復贅言[71]。就後者「聲籟華美」而言，則有必要再進一
言。

　　先回過頭再看看上引詩〈我以這輕歌試探你〉。首先，這首「詩
歌」有極為「自然」的押韻。如宮、徑、聲、靈等字都押ㄥ韻，息、
你、語、喜則押ㄧ或ㄩ韻（ㄧ、ㄩ可視為同韻）；另外，音與近押ㄣ
韻，而重幃重複兩次，也可算是押ㄟ韻──以上這些都押腳韻，誠如
楊牧所說鄭愁予「不依靠腳韻來協調節奏，但亦不完全避免天籟的韻
腳」[72]。再看此詩以「頓」（短暫停頓，如音樂的休止符）產生的節
奏[73]：前後兩段末兩句（行）句首出現的感嘆詞「呀」之後出現的
頓，使本詩形成長短有疾有徐的節奏；且選用感嘆詞「呀」而不用較
為沉重的「啊」，也讓人有輕快的感覺──如詩題所稱這是一首

68　楊牧：〈鄭愁予傳奇（代序）〉，《鄭愁予詩選集》，頁11。
69　同前註，頁12。也因為如此，所以楊牧乃謂：「鄭愁予的詩最難英譯」（頁11）。
70　同前註，頁15。
71　長於形象描繪的鄭詩，所顯現的意象極為生動、鮮活，可謂「詩中有畫」。詳見孟
　　樊：〈浪子意識的變奏──讀鄭愁予的詩〉，頁159。
72　楊牧：〈鄭愁予傳奇（代序）〉，《鄭愁予詩選集》，頁26。
73　由「頓」產生節奏上輕快的效果，另一首〈港夜〉可為代表。這首詩共四段，每段
　　二行，後三段每段末句依序為：「輕貼上船舷，那樣地膩，與軟。」「這港，靜得像
　　母親的手撫睡。」「小舟的影，像鷹一樣，像風一樣穿過……」，都靠頓調節呼吸與
　　節奏。詩見鄭愁予：《鄭愁予詩集Ⅰ：1951-1968》，頁124。

「輕」歌。一如鄭愁予早年大多數的詩作，他的海洋詩極為講究音樂性，節奏多半流暢自然，如〈小小的島〉的第二段，尤其是末兩行：「那兒浴你的陽光是藍的，海風是綠的／則你的健康是鬱鬱的，愛情是徐徐的」。

　　我們也從上述那兩首詩發現，鄭愁予的海洋詩特別喜歡以排比手法來形成旋律與節奏的反覆迴旋，如〈我以這輕歌試探你〉首段的前四行與末段的第二行（「你的鈴聲，你的槳聲」），以及〈小小的島〉首段的第二行與第二段全部四行，都屬排比句法。最為典型的代表詩作莫如底下這首為人傳誦多時的〈水手刀〉：

> 長春藤一樣熱帶的情絲
> 揮一揮手即斷了
> 揮沉了處子般的款擺著綠的島
> 揮沉了半個夜的星星
> 揮出一程風雨來
>
> 一把古老的水手刀
> 被離別磨亮
> 被用於寂寞，被用於歡樂
> 被用於航向一切逆風的
> 桅蓬與繩索……[74]

　　這首〈水手刀〉靈活的節奏（余光中語）[75]，全拜排比的句法之賜；其奧妙之處也正因為連用了八個排比句式（前後兩段各四個），且其中第二段第三行「被用於寂寞，被用於歡樂」更兼有變奏式複沓

---

74 同前註，頁98。
75 余光中：《二十世紀海洋詩精品賞析選集》，頁33。

句（repetend）的用法。這首詩如抽掉排比手法，則詩人那把水手刀大概也揮不出甚麼名堂來了。當然，能讓詩人「揮出名堂」來的不單單只依賴排比手法，長於譬喻與擬人法的鄭愁予，也以此手法展現他的海洋詩，以製造鮮活生動的意象，如〈貝殼〉中的「那血肉鑄築的城池　像龍宮一樣／隱閉堂奧於海底」[76]、〈海灣〉中的「你不知岸石是調情的手／正微微掀你裙角的彩綺！」[77]〈如霧起時〉中的「赤道是一痕潤紅的線，你笑時不見。／子午線是一串暗藍的珍珠，／當你思念時即為時間的分隔而滴落。」〈金山灣遠眺〉中的「雲在橋上橋下／也在柏克萊遠山／禁不住要望船／船是從容的樣子」[78]……這些都是犖犖大者。

　　前述提及的鄭詩常見的幾種手法，前人研究（包括上引拙文）多有結論，於此不復贅言。惟就鄭愁予的海洋詩而論，詩人特別喜以第一與第二人稱敘述視角（narrative point of view）入詩，形成他一個非常鮮明的「抒情技法」[79]。以第一人稱視角敘述的詩有：〈港邊吟〉、〈貝殼〉、〈山外書〉、〈海灣〉、〈我以這輕歌試探你〉、〈小小的島〉、〈如霧起時〉、〈歸航曲〉、〈採貝〉、〈姊妹港〉、〈編秋草〉、〈裸的先知〉、〈夜歌〉、〈南海上空〉、〈浪漫新加坡〉、〈西頭嶼邀飲海明威〉、〈訪友預備〉等；以第二人稱視角入詩的包括：〈老水手〉、〈海灣〉、〈我以這輕歌試探你〉、〈小小的島〉、〈船長的獨步〉、〈貝勒維爾〉、〈如霧起時〉、〈編秋草〉、〈採貝〉、〈姊妹港〉、〈夜歌〉、〈夜船行〉、〈訪友預備〉、〈遠海如背立的婦人〉等；而其中以「我」（或

---

76 鄭愁予：《鄭愁予詩集Ⅰ：1951-1968》，頁 18。

77 同前註，頁 89。

78 鄭愁予：《燕人行》（臺北市：洪範書局，1980 年），頁 57-58。

79 「抒情技法」一辭採用張梅芳的說法。參見張梅芳：〈鄭愁予詩語言的構成物件及其技法〉，頁 67。

「我們」）為敘述視角的詩作除了〈港邊吟〉、〈貝殼〉、〈山外書〉、〈歸航曲〉、〈西頭嶼邀飲海明威〉、〈南海上空〉、〈浪漫新加坡〉、〈靜的要碎的港〉、〈在渡中〉、〈鱈魚角談創作〉、〈裸的先知〉諸詩外，同時也都以第二人稱「你」入詩。

　　先談第一人稱「我」（或「我們」）的敘述視角。雖然一般現代的抒情詩（lyric）敘述視角多從「我」出發，但在詩中詩人往往將「我」字隱藏（中西方皆然）。抒情詩未免是詩人自我的抒情，可為了將個人的情感經驗予以普遍化，詩人多避諱用「我」字，如同艾略特（T. S. Eliot）所說的：「詩不是放縱感情，而是逃避感情，不是表現個性，而是逃避個性。」[80]然而與眾不同的是鄭愁予的海洋詩常以第一人稱「我」敘述，而以第一人稱敘述予人較有親切感，且往往也意味著「鮮明的主體性與濃郁的抒情性」[81]，這也可說明為何鄭愁予的詩會如此膾炙人口。第一人稱敘述的此一特性，上引拙文曾有如下說明：

> 　　一般而言，以第一人稱入詩，作者與讀者雙方較有參與感，蓋就作者言，詩中人物事故是他的現身說法；就讀者言，比較能夠與詩中的「我」在情感上產生共鳴，而扣人心弦，甚而惺惺相惜，使其在欣賞之餘有「再經驗」的可能。不過，以「我」入詩者，予人的感覺較為主觀，而主觀者宜於抒情，不適於說理或敘事，所幸詩原本就是「思想染上情感的色彩」（林語堂語），因而鄭愁予唯我主義的流浪情懷，抒情之餘，便能緊緊抓住讀者——尤其是年輕讀者的情感了[82]。

---

80 T. S. Eliot 著，卞之琳譯：〈傳統與個人才能〉，收入趙毅衡編選：《「新批評」文集》（北京市：中國社會科學出版社，1988 年），頁 32。

81 徐岱：《小說敘事學》（北京市：中國社會科學出版社，1992 年），頁 276。

82 孟樊：〈浪子意識的變奏——讀鄭愁予的詩〉，頁 154-155。

　　上面這段話說以「我」為視角「不適說理或敘事」應予修正（至少就海洋詩來說），例如〈裸的先知〉一詩便是以第一人稱「我」敘事的一首海洋詩[83]。但將「我」明明白白置入詩中並以其為敘述視角，確實易令讀者感同身受，同時也較能傳達詩人的真切情感，如〈歸航曲〉一開頭：「飄泊得很久，我想歸去了／彷彿，我不再屬於這裡的一切／我要摘下久懸的桅燈／摘下航程裡最後的信號／我要歸去了……」[84]即能讓人深深地嗅到浪子（我）倦遊的味道。

　　再談第二人稱「你」的敘述。如上所述，除了〈老水手〉、〈船長的獨步〉、〈貝勒維爾〉、〈遠海如背立的婦人〉少數幾首詩作外，鄭愁予以第二人稱敘述的海洋詩通常都和第一人稱「我」同時出現（後詳）。一般而言，第一人稱只能是敘述者（narrator），這個敘述者可以是主人翁也可以是旁觀者；而第三人稱只能是被敘述者；唯獨第二人稱具有「全能性」，如徐岱在《小說敘事學》所指出的，既可以是故事的敘述者，也可以是故事中的被敘述者，還可以是扮演這個故事的敘述接受者（narratee）[85]。以上所述四首僅以第二人稱敘述的詩作來看，〈老水手〉、〈船長的獨步〉與〈貝勒維爾〉中的「你」都屬敘述者角色，而〈遠海如背立的婦人〉一詩末段出現的婦人「你」則是被敘述者，真正的敘述者（未見人稱）則隱身詩後（有可能是第一或第三人稱敘述）。事實上，前三首詩的「你」可說是敘述者「我」的另一種變體，其敘述並不真的指向外界而是指向自我，從而使敘述鏈產生斷裂，就會出現徐岱所說的「敘述者在意識上的一分為二，形成

83　鄭愁予，《鄭愁予詩集 I：1951-1968》，頁 180-181。

84　同前註，頁 117。

85　徐岱：《小說敘事學》，頁 289。敘述接受者不等於敘述讀者（narrative audience），按普林斯（Gerald Prince）的說法，前者處於文本之中，而後者「則是文本強加給真實讀者（actual audience）接受的一個角色」。參見 Gerald Prince 著，喬國強、李孝弟譯：《敘述學詞典》（上海市：上海譯文，2011），頁 142。

一種自我對話，猶如存在兩個自我，其中一個自我扮演當事者，另一個自我則扮演評判者」的現象[86]。〈船長的獨步〉第二段出現的「但哪兒是您底『我』呀／昔日的紅衫子已淡，昔日的笑聲不在／而今日的腰刀已成鈍錯了」……以及〈貝勒維爾〉的頭一句「你航期誤了，貝勒維爾！」便是另一個我在對「你」的評判。

最後談談「你」「我」在詩中同時出現的敘述。如前所述，「你」在文本中出現可能扮演敘述者、被敘述者（或稱受敘者）或敘述接受者的角色；但只要「你」與「我」同時在詩中現身，敘述者皆由「我」擔綱，而「你」則有時成了被敘述者，如〈海灣〉（「你不知岸石是調情的手／正微微掀你裙角的彩綺！」）、〈如霧起時〉（「我從海上來，帶回航海的二十二顆星。／你問我航海的事兒，我仰天笑了……」）、〈採貝〉（「每晨，你採貝於，沙灘潮落／我便跟著，採你巧小的足跡」）……中的「你」，有時「你」則成為敘述接受者，如〈我以這輕歌試探你〉（「我想以這輕歌試探你，／我聽過你的鈴聲，你的槳聲。」）、〈小小的島〉（「你住的小小的島我正思念／那兒屬於熱帶，屬於青青的國度」）、〈夜船行〉（「如果你今夜夢江南／情怯的我怎麼敢／傍著你睡去……」）……中的「你」。

事實上，在這種「你」「我」都同時現身的海洋詩中，敘述視角皆屬第一人稱「我」所有。原本「你」「我」同時出現應可營造一種有利於對話的環境，然而仔細一看可以發現，詩中的「你」往往是被敘述者虛擬的不在場的被述者或敘述接受者（非指敘述讀者），而「我」對「你」的敘述不僅流於主觀，更具支配地位，可以說完全剝奪了「你」的話語權，例如〈小小的島〉中「我」所思念的島上的

---

86 徐岱：《小說敘事學》，頁 292；祖國頌：《敘事的詩學》（合肥市：安徽大學出版社，2003 年），頁 186。

「你」，便被「我」主觀地認定「你的健康是鬱鬱的，愛情是徐徐的」（「你」卻無從辯駁）——這也就是為何上引拙文會說鄭詩頗有「唯我論」（egoism）的色彩[87]。雖然如此，由於「你」是一種對話性人稱[88]，所以有無「你」的涉入也會影響文本的敘述效果——尤其是對敘述讀者閱讀心理的影響，誠如徐岱在上書所言：「當敘述話語中出現『你』這個代詞，就如銀幕上的人物將目光面向觀眾那樣，這就既改變了讀者在第一人稱中的『傾聽』位置，也改變了讀者在第三人稱中的『旁觀』者身分，彷彿與敘述主體正面相對，話語的『對話性』由此而來。」[89]如此看來，鄭愁予詩之所以迷人，也正因他擅長使用這種對話性人稱而將自己與讀者的距離拉近之故。

四　結語

鄭愁予的海洋詩被視為覃子豪之後積極有成的代表之一[90]，如前所述，在戰後臺灣第一代詩人中，自然具有重要的地位。楊牧即稱頌他說，光是《夢土上》一輯「船長的獨步」，就「足可使愁予永遠站在中國現代詩史的豐隆處」[91]，而這一輯「船長的獨步」中，海洋詩便佔去八首之多，比例甚高。楊牧在〈鄭愁予傳奇〉一文中更指出，在鄭愁予發表〈島谷〉、〈貝勒維爾〉、〈水手刀〉和〈船長的獨步〉諸詩後，「從此水手刀變成愁予的專利，一時使以海洋詩人知名的覃子豪望洋興歎，此時愁予也還只是二十二歲

---

87 孟樊：〈浪子意識的變奏——讀鄭愁予的詩〉，頁 154。

88 這是徐岱的說法。他認為第一人稱是「獨白」人稱，第三人稱是「描繪」人稱，第二人稱則是「內在地具有一種『對話性』」。見徐岱：《小說敘事學》，頁 292。

89 同前註。

90 蕭蕭認為另一位積極有成的詩人為瘂弦。參見蕭蕭：《現代詩學》，頁 199。

91 楊牧：〈鄭愁予傳奇（代序）〉，《鄭愁予詩選集》，頁 23。

的少年」[92]，早慧的青年詩人極早即為臺灣海洋詩寫作奠下基石。

就鄭愁予的海洋詩而言，真正書寫海洋本身者委實不多，幾乎不曾出現狹義的「航海詩」，充其量只能算是蕭蕭所說的一種「近海書寫」[93]，蓋因鄭詩如上所述，書寫的大多是近海的港口、碼頭、沙灘、海岸等景物。余光中曾提及自己寫作海洋詩的心境，認為自己並非「當行本色的海洋詩人」，只能算是「海港詩人」或「岸上詩人」。若想要真正做一位海洋詩人，不能只是「對海出神」，除了要「用大格局來寫有份量的海洋詩，最好還是真正『下海』」[94]。以此衡諸鄭愁予，似亦合理，蓋「鄭愁予沒有做過水手，也未像瘂弦那樣入過海軍」，但是「憑了他在基隆港務局工作的近水因緣，再加上想像的天賦，卻寫出了五十年代一組詠海的傑作」[95]，或因如此，余光中最後也同意所謂海洋詩人未必盡皆要「下海」，「只要真是大詩人，或許只憑了觀照（contemplation）、深思、想像，偶爾也能巧奪天工，捉到海魂」[96]。

如果詩人寫作海洋詩非得「下海」不可，那海洋詩人與海洋詩作將何其有限──而此亦涉及海洋詩的界義問題；如果只有「航海詩」才能視為海洋詩，那海洋詩人與海洋詩作亦何其有限。如上所述，本文並不做如是觀；而也唯有從這樣的角度來看鄭愁予的海洋詩作，才能肯定他所繳出的成績，只可惜中晚年後的他幾乎不再創作海洋詩。

---

92 同前註，頁 20。

93 其實蕭蕭說鄭愁予的海洋詩是「近海的女性書寫」，本文前述即曾指出蕭蕭此說；說他的詩是「女性書寫」，係因其詩的「柔美」。見蕭蕭：《現代詩學》，頁 201。

94 余光中：《二十世紀海洋詩精品賞析選集》，頁 34。

95 同前註，頁 31-32。

96 同前註，頁 35。

參考文獻（依作者姓氏筆畫排列）

一　書籍

Peck, John and Martin Coyle, *Literary Terms and Criticism*. Houndmills,
　　Basingstoke, Hampshire: Macmillan,1993.

Prince, Gerald著　喬國強、李孝弟譯　《敘述學詞典》　上海市　上
　　海譯文出版社　2011年

Tresidder, Jack著　石毅、劉衍譯　《象徵之旅》　北京市　中央編譯
　　出版社　2001年

朱自強主編　《海洋文學》　青島市　中國海洋大學出版社　2012年

朱學恕、汪啟疆主編　《二十世紀海洋詩精品賞析選集》　臺北縣
　　詩藝文　2002年

徐　岱　《小說敘事學》　北京市　中國社會科學出版社　1992年

張　默　《臺灣現代詩編目（修訂篇）》　臺北市　爾雅出版社
　　1996年

楊雅惠編著　《臺灣海洋文學》　臺南市　國立臺灣文學館　2012年

謝玉玲　《空間與意象的交融──海洋文學研究論述》　臺北市　文
　　史哲出版社　2010年

鄭愁予　《寂寞的人坐著看花》　臺北市　洪範書局　1993年

鄭愁予　《刺繡的歌謠》　臺北市　聯合文學　1987年

鄭愁予　《雲的可能》　臺北市　洪範書局　1985年

鄭愁予　《燕人行》　臺北市　洪範書局　1980年

鄭愁予　《鄭愁予詩集Ⅰ：1951-1968》　臺北市　洪範書局　1979
　　年

二 期刊論文

Eliot, T. S. 著　卞之琳譯　〈傳統與個人才能〉　收入趙毅衡編選
　　《「新批評」文集》　北京市　中國社會科學出版社　1988年

余光中　〈被誘於那一泓魔幻的藍──《二十世紀海洋詩精品賞析選
　　集》總序〉　收入朱學恕、汪啟疆主編　《二十世紀海洋詩精品
　　賞析選集》　臺北縣　詩藝文　2002年

李若鶯　〈海洋與文學的混聲合唱──現代詩中的海洋意象析論〉
　　收入鍾玲總編輯　《海洋與文藝國際會議論文集》　高雄市　國
　　立中山大學文學院　1999年

吳曉都　〈普希金與海洋〉　《寧波大學學報（人文科學版）》　第
　　24卷第4期2011年7月　頁7-11

尚光一　〈論唐詩中海洋意象的抒情價值〉　《華夏文化》　2010年
　　第3期　2010年9月　頁31-36

孟樊年　〈浪子意識的變奏──讀鄭愁予的詩〉　《文訊月刊》　第
　　30期　1987年6月　頁150-163

張　瓊　〈靈魂旅伴──英美浪漫主義詩新讀〉　北京市　北京大學
　　出版社　2012年

張梅芳　〈鄭愁予詩語言的構成物件及其技法〉　《當代詩學》　第
　　2期　2006年9月　頁63-80

楊　牧　〈鄭愁予傳奇（代序）〉　鄭愁予　《鄭愁予詩選集》　臺
　　北市　志文出版社　1974年

楊中舉　〈從自然主義到象徵主義和生態主義──美國海洋文學概
　　述〉　《譯林》　2004年第6期　2004年10月　頁195-198

劉衛英、周小倩　〈英美詩歌中的海洋意象片論〉　《東疆學刊》
　　第15卷第2期　1998年4月　頁73-77

蔡振念　〈臺灣現代海洋詩中的意象與情感〉　收入鍾玲總編輯
　　　《海洋與文藝國際會議論文集》　高雄市　國立中山大學文學院
　　　1999年

蕭　蕭　〈臺灣海洋詩的美學特質〉　收入鍾玲總編輯　《海洋與文
　　　藝國際會議論文集》　高雄市　國立中山大學文學院　1999年

《寂寞的人坐著看花》
內在空間意識初探

史言

一　引言：從鄭愁予晚近詩歌創作談起

　　長期以來，詩集《寂寞的人坐著看花》一直被視為鄭愁予（鄭文韜，1933-）晚近作品的代表，這裡所謂的「晚近」（或「後期」），通常指二十世紀八〇年代末、九〇年代初至今，尤其又以一九九三年《寂寞的人坐著看花》的出版為里程碑式標誌[1]。對鄭氏這一時期的作品，學界目前的評價仍存在褒貶不一的兩種態度：其一，延續八〇年代《陽光小集》第十號中提出的看法，認為相較鄭愁予早期浪漫抒

---

* 廈門大學中文系助理教授

1　二十世紀九〇年代之前，學界對鄭愁予新詩創作歷程的分期方式大多使用前、後兩個階段的「二分法」，主要依據是詩人語言特色的轉變，例如楊牧（王靖獻，1940-）以 1957 年為界；孟樊（陳俊榮，1959-）則選擇一九七〇年左右；林路（1956-）以 1968 年鄭愁予赴美參加愛荷華大學「國際寫作計畫」進行切分。九〇年代之後，更多論者普遍採用早、中、晚「三分法」，如沈奇（1951-）、廖祥荏、高宜君、張梅芳等，分期的標準也趨於多元化。鄭愁予本人則曾將自己的寫作生涯詳分為六個階段，分別取一九四九年、一九五九年、一九六九年、一九七九年、一九八九年、一九九九年為斷年年份。楊牧：〈鄭愁予傳奇〉，《幼獅文藝》3 期（1973 年），頁 35-36。沈奇：《臺灣詩人散論》（臺北市：爾雅出版社，1996 年），頁 262。高宜君：〈鄭愁予晚近詩作研究（1993 年迄今）〉（屏東市：屏東教育大學中國語文學系碩士論文，2007 年），頁 15-18。鄭愁予（鄭文韜，1933-）：《鄭愁予詩集 II：1969-1986》（臺北市：洪範書店，2004 年），頁 364-370。

情、婉約柔美的詩風，後期作品顯得「浮泛、空洞」，不但產量下降，品質上亦有「銳減」之嫌[2]。其二，與上述觀點相反的意見，主張儘管詩人晚近正式集結出版的詩作數量非夥，但不乏經典之作，歲月的洗禮、人生的歷練使這一時期的作品展現出豁達超脫、成熟圓融的人生智慧及藝術情調，對生命的省思既囊括了社會現實的關照亦涵容了禪意精神的頓悟，因而不僅是早期「愁予風」的積極拓展，更是詩意表達在主題上的深廣擴充[3]。

無論持何種態度，鄭愁予晚近詩歌鮮為學界視作重點研討對象，確是不爭的事實，《寂寞的人坐著看花》更缺乏專論式的集中研究，新世紀以來此狀況亦未有明顯改觀，僅少數論者曾進行過專門探討，且至今尚無就此詩集的專著問世。二○一二年，由陳傳興、陳懷恩、楊力州、林靖傑、溫知儀五位知名導演執導，推出《他們在島嶼寫作：文學大師系列電影》六部，其中重磅打造了以鄭愁予為主題的紀錄片《如霧起時》，很大程度上證明鄭愁予其人其詩於臺灣文壇的巨大影響力至今不衰。在九十分鐘的電影本片與一百零一分鐘的幕後花絮裡，影片展現出這樣一則主旋律：「年復一年，詩人始終守著這美的行業，高高舉起風燈，在世界的臉上鑲嵌光影。早期的浪漫詠嘆雖漸褪，卻更顯其爐火純青。[4]」這無疑向當今詩壇、文化界、學界發出了召喚：鄭愁予晚近作品不僅不容忽視，更亟需多方位的關注和厚重的學術積累。

---

2 相關討論可參蕭蕭（蕭水順，1947-）：《現代詩縱橫觀》（臺北市：文史哲出版社，1991 年），頁 147-148。

3 沈奇：《臺灣詩人散論》，頁 251。林路：〈在「橫的移植」和「縱的繼承」的焦點上——臺灣詩人鄭愁予的創作道路及風格論〉，《上海師範大學學報》35 期（1988 年），頁 47。

4 陳傳興執導：〈如霧起時　影片介紹〉，《他們在島嶼寫作：文學大師系列電影》（臺北市：首宿媒體公司，2012 年）影片封底文。

　　有鑑於此，本文撰述的第一個目的就是希望藉此番研討，將施力的重點集中於《寂寞的人坐著看花》，以求某種程度上對學界有關鄭愁予晚近詩作褒貶二態度加以批評實踐角度的切實回應。本文的另一個寫作意圖，則是嘗試在鄭愁予晚近詩歌的討論視域內，融入我們近來關於文學書寫之「空間性」研究的思考和設想，具體的操作方式則是立足於現象學空間認識論的基本原則，初步描述詩人獨特的「內在空間意識」。

二　顯現為「經驗模式」的「內在空間意識」

　　依照現象學文學批評理論的觀點，優秀作家是善於在作品中展示自身的，「特定個人一定具有不同於他人的個性特色」，而成功的詩人「懂得如何表現自己的個性」[5]，這些構成作品精神實質的內在因素，能夠為一位詩人所有作品整體的「自身一致性」提供保障。因此，每個詩人的作品理應獨具一份詩意的「曲線圖」，批評家則可以通過閱讀，事後去發現這份「心靈圖譜」（即日內瓦學派[6]所謂的「深層自我」[moi profond] 或「文本的現象學自我」[text's phenomenological

---

5　馬格廖拉（Robert R. Magliola, 1940- ），周寧（1961- ）譯：《現象學與文學》（*Phenomenology and Literature: An Introduction*）（瀋陽市：春風文藝出版社，1988年），頁 76-77。

6　本文言及的「日內瓦學派」（Geneva School），是指現象學文學批評的一個派別，這一學派的批評實踐又常被稱作「意識批評」、「深層精神分析批評」、「存在批評」、「發生批評」、「主題批評」或「本體論批評」等，是一個比較龐雜的批評群體，代表人物包括雷蒙（Marcel Raymond, 1897-1980）、貝京（Albert Béguin, 1901-57）、普萊（Georges Poulet, 1902-91）、理查（Jean-Pierre Richard, 1922- ）、羅塞特（Jean Rousset, 1910-2002）、斯達羅賓斯基（Jean Starobinski, 1920- ）等。郭宏安（1943- ）：《從閱讀到批評：「日內瓦學派」的批評方法論初探》（北京市：商務印書館，2007年），頁 31。

ego]），並藉此鑒別作品的表現及獨到之處，進而探討詩人的詩性資質或個性氣質[7]。

（一）作家的「心靈圖譜」與「經驗模式」

從上述角度來說，對一個作家的創作生涯進行分期實際上並不那麼重要，因為復活作家心靈曲線圖的第一個步驟，正是要打破文本表層的時空順序（即作家創作的年代順序），使文本破碎化，這樣才能找到那些循環復現的文本義素，進而對其加以彙編、歸類和梳理，接著推進到第二個步驟——「重組」，發掘潛藏於文本表層結構之下的深層邏輯[8]。這些內在的深層邏輯，直接速通著作家的意識結構，因而現象學文學批評家相信，一旦破解了「心靈圖譜」這張鋪蓋作家畢生作品的網絡結構所內含的隱意，便有希望揭示作家經驗世界的意識之秘[9]。鄭愁予在一次訪談中曾說過下面一段話，恰佐證了詩人全部生命歷程的詩意構思作為一個整體，理應貫徹始終，不能被刻板地限

---

7 塔迪埃（Jean-Yves Tadié, 1936-），史忠義（1951-）譯：《20 世紀的文學批評》（*La Critique Littéraire au XXèmee Siècle*）（天津市：百花文藝出版社，1998 年），頁 117。

8 現象學文學批評的這種「破碎」與「重組」閱讀方法，受到來自結構主義語言學理論的影響，特別是索緒爾（Ferdinand de Saussure, 1857-1913）指稱名詞項關係時所使用的「橫向組合」（syntagmatic）、「縱向聚合」（paradigmatic）概念，這一對縱橫關係在巴特（Roland Barthes, 1915-1980）那裡形成了一整套有關橫向閱讀與縱向閱讀的符號系統文本觀及文本分析法，而巴特早期（20 世紀 50、60 年代）的批評著作大都屬於日內瓦批評傳統。此外，英美意象批評（image criticism）也多仰賴這個橫組合與縱聚合的坐標系，同樣呈現出「破碎」與「重組」文本的方式，代表人物首推英國莎士比亞評論家斯珀津（Caroline Spurgeon, 1869-1942）。馬格廖拉：《現象學與文學》，頁 44-45。司有侖：《當代西方美學範疇辭典》（北京市：中國人民大學出版社，1996 年），頁 238-239。

9 馮壽農（1950-）：〈法國主題學批評與精神分析批評結合趨勢管窺〉，《批評家》5 期（1988 年），頁 82-83。艾布拉姆斯（Meyer Howard Abrams, 1912-），朱金鵬、朱荔譯：《歐美文學術語辭典》（*A Glossary of Literary Terms*）（北京市：北京大學出版社，1990 年），頁 246-247。

制在某個或某幾個創作分期內：

> 凡是詩人沒有不寫詩的，只是沒有發表罷了。況且，「有沒有
> 詩」也很難講，現在的某個意念，某種情緒，或者一個句子，
> 將來都可能衍生為一個詩篇。[10]

　　誠然，詩人此時此地的靈感，會形成日後彼時彼地的詩篇，而此
時此地的詩篇，也很可能源於過去彼時彼地的意念，那麼也就無所謂
時序上的先後或分期上的早晚。換言之，一位詩人某階段的詩歌作為
「部分」（例如《寂寞的人坐著看花》一集或其中任何一首詩），完全
可以折射出詩人意識結構的「整體」（例如鄭愁予的全部詩作）。在現
象學文學批評所從事的文本描述和分析中，這便是「部分與整體」
（parts and wholes）的辯證關係，亦即現象學哲學三大結構形式主題
之一[11]。現象學文學批評的日內瓦學派通過對特定文學作品的研究，
描述「經驗模式」（experiential pattern），在他們看來，「經驗模式」
猶如有機網絡，構成一個作家全部作品的統一[12]。這些內在於詩歌的
「經驗模式」是詩人意識得以體現的媒介和「顯現的態式」。「經驗模
式」不同於單純的「經驗」，它是「經驗的模式」，潛在於詩人經驗世
界的內部，且恒一不變，因而構成了詩人整體風格的統一特徵[13]。詩

---

10 鄭愁予：〈鄭愁予談詩〉，潘秀玲紀錄，龔鵬程（1956-）編：《大珠小珠落玉盤：當
　　代名家談藝錄》（臺北市：暖流出版社，1980年），頁120。

11 另外兩個結構形式為：「同一與多重」（identity and manifold）和「顯現與不顯現」
　　（presence and absence），三大結構形式相互交織，不能單一化約。日內瓦學派的現
　　象學文學批評方法論推崇「闡釋的循環」（interpretative circle），便與此三個結構形
　　式密切相關。索科羅斯基（Robert Sokolowski），李維倫譯：《現象學十四講》
　　（Introduction to Phenomenology）（臺北市：心靈工坊文化事業公司，2004年），頁
　　44。

12 郭宏安：《從閱讀到批評：「日內瓦學派」的批評方法論初探》，頁31。

13 有必要插言，儘管日內瓦學派批評家堅持經驗模式的恒一不變性，卻也不排除其變

人的這些經驗模式與其在作品中的具體顯現，是對等的關係，即不論在詩人個人的世界觀中，還是在其想像完成的作品中，其經驗模式基本上沒有差別，所以它既是作家人格統一的真正核心，又是「想像的虛構」與這些「虛構的文字表現」的集結。此處所謂的統一或集結，具有「有機整體」或「由相互關係構成的整體」的意涵。既然潛在的經驗模式在詩人全部的詩歌中，以一種若隱若現的形式相互辯證關聯，構成詩人全部作品的一致性，那麼現象學批評家所肩負的系統性描述任務，最終落足點就在於揭示和評價這一經驗模式。同時，經驗模式還必須接受「闡釋的循環」（interpretative circle）的考驗。日內瓦批評家認為，完善的批評過程是一種「循環」過程：從個別作品到創作整體的闡釋，然後再從整體回到個別作品。具體而言，就是從一首詩到另一首詩，觀察其基本結構，發現反覆出現的潛在經驗模式，之後，還要通過這種經驗模式，洞燭其他任何作品中朦朧的東西，昭示不明確的因素與詩人作品獨特經驗集結的關係[14]，或者更通俗地說，就是要追求所謂「一葉落知天下秋」、「牽一髮而動全身」的批評效果，甚至實現對作家未來創作軌跡的預見。

本文對鄭愁予《寂寞的人坐著看花》所採取的批評路徑，正是秉承上述理念並圍繞詩人作品中潛藏的獨特空間經驗而展開，通過對詩作空間書寫的「經驗模式」之系統性描述，力求初步捕捉鄭愁予新詩的內在精神實質，進而某種程度上勾勒詩人所獨具的詩意心靈之圖譜。此處，我們所進行的空間經驗模式研究，是擱置在「內在空間意識」這個層次上來引入並談論文學「空間性」議題的。

化的可能，但變化只是既定個人意識的深入發展，反映出詩人生命歷程中的轉折點。

14 馬格廖拉：《現象學與文學》，頁 50、54，83-84。

（二）「空間性」與「內在空間意識」

今時今日提及「空間性」（spatiality）這一術語已不再是什麼新鮮的事，早在2001年，英國劍橋大學達爾文學院（Darwin College）繼千禧年「時間」（Time）主題之後，便將「空間」（Space）作為年度論壇講題，從自然科學和人文科學領域邀請多位資深專家，面向普通大眾進行各有所長的鳥瞰式演講，空間與語言、空間與建築、虛擬現實、地球繪圖、國際政治、星球探險等話題，無不彰顯出「空間」的誘惑與神秘，人們習以為常的空間被重新注入生趣[15]。其中，格林菲爾德（Susan Greenfield, 1950-）關於「內空間」（inner space）——最隱秘、最匪夷所思的人類思維、意識空間——的演講[16]；艾默利（Karen Emmorey）對語言與空間認知關係的見解（將語言作為個人精神空間與公共文化空間的中介加以審度）[17]；還有里勃斯金德（Daniel Libeskind, 1946-）所實錄與宣言的「建築空間革命的理念」[18]；以及戴維斯（Char Davies）「虛擬空間」（virtual space）論題下，對感知與心理移情作用的突出等[19]，都為當代文學的空間研究提供了新穎的視角。

伴隨著這些嶄新視角的出現，「空間轉向」（Spatial Turn）的大潮

---

15 彭茨（François Penz）等，彭茨、雷迪克（Gregory Radick）、豪厄爾（Robert Howell）等編，馬光亭、章紹增譯：〈導言〉（"Introduction"），《空間》（*Space: In Science, Art and Society*）（北京市：華夏出版社，2006 年），頁 002-006。

16 格林菲爾德（Susan Greenfield, 1950-）：〈內空間〉（"Inner Space"），《空間》，頁 2-3、14-15。

17 艾默利（Karen Emmorey）：〈語言與空間〉（"Language and Space"），《空間》，頁 20-21。

18 里勃斯金德（Daniel Libeskind, 1946-）：〈建築空間〉（"Architectural Space"），《空間》，頁 42。姜楠：〈空間研究的「文化轉向」與文化研究的「空間轉向」〉，《社會科學家》8 期（2008 年），頁 138-140。

19 戴維斯（Char Davies）：〈虛擬空間〉（"Virtual Space"），《空間》，頁 89、96-98。

為西方文藝理論開啟了一個全新的紀元[20]，人們把之前給予時間、歷史的青睞，轉移到空間上來。二十世紀八〇年代後興起的「空間批評」，強調聚焦文學作品的「空間性」研究，新世紀以降更成為一套日臻完善的文學批評理論與方法。這一風潮源於西方，但對中國學術界，尤其是文學領域，亦造成了巨大衝擊。文學作品中的空間不再是以往那種「死寂」、「固定」、「非辯證」和「靜止」的、僅承載作者敘述內容的「容器」[21]。轉型的空間批評方法不但融合了「文化地理學」（cultural geography）和多種後現代批評理論（特別是身分認同、女權主義等觀念），更呈現出跨學科的、開放式的理論面貌，成為綜合人文、歷史、政治、地理、社會、建築等的研究焦點，從而使人們對空間的認識，由單純的自然景觀屬性，邁向文化、身分、主體性等多維的研究層次[22]。可以說，重視作為「主體」的人與「人文獨特性」，反對實證論科學主義之「無人」或「物化人」的立場，正是轉向後空間批評最為重要的特徵，其目的在於將久已陷落的「生活世界」（life-world）——即每個人當下整全經驗內形成的活生生的日常生活的世界（everyday life world）——從高度數學化、抽象化的現代科學

---

20 20 世紀的西方文藝理論是以「非理性轉向」（Non-rationalism Turn）與「語言論轉向」（Linguistic Turn）開端的，而這兩大重要「轉向」百年之後已然風光不再，劍橋達爾文學院先後選擇「時間」與「空間」作為世紀之交的年度主題，恰恰揭示出西方文藝思潮「空間轉向」的里程碑式意義。朱立元（1945-）：《當代西方文藝理論》（上海市：華東師範大學出版社，2005 年），頁 5-9、487。陸揚（1953-）：〈空間轉向中的文學批評〉，《吉林大學社會科學學報》5 期（2009 年），頁 66-70。

21 韋格納（Phillip E. Wegner, 1964-），程世波譯，閻嘉主編：〈空間批評：批評的地理、空間、場所與文本性〉（"Spatial Criticism: Critical Geography, Space, Place, and Textuality"）《文學理論精粹讀本》（*Literary Theory: An Essential Reader*）（北京市：中國人民大學出版社，2006 年），頁 135-137。

22 鄭震（1975-）：〈空間：一個社會學的概念〉，《社會學研究》5 期（2010 年），頁 177-179。

思維枷鎖中解救出來[23]。這也恰是「存在現象學進路」（existential phenomenological approach）的空間性詮釋系統之核心主張，從而使之與「結構主義地理學」（structuralism geography）空間性詮釋、「批判馬克思主義」（critical Marxism）空間性詮釋三足鼎立，成為上世紀六〇年代以來最為重要的反實證主義計量空間典範的新典範之一[24]。

必須承認，相較而言，時間與時間經驗理論在現象學範疇下發展得要比空間主題成熟得多，對「時間性」（temporality）的強調使現象學所討論的任何事物都帶有時間性滲透其間，儼然建立了一個「事物的第一原理」。數十年來談及空間往往要依附於時間而展開，因此人類生活的空間性構造議題曾一度備受冷落[25]，而存在現象學的首要任

---

23 李鐵男（1957-）：〈建築之現象學進路〉，《建築現象學導論》（臺北市：桂冠圖書公司，1992 年），頁 227。

24 「結構主義地理學」（structuralism geography）空間性詮釋主要是指阿爾蒂塞（Louis Althusser, 1918-90）、利皮耶茲（Alain Lipietz, 1947-）、巴里巴（Etienne Balibar, 1942-）等結構馬克思主義學者的學說，注重「歷史」在社會結構與空間結構發生連接關係時的重要性。「批判馬克思主義」（critical Marxism）空間性詮釋系統則以列斐伏爾（Henri Lefebvre, 1901-91）、索亞（Edward Soja, 1940-）等為代表，強調「空間生產」（production of space）的三位一體，即空間生產不僅是對「空間」、「社會空間」的生產，也是在社會階級的各個層面對「空間感」、「心理印象」的生產，以及最終作為一般生產關係的再生產。哈維（David Harvey, 1935-），王志弘譯：〈空間是個關鍵詞〉（"Space as a Key Word"），《新自由主義化的空間：邁向不均地理發展理論》（Spaces of Neoliberalization: Towards a Theory of Uneven Geographical Development）（臺北市：群學出版公司，2008 年），頁 125。約翰斯頓（Ronald John Johnston）主編，柴彥威譯：《人文地理學詞典》（The Dictionary of Human Geography）（北京市：商務印書館，2004 年），頁 676-679。

25 存在現象學的「空間」理論很大一部分源於海德格爾（Martin Heidegger, 1889-1976）的思想。關於「時間」與「空間」問題的看法，海德格爾往往被誤認為主要關心前者，忽視後者。由於海德格爾早期著作裡的論述，明顯嘗試把此在（Dasein）的「空間性」歸結為「時間性」，故而多被指責其中空間議題所包含的實質性內容不足，並且地位含混。但是，海德格爾後期對自己先前的觀點進行了深刻反思，例如在一九六二年一月三十一日弗萊堡大學（University of Freiburg）的一次

務之一就是要將「生活空間」（lived-sapce）提升到一個至少與「生活時間」（lived-time）等量齊觀的地位[26]。

　　一般地，存在現象學將空間的結構分為三個層次：首先，是世界空間（world space），即「事物體積所佔有的幾何空間以及物體之間的關聯位置」，也可稱之為超然或客體空間（transcendent or objective space）。這種空間可以和世界時間（world time）相提並論，即世界上種種事件與歷程的時間。無論客體時間，還是客體空間，二者都是公共性的，且可以用時鐘或標尺進行測量，被他人接受和承認。第二個層次是內在空間（internal space），也稱內存或主體空間（immanent or subjective space），這種空間屬於心理行動與經驗，最直接的例子便是每個人都能夠從「裡面」所經驗到的身體空間性，這種內在空間是私人化的，不是公共的，也不能用世界空間的量度方式來加以測量，就像手腕與手肘之間或胸部與胃部之間的內在距離不能用尺來量一樣。這種內在空間性可以與內在時間（internal time），即內存或主體時間（immanent or subjective time）相並列。在上述兩種空間（及時間）的可能層次之外，現象學還提出了一個更為重要的第三層次，即內在空間意識（the consciousness of internal space），與之相應的便是內在

講座中，海德格爾坦言：「在《存在與時間》的第七十節中，我試圖把此在的空間性歸結為時間性，這種企圖是站不住腳的。」除此之外，已有論者指出，《存在與時間》有關「在世存在」（being-in-the-world）的概念，本身便蘊含著十分重要的空間性思想，而「空──時關係」（space-time relation）更是上述概念提出後近四十年間，海德格爾不斷思考的問題之一。海德格爾，陳小文（1965-）、孫周興（1963-）譯：〈時間與存在〉（"Time and Being"），《面向思的事情》（*On Time and Being*）（北京市：商務印書館，1996 年），頁 24。Arisaka Yoko, "Spatiality, Temporality, and the Problem of Foundation in Being and Time," *Philosophy Today* 1 (1996): 36。

26 Otto Friedrich Bollnow (1903-1991), "Lived-Space," trans. Dominic Gerlach, *Readings in Existential Phenomenology*, eds. Nathaniel Lawrence and Daniel O'Connor (Englewood Cliffs, NJ: Prentice-Hall, 1967) 178.

時間意識（the consciousness of internal time）。這個層次比第二層次更進一步，第二層次是內在空間性（及內在時間性），但第三層次是對如此的內在空間性（及內在時間性）的覺察（awareness）或意識（consciousness）。換言之，僅止步於第二個層次談論空間，並不能說明其自我覺察，必然要考慮到第三層次，才能說明人們在第二層次所經驗的，而這個第三層次則不需要再考慮另一個超越它的層次來說明它自己。所以，現象學範疇下，內在空間意識的層次才是考察空間性議題最後的、絕對的和終極的脈絡。作為有生命的生物體，人陷落在客體空間之中，但同時也面對著世界而立，使世界向人展現，這種展現建基於不同個體自己的內在空間性，而不是客體空間性，所以人的意識經驗中的內在空間正是世界與其中事物展現的重要條件，客體空間依賴著內在空間，而內在空間意識又是內在空間出現的條件，也就是說，空間結構的第一層次依賴著第二層次，第二層次又依賴著第三層次[27]。

三　《寂寞的人坐著看花》的「縱向意識」與「中心軸意識」

如同描述內在時間意識極其困難一樣，內在空間意識也是一個難以被言說的層次，因為一般的語言字詞多是用於描述客觀空間，而表達內在空間已是相當不易，因此文字要經歷極大的轉換才能用以表述第三個層次的內在空間意識。不過，如果我們相信詩人是善於通過詩歌語言對日常語言加以轉換，並且將其個人所獨具的「內在空間意識」以「經驗模式」的形式顯現在作品之中，我們便可以通過現象學

---

27 索科羅斯基：《現象學十四講》，頁 192-195。

的方法把這個層次所潛藏的「心靈圖譜」複原出來。

當諸多現象學文學研究者對人類內在空間意識進行探索時,他們的切入角度雖然不盡相同,但往往均借助於一個「坐標系」所構成的動態系統加以說明,即法國詩學理論家巴什拉(Gaston Bachelard, 1884-1962)所謂的「二維四向動力模式」。

1 《寂寞的人坐著看花》的「縱向意識」

巴什拉曾提出「動力想像力」(dynamic imagination)的概念,用以強調人類的詩意創造意志。想像的動力學思想將「物質的無限深入」與「精神的無限可塑性」對應起來[28]。對於空間意識的詩意描述,同樣適用於「動力想像力」的分析模式,尤其表現為兩個維度、四重向度的縱橫交織上。所謂兩個維度,即「縱向意識」(consciousness of verticality)與「中心軸意識」(conciousness of centrality);所謂四個向度,即沿著「縱向意識」與「中心軸意識」分別展開的「上升」(rising)、「墜落」(falling)、「內向性」(introversion)、「外向性」(extroversion)四重想像。在專門討論空間意識方式的著作《空間詩學》(*The Poetics of Space*)中,巴什拉述及「家屋心理學」,明確使用了「縱向意識」與「中心軸意識」兩例術語:「……家屋被想像為一種垂直的存有。它向上升起。它透過它的垂直縱深來精細區分自己,它求助於我們的縱向意識;……家屋被想像為是一種集中的存

---

28 「動力想像力」與「物質想像力」(material imagination)是巴什拉詩學想像論的雙璧,二者互為內在形式上的對應。巴什拉通過想像的動力學提出人類對四大物質元素(地、水、火、風)的夢想體現了人類的創造意志。巴什拉認為,文學意象「要動,或更確切的說,動力想象力全然是意志的遐想(夢想),它是意志在遐想(夢想)」。Richard Kearney, *Poetics of Imagining: Modern to Post-modern*(Edinburgh: Edinburgh U P, 1998)103. 布萊(Georges Poulet, 1902-1990),郭宏安(1943-)譯:《批評意識》(*Conscience Critique*)(南昌市:百花文藝出版社,1993年),頁175。

有，它訴求的是我們中心軸的意識。[29]」

　　「縱向意識」主要表現為「上升」與「墜落」兩個向度的想像模式，《空氣與幻想》（*Air and Dreams: An Essay on the Imagination of Movements*）裡，巴什拉比較了「上升的隱喻」和「墜落的隱喻」，提出「上升情結」（complex of height）[30]以及「向上墜落」等命題，進而討論了蒼空、星辰、雲彩、風等詩意形象[31]。後來《空間詩學》擴展至家屋的「地窖」和「閣樓」這兩個端點所確立的「垂直縱深」，並指明「這兩個端點為一門想像力現象學打開了兩種非常不同的觀點」[32]。對「縱向意識」的關注一直延續到巴什拉生前最後的作品《燭之火》（*The Flame of a Candle*），其中討論火苗「沉醉於自身的擴大和上升」、「保存自己的垂直實力」、「燭火的上升存在的真正動力」[33]等章節，皆頗為可觀。

　　據此審視鄭愁予《寂寞的人坐著看花》，我們可以發現，鄭氏「縱向意識」的空間書寫特色主要體現在三個方面。

　　首先，是天地之間的起落浮沉。鄭愁予筆下可以找到許多宏大的空間意象，而其中「天地大虛」的意念又特別明顯。例如〈秋聲：華山輯之三・登頂一剎〉所寫：

---

29 巴什拉（Gaston Bachelard, 1884-1962），龔卓軍（1966- ）、王靜慧譯：《空間詩學》（*The Poetics of Space*）（臺北市：張老師文化事業公司，2003 年），頁 80。

30 巴利諾（André Parinaud, 1924- ），顧嘉琛、杜小真（1946- ）譯：《巴什拉傳》（*Bachelard*）（上海市：東方出版中心，2000 年），頁 252。Gaston Bachelard, *Air and Dreams: An Essay on the Imagination of Movement*, trans. Edith R. Farrell and C. Frederick Farrell（Dallas: Dallas Institute Publications, 1988）16, 91.

31 金森修（Kanamori Osamu, 1954-），武青豔（1973-）、包國光（1965-）譯：《巴什拉：科學與詩》（*Bachelard*）（石家莊市：河北教育出版社，2002 年），頁 163-170。

32 巴什拉：《空間詩學》，頁 80。

33 巴什拉著，杜小真（1946-）、顧嘉琛譯：《火的精神分析》（*The Psychoanalysis of Fire*）（長沙市：岳麓書社，2005 年），頁 138、185。

> 天是大虛　地是大虛／在天地無可捉摸中／捉捉身邊的酒囊
> 還鼓／摸摸心　還溫[34]

又如，〈到陽明山看燈去〉將天地之間的「人」與「車」比喻為「風
鈴」，使原本虛空、似無實體的「涼風」成為了填充天地大虛的介
質：「涼風來／（我們聽見全身骨骼玲瓏的脆響）／人和車都成了天
地的／風鈴（然則，我們是來看燈的）」[35]。對天地之宏大的狀寫，還
可舉出〈苦力長城〉「晨起　太陽未現／以致天地異樣廣闊」[36]以及
〈美自八方來〉「而一語道破　這是金屬的書法／寫在天空　便是風
雷龍馬」[37]等詩句。天地兩極所構成的垂直向度上，日月星辰的升落
在詩集中往往表現出一種空間的遼闊感，例如：

> 忽地　遠山湧出地表　莽林波動連天／天地之間一片亮徹的閃
> 電／竟是　月昇起[38]

> 東望／月恆昇／西矚／月恆落／頁頁都是定數[39]

除了上述所舉宏大空間意象的書寫，《寂寞的人坐著看花》亦有多處
「縱向意識」是借助微小葉花的形象得以顯現。〈深山旅邸 II〉有
「月明／葉瓢墜下／一字一字吟詠／贈別的詩」[40]；〈日景〉有「歡情

---

34 鄭愁予：〈涼風起天末──遊緬因州懷舒凡〉，《寂寞的人坐著看花》（臺北市：洪範
　書店，1993 年），頁 164。

35 鄭愁予：〈到陽明山看燈去〉，《寂寞的人坐著看花》，頁 186。

36 鄭愁予：〈苦力長城〉，《寂寞的人坐著看花》，頁 81。

37 鄭愁予：〈美自八方來〉，《寂寞的人坐著看花》，頁 146。

38 鄭愁予：〈冰雪唱在阿拉斯加〉，《寂寞的人坐著看花》，頁 36。

39 鄭愁予：〈夜〉，《寂寞的人坐著看花》，頁 101。

40 鄭愁予：〈深山旅邸 II〉，《寂寞的人坐著看花》，頁 12。

在淺水／鳥聲滿枝椏／——今日有今日的落花」[41]。這些詩句，均蘊含著某種由靜轉動或由動轉靜的張力變化，使詩意畫面的場景描繪帶上動態感。而〈遠海如背立的婦人：北海岸寫生〉則給天地之間的升降起落加進了新的元素——拓展至「海域浮沉」的主題：

> 岩石堅持的海岸　樹／粗略的生長／響浪激越半空　風／輕勁而渦旋／白鳥陣起／白鳥陣落 ∥ 而翩躚糾連如帆之裂片／卻依然航行／北去／海域浮柯／沉船如筍[42]

第二，在垂直縱向這一維度上，鄭愁予的詩作往往以與水相關的「鏡面」意象作為上升或下降的臨界，並據此介質區分各種詩意形象。例如〈靜的要碎的漁港〉中「水」的正反兩面，其上是禪坐之人的「形」，其下是此人出竅的「神」：

> 她亦是白衫的比丘／正在水面禪坐著／而她出竅的原神坐在水的反面／卻更是白的真切[43]

〈夜船行〉則寫道：「如果此時去睡／大海亦會平坦∥星星在水面滑行／也許是魚的眼睛」[44]，借助平坦「海面」的形象，使高高在上的星辰與海面之下的游魚混然為一，並通過魚之「眼睛」的暗喻，打破了星空的靜止狀態。

〈夜船行〉一詩同時也指示出《寂寞的人坐著看花》縱向意識的第三個特點，即垂直向度的逆轉顛倒，〈草原上·觀天象〉便是例證：

---

41 鄭愁予：〈日景〉，《寂寞的人坐著看花》，頁 15。
42 鄭愁予：〈遠海如背立的婦人：北海岸寫生〉，《寂寞的人坐著看花》，頁 44-45。
43 鄭愁予：〈靜的要碎的漁港〉，《寂寞的人坐著看花》，頁 4。
44 鄭愁予：〈夜船行〉，《寂寞的人坐著看花》，頁 24。

　　　　仰臥在大草原中央／定睛望著夜空／天藍奇深　星芒奇清／便
　　　　覺得是俯泳在無波的湖上／／深中有情致／清中有暖意／我划
　　　　動　浮鳧的快樂／諒它亦不過如此／／而在最深處／湖中亦有
　　　　北極／北極有星／其芒如曇花／北極星是宇宙短促的曇花／只
　　　　有在大草原仰觀天象／才能悟到[45]

詩中用「湖面」比喻仰臥的大草原,「湖面」之上是既藍且深的夜
空,而這夜空倒映於「湖面」之下,湖底的深淵與深邃的宇宙在垂直
向度的空間想像中出現逆轉,因而「湖中的北極」堪稱此詩的詩眼。

(二)《寂寞的人坐著看花》的「中心軸意識」

　　應指出,「縱向意識」與「中心軸意識」之間並沒有明確的界
限,想像力的四個向度也不宜割裂考量。像〈草原上‧觀天象〉、〈夜
船行〉等作品,就有必要將兩個維度綜合起來審視。有關「中心軸意
識」這一維度,本身便牽涉到「縱深的私密感價值」及「遼闊的宇宙
感」之間的辯證,巴什拉《空間詩學》直接把「中心軸」叫做「私密
感凝聚的軸心」,進而認為一切文學想像「就是在這些軸心上匯聚在
一起的」[46]。〈草原上‧觀天象〉一首,我們至少可以提取出「大草原
中央」、「湖中央」、「宇宙中央」三個層面的軸心意識。在巴什拉詩論
著作中,「中心軸意識」觀念的形成,發端於下述兩部專著的構思,
一是《大地與意志的夢想》(*Earth and Reveries of Will: An Essay on the
Imagination of Matter*),一是《大地與休息的夢想》(*Earth and Reveries
of Repose: An Essay on the Imagination of Intimacy*),前者集中討論

---

45 鄭愁予:〈草原上‧觀天象〉,《寂寞的人坐著看花》,頁89。
46 巴什拉:《空間詩學》,頁92-95。

「外向性想像力」，後者則偏重「內向性想像力」[47]，而《空間詩學》和《夢想的詩學》（*The Poetics of Reverie: Childhood, Language, and the Cosmos*）將二者進一步融合，《空間詩學》講述「內與外的辯證」，提出「內部與外部」的想像「翻轉」[48]，《夢想的詩學》更以「童年」與「深井」兩則原型作為宇宙夢想的軸心。對於「井」意象，巴什拉曾明確說：「井是一種原型，是人類心靈最嚴肅的形象之一」[49]，或許原因恰在於，垂直的「井」蘊含了軸心的想像凝聚力。

在鄭愁予的詩作，對「中心」的書寫，往往伴隨著「遠方」的概念。中心與遠方之間的辯證構成了《寂寞的人坐著看花》「中心軸意識」的第一個主題。

> 巫覡盛裝羽瓚花環／在社的中央　儀式鬆弛／而撞擊　輕吻成為秩序／／我們也置身在社的中央／我們是草創現代的採風者／我們忙著搜集原人舞古的標本[50]

這首〈液體面紗：記李錫奇紐約畫展〉中的詩節與〈草原上・觀天象〉裡「仰臥在大草原中央／定睛望著夜空」的詩句，均是對中心或軸心的書寫。而〈旅行沒有回來：乘蕭邦號夜快車赴維也納〉體現出的，則是「行人永在遠方」、「行旅不歸」的思想，詩意所主動追尋的，似乎正是某種靜而遙遠的感覺：

> 你旅行沒有回來／巴黎的春天比歸路長嗎……／／你旅行沒有

---

47 金森修：《巴什拉：科學與詩》，頁 170-171。

48 巴什拉：《空間詩學》，頁 328。

49 巴什拉，劉自強譯：《夢想的詩學》（*The Poetics of Reverie: Childhood, Language, and the Cosmos*）（北京市：三聯書店，1996 年），頁 143-144。

50 鄭愁予：〈液體面紗：記李錫奇紐約畫展〉，《寂寞的人坐著看花》，頁 155。

回來／我們卻乘著你的列車穿國越境／……[51]

誠如詩人自己所言:「路燈是黯淡的,行人似乎是永遠走在遠遠的地方,這種靜而遙遠的感覺,使人不自覺的會哼唱起童年唱的歌來。[52]」這與巴什拉所謂「童年」原型與宇宙夢想在中心軸意識上相互喚醒的看法有所契合。

不難發現,從中心出發走向遠方,是此類詩作的一個顯著意識模式,這些意識模式中,「開門」與「推窗」的行動成為了標誌性動態意象,試看:

這樣純木的危樓　以其樸中／有華的構架　徵顯／生靈的習性我推門探望／山霧濕眉淘耳／忽而　身已危立在／樓邊高大的山松上[53]

黯夜　開門／風雨一陣鞭打／是馳來迎接死亡的／預言中的馬車?[54]

開窗／有碩長的吟詩者／樺木青白／／隔著樹／亦有人開窗聽[55]

塔　乃天問的形式嗎?／推窗可以聞見／逐個單字清楚如數[56]

---

51 鄭愁予:〈旅行沒有回來:乘蕭邦號夜快車赴維也納〉,《寂寞的人坐著看花》,頁76-77。

52 鄭愁予:〈高速檔上的風景線·緣起〉,《寂寞的人坐著看花》,頁178。

53 鄭愁予:〈深山旅邸 I〉,《寂寞的人坐著看花》,頁10。

54 鄭愁予:〈夜樹十四行〉,《寂寞的人坐著看花》,頁22。

55 鄭愁予:〈深山旅邸 II〉,《寂寞的人坐著看花》,頁12-13。

56 鄭愁予:〈推窗見塔〉,《寂寞的人坐著看花》,頁102。

雖然嚴格意義上說，「開」或「推」的行動並不構成施動主體水平向度上的位移，但這兩個動作卻開啟了領會鄭愁予此類作品「外向性」想像力的大門。

　　承接上述這種由中心向外發散的空間意識，《寂寞的人坐著看花》「中心軸意識」的第二主題是對「綻開花朵」的書寫。假如外向性描摹的第一主題「行旅遠方」是宏觀角度的著墨，那麼綻開之花蘊含的便是微觀角度的外向性意識：

> 而浪高　打翻體態的陰陽／花綻開於每一個方向[57]

> 市民禱念　花朵完成開放[58]

而用花朵的形象比喻火燄，也是鄭愁予頗具特色的詩意想像：

> 鳳凰火化了　鳳凰木／餘火如花／那倚窗少女的望眼點燃了／而騎摩托的少年繞樹來／風鼓起水色的紋衫／——嶄！火花在水上開[59]

這首〈窗前有鳳凰木：南臺灣小品之三〉乃狀物寫景之作，以鳳凰浴火的典故契合鳳凰木之名，進而以火喻花，以花喻水紋，詩末一句「——嶄！火花在水上開」又寓含著青年男女之間的愛意柔情似水卻又如火如荼。

---

57 鄭愁予：〈思凡期的海豹：在阿拉斯加，中秋，是思凡的季節〉，《寂寞的人坐著看花》，頁 38。

58 鄭愁予：〈VACLAVSKE 廣場之永恆〉，《寂寞的人坐著看花》。

59 鄭愁予：〈窗前有鳳凰木：南臺灣小品之三〉，《寂寞的人坐著看花》，頁 118。

四　結語

　　本文圍繞鄭愁予詩作「內在空間意識」這一專題，進行現象學意義上的「經驗模式」之描述，力求初步捕捉鄭愁予新詩空間書寫的內在精神實質，嘗試某種程度上勾勒詩人所獨具的詩意心靈之圖譜。我們的施力重點擱置在詩人晚近代表詩集《寂寞的人坐著看花》，立足於現象學空間認識論的基本原則，重點討論了詩人作品中空間書寫的「縱向意識」與「中心軸意識」等重要經驗模式。本次研討也為我們將來對鄭愁予詩歌的空間意識進行深入闡釋打下基礎。

鄭愁予詩作中的海與山

林于弘（方群）

一　前言

　　鄭愁予，本名鄭文韜，河北省寧河縣人，一九三三年生於山東濟南。由於父親是職業軍人，鄭愁予從小就跟著南北奔波，也在許多異鄉留下他的足跡與記憶。這樣的成長背景，不僅使得他習慣流浪，而且也懂得從流浪中尋找生活樂趣，這似乎也形塑他早期充滿浪漫情懷與浪子風格的寫作特色。

　　一九四八年因戰火蔓延，鄭愁予全家離開北平，南下南京，再轉往漢口。在漢口他第一次正式對外發表作品。隔年，從武漢遷居衡陽，入道南中學就讀，在學校和同學合組文藝社團「燕子社」，並出版第一本詩集《草鞋與筏子》。

　　一九四九年舉家遷臺，於國立中興大學法商學院（現國立臺北大學）統計學系畢業。後赴美參與愛荷華大學「國際寫作計畫」，並取得藝術碩士學位。曾任教愛荷華大學、耶魯大學、香港大學等校。二〇〇五年返臺擔任國立東華大學駐校作家，現任國立金門大學講座教授、國立東華大學榮譽教授。

　　《中國時報》曾於一九八四年舉辦「影響三十」的活動，票選三

＊　臺北教育大學語文與創作學系教授

十本臺灣最具影響力的書籍，《鄭愁予詩集》是唯一入選的詩集。《聯
合報》於一九九九年舉辦舉辦「二十世紀新文學經典」票選時，《鄭
愁予詩集》在新詩類得票最高，其在學界品評與讀者心目中的份量，
由此可知。

　　鄭愁予以〈錯誤〉馳名詩壇，在所有的華文文學圈幾乎無人不
知、無人不曉，然於此名作之外，詩人其實還有甚為寬廣的創作空
間，因此本文將嘗試從不同的途徑，窺探鄭愁予在新詩創作的其他特
色。

二　《鄭愁予詩集Ⅰ：1951-1968》中海與山詩作統計

　　鄭愁予早年曾任職於基隆港務局，與港口、海洋、水手的接觸經
驗，激發他寫下大量與海洋有關的詩作。此外，他也熱愛登山，各地
群山都有其足跡，他親近群山的行動，也直接在詩作中詳實印證。因
此本文即以研究其詩作中，對於「海」與「山」的題材進行研究。

　　鄭愁予迄今共出版：《草鞋與筏子》（衡陽：燕子社，1949年）、
《夢土上》（臺北：現代詩社，1955年）、《衣缽》（臺北：臺灣商務印
書館，1966年）、《長歌》（自印，1986年）、《窗外的女奴》（臺北：十
月出版社，1967年）、《燕人行》（臺北：洪範書店，1980年）、《蒔花
剎那》（香港：三聯書店，1985年）、《雪的可能》（臺北：洪範書店，
1985年）、《刺繡的歌謠》臺北：聯合文學，1987）、《寂寞的人坐著看
花》（臺北：洪範書店，1993年）等十本詩集，與《鄭愁予詩選集》
（臺北：志文出版社，1974年）、《鄭愁予詩集Ⅰ：1951-1968》（臺
北：洪範書店，1979年）、《鄭愁予詩選》（北京：友誼出版社，1984
年）、《隨身讀──夢土上》（臺北：洪範書店，1996年）、《鄭愁予詩
的自選》（北京：三聯書店，2000年）、《鄭愁予詩集Ⅱ：1969-1986》

（臺北：洪範書店，2004年）等五本選集。其中《鄭愁予詩集I：1951-1968》是流傳最廣、研究最多的文本，故本研究即先以此為分析對象，日後再逐步擴及其他部分。

　　基於對文本檢視的周延，研究之始將先檢視全書中與「海」和「山」有關的詩作，並依其分輯，分別表列如下（參見表1）：

表一　《鄭愁予詩集I：1951-1968》中海與山詩作統計表

輯別	詩作名稱	書寫題材
第一輯　微塵集	老水手	（海）
	想望	（海）
	旅夢	（山）
	神曲	（山）
	生命中的小立	（海）
	貝殼	（海）
	大農耕時代	（海、山）
第三輯　山居的日子	俯拾	（山）
	山外書	（海、山）
	山居的日子	（山）
	崖上	（海、山）
	探險者	（山）
	紅的，藍的	（海）
	北投谷	（山）
	港邊吟	（海）
	小溪	（山）

	島谷	（海、山）
第四輯　船長的獨步	海灣	（海）
	我以這輕歌試探你	（海）
	小小的島	（海、山）
	船長的獨步	（海）
	貝勒維爾	（海）
	水手刀	（海）
	如霧起時	（海）
	晨景	（海）
	晚虹之逝	（海）
	雪線	（山）
	晚雲	（山）
第五輯　夢土上	歸航曲	（海）
	定	（海）
	港夜	（海）
第六輯　採貝集	下午	（山）
	採貝	（海）
	姊妹港	（海）
	一〇四病室	（山）
	清明	（山）
	梵音	（山）
	媳婦	（山）
第七輯　知風草	水巷	（山）
	夜謌	（海）

	南海上空	（海、山）
第八輯　右邊的人	雨季的雲	（山）
	裸的先知	（海）
	寄埋葬了的獵人	（山）
第九輯　五嶽記	十槳之舟——南湖大山輯之一	（山）
	卑亞南番社——南湖大山輯之二	（山）
	北峰上——南湖大山輯之三	（山）
	牧羊星——南湖大山輯之四	（山）
	秋祭——南湖大山輯之五	（山）
	努努嘎里臺——南湖大山輯之六	（山）
	南湖居——南湖大山輯之七	（山）
	鹿場大山——大霸尖山輯之一	（山）
	馬達拉溪谷——大霸尖山輯之二	（山）
	霸上印象——大霸尖山輯之三	（山）
	雲海居（一）——玉山輯之一	（山）
	雲海居（二）——玉山輯之二	（山）
	雪山莊——雪山輯之一	（山）
	浪子麻沁——雪山輯之二	（山）
	雨神——大屯山彙之一	（山）
	花季——大屯山彙之二	（山）
	絹絲瀧——大屯山彙之三	（山）
	風城——大武山輯之一	（山）
	大武祠——大武山輯之二	（山）
	古南樓——大武山輯之三	（山）

第十一輯　燕雲集	燕雲之三	（山）
	燕雲之十	（山）
第十三輯　衣缽集	垂直的泥土	（山）
	望鄉人——記詩人于右任陵	（山）
	野柳岬歸省	（海）
	革命的衣缽	（山）

　　依據上述統計，《鄭愁予詩集Ⅰ：1951-1968》十三輯中，除了
「第二輯　邊塞組曲」、「第十輯　草生原」與「第十二輯　大韓集」
並無涉及「海」與「山」的詩作之外，其餘十輯或多或少皆有相關。
其中「第一輯　微塵集」、「第四輯　船長的獨步」和「第五輯　夢土
上」與「海」相關的詩作較多，而「第三輯　山居的日子」和「第九
輯　五嶽記」則和「山」相關者較多，以下分別加以論述。

三　鄭愁予詩作中的「海」

　　關於新詩的海洋書寫，早在肇始時的胡適與郭沫若便有所發揮，
而臺灣四面環海，與海洋的關係更為密切，是以在相關的書寫更是所
在多有，如覃子豪、瘂弦、鄭愁予、汪啟疆等，都是早期慣以海洋為
題材的書寫者，但也誠如楊牧所言：

> 鄭愁予發表「十一個新作品」，包括「島谷」、「貝勒維爾」、
> 「水手刀」和「船長的獨步」，從此水手刀變成愁予的專利，
> 一時使以海洋詩人知名的覃子豪望洋興嘆。[1]

1　楊牧：〈鄭愁予傳奇〉，《幼獅文藝》第38卷3期（1973年9月），頁25。

　　林燿德在《海是地球的第一個名字》（中國現代海洋‧詩選）也說：「愁予藉鏗鏘的音韻，精巧的意象雕琢海洋景觀，寄景抒懷，尤具功力。[2]」而關於詩人的海洋印象，他曾自述：

> 我喜歡航海，十歲左右正好很想觀察事情的時候，是敏感的年齡，從上海坐船到青島，從青島到天津，給我很深刻的印象一直存在記憶裡，後來寫詩的時候，那種經驗又回來了……。[3]

　　於是「這些海上經驗，都是詩人創作海洋詩的泉源。因著這浪漫的思想，詩人努力的在這一片海洋上探索、發掘與開採，創造出一片美麗的詩的海洋。[4]」而一九五一年所創作的《老水手》，便成為詩人在臺灣發表的第一首詩：

> 不是為了
> 難堪的寂寞
> 和打發一些
> 遲暮的情緒
> 你提著舊外套
> 張著
> 困乏而空幻的眼睛
> 你上岸來了
> 你不過是想看一看

2　林燿德：〈決溿環中國——《中國現代海洋詩選》導言〉，《海是地球的第一個名字》（中國現代海洋‧詩選）（臺北市：號角出版社，1987 年），頁 14。

3　丘彥明、簡媜、李兆琦：〈井邊的談話——鄭愁予、齊豫詩歌對談〉，《聯合報‧副刊》，1985 年 5 月 25 日，第 8 版。

4　廖祥荏：〈船長的獨步——鄭愁予海洋詩評析〉，《中國語文》第 533 期（2001 年 11 月），頁 71。

> 這片土地
> 這片不會浮動的屋宇
> 和陌生得
> 無所謂陌生的面孔[5]

　　歷經不斷的遷徙與漂泊，水手的思念與寂寞自是不斷交織，同樣的，有類似經驗的詩人，自然也有如此的心情抒發。詩人這首在澎湖馬公的創作，不僅是從臺灣再出發的起點，也可以看成創作海洋系列的濫觴，當然更標誌了詩人未來發展的可能。關於這點，詩人曾自述：

> 我大學畢業，就業考試及格之後，分發職業，同學都要求到臺
> 北金融機關，只有我填了個基隆港，是當年唯一申請到海港工
> 作的，這是因為浪漫主義思想。[6]

　　是以如此的情懷，在天時地利人和的條件搭配下，成就了他創作的高峰。關於鄭愁予此一時期的詩作，〈如霧起時〉可說是耳熟能詳的代表：

> 我從海上來，帶回航海的二十二顆星。
> 你問我航海的事兒，我仰天笑了……
> 如霧起時，
> 敲叮叮的耳環在濃密的髮叢找航路；
> 用最細最細的噓息，吹開睫毛引燈塔的光。

5　鄭愁予：〈老水手〉，《鄭愁予詩集Ⅰ：1951-1968》（臺北市：洪範書店，1983 年），
　　頁 3-4。

6　丘彥明、簡媜、李兆琦：〈井邊的談話──鄭愁予、齊豫詩歌對談〉，《聯合報·副
　　刊》，1985 年 5 月 25 日，第 8 版。

> 赤道是一痕潤紅的線，你笑時不見。
>
> 子午線是一串暗藍的珍珠，
>
> 當你思念時即為時間的分隔而滴落。
>
> 我從海上來，你有海上的珍奇太多了……
>
> 迎人的編貝，嗔人的晚雲，
>
> 和使我不敢輕易近航的珊瑚的礁區。[7]

　　這首詩余光中和蔡振念等都曾有過精闢的分析[8]，余光中認為「詩中人表面是水手，實際上是情人，但是一路寫來，海上的景色與陸上女友的面容體態卻互為虛實，相映成趣，其中意象的交射互補，靈活而且生動[9]」；蔡振念則指出「船行霧中，追尋燈塔正如撥開情人的睫毛尋其眼神，在髮叢中敲叮叮耳環或如霧中的鳴笛，意象貼切的並比鋪陳，具象化了情人間的親暱感。情人如編貝之皓齒，如晚雲的臉頰，提醒了詩人海上的珍奇，而情人難懂的心，則如航行中危險的珊瑚礁區了。[10]」詩人寫作本詩時恰好是二十二歲，因此似乎也帶有些自況生活的暗示。詩作以航海的經驗為本，結合與戀人的相處與語言，展現出一種浪跡天涯的漂泊美感，令人沉醉其中。

7　鄭愁予：〈如霧起時〉，《鄭愁予詩集 I：1951-1968》，頁 99-100。

8　參見余光中：〈被誘於那一泓魔幻的藍〉——《二十世紀海洋詩精品賞析選》總序〉，收入朱學恕、汪啟疆編：《二十世紀海洋詩精品賞析選集》（臺北縣：詩藝文，2002 年），頁 30-31；蔡振念：〈臺灣現代海洋詩中的意象與情感〉，收入鍾玲總編輯，《海洋與文藝國際會議論文集》（高雄市：國立中山大學文學院，1999 年），頁 118。

9　余光中：〈被誘於那一泓魔幻的藍〉——《二十世紀海洋詩精品賞析選》總序〉，收入朱學恕、汪啟疆編：《二十世紀海洋詩精品賞析選集》，頁 30。

10　蔡振念：〈臺灣現代海洋詩中的意象與情感〉，收入鍾玲總編輯：《海洋與文藝國際會議論文集》，頁 118。

但若要論及鄭愁予的海洋詩代表，還是要以〈水手刀〉最為經典：

> 長春藤一樣熱帶的情絲
> 揮一揮手即斷了
> 揮沉了處子般的款擺著綠的島
> 揮沉了半個夜的星星
> 揮出一程風雨來
>
> 一把古老的水手刀
> 被離別磨亮
> 被用於寂寞，被用於歡樂
> 被用於航向一切逆風的
> 桅蓬與繩索[11]

這首詩分兩段，前後各五行。首段破題以「長春藤」為喻，接著的四行連續以「揮」字帶頭，顯現出水手的決覺。末段點明水手刀的「古老」，接著的三行再連三「被」字帶頭，刻劃出水手的被迫與無奈。其中在水手情感、生活與海洋相關的意象安排，都令讀者產生無比驚豔的美感。蕭蕭就指出：

> 寫作海洋詩篇，不外乎燈塔、沙灘、浪濤、海灣，但在鄭愁予
> 詩中，卻不是這些自然景觀單獨存在，他會將自然景觀與人文
> 現象、情感意涵，相互對映，巧妙融揉。把〈船長的獨步〉輯
> 中詩作，加以比襯，可以看到鄭愁予獨創的美學特質是經由聲

---

11 鄭愁予：〈水手刀〉，《鄭愁予詩集 I：1951-1968》，頁 98。

色兼呈的意象而顯現……[12]

廖祥荏也表示:「海上的風物吸引著他,通過心靈的感應宛轉而成清麗的詩篇。[13]」鄭愁予海洋詩的創作表現是其來有自的,這不僅來自於外在的生存環境,也同時源於詩人內心觸動情愫與表達的能力。

四　鄭愁予詩作中的「山」

一般人都以為鄭愁予是屬於「海」的,但其實他對於山的熱情,其實也和海一樣,甚或有過之。以《鄭愁予詩集Ⅰ:1951-1968》的詩作來看,內容涉及海的有二十二首;涉及山的共有四十二首,二者同時兼有的則有六首。可見在這部詩集中,關於山的詩作幾乎比關於海的多出一倍,只是一般較少論及,因此相對容易忽略詩人在這方面的成就。

鄭愁予年輕時嫻熟多項運動,是一位優秀的運動員,他不僅身強體健,也經常四處攀登高山,展現其相對於「海」的另一個關懷面。因此在此一題材的書寫,也有其傳承與發展[14]。

詩人曾言:「山是我一個主要的題材[15]」。以《鄭愁予詩集Ⅰ:

---

12 蕭蕭:〈臺灣海洋詩的美學特質〉,《臺灣詩學季刊》第 29 期(1999 年 12 月),頁 32-33。

13 廖祥荏:〈船長的獨步——鄭愁予海洋詩評析〉,《中國語文》第 533 期(2001 年 11 月),頁 75。

14 在《寂寞的人坐著看花》詩集〈後記〉中,詩人曾自述:「我昔日的登山活動,結局於輯輯小詩……」,其對於山的熱愛,也由此可知。參見鄭愁予:《寂寞的人坐著看花》(臺北市:洪範書店,1993 年),頁 225。

15 瘂弦:〈瘂弦兩岸蘆花白的故鄉——詩人鄭愁予的創作世界〉,《聯合報‧副刊》,1979 年 5 月 27-28 日,第 12 版。

1951-1968》而言，「第九輯　五嶽記」共錄詩二十首，包含：南湖大山輯七首，大霸尖山輯三首、玉山輯二首、雪山輯二首、大屯山彙三首、大武山輯三首。這裡全是詩人實際攀登山嶽後所留下的詩篇，其描寫之深刻，令人嘆服。

> 卑南山區的狩獵季，已浮在雨上了，
> 如同夜臨的瀘水，
> 是渡者欲觸的蠻荒，
> 是裣盡妖術的巫女的體涼。
>
> 輕……輕地劃看我們的十槳，
> 我怕夜已被擾了，
> 微飆般地貼上我們底前胸如一蝸亂髮。[16]

此詩繼承詩人一貫的抒情手法，但是將場景轉換至山區，詩作以唯美的譬喻技巧，顯現其娓娓道來的敘述手法，加上神秘的蠻荒氛圍。虛實之際的變化如在眼前。又如〈秋祭──南湖大山輯之五〉：

> 夜靜，山谷便合攏了
> 不聞婦女的鼓聲，因獵人已賦歸
> 月升後，獵人便醉了
> 便是仰望的祭司
> 看聖殿的簷
> 正沾著秋，零零落落如露滴

---

16 鄭愁予：〈十槳之舟──南湖大山輯之一〉，《鄭愁予詩集Ⅰ：1951-1968》，頁 203-204。

而簷下，木的祭壇抖著

裸羊被茅草胡亂蓋著

如細緻的喘息樣的

是酒後的雉與飛鼠的遊魂

正自灶中懵懵走出[17]

此作的風格也與前作相近，但在描寫的層面上，則有更為清麗細緻的表現。至於〈霸上印象──大霸尖山輯之三〉則擺脫抒情的成分，大幅展現其對自然的深刻書寫。

不能再東　怕足尖踢入初陽軟軟的腹

我們魚貫在一線天廊下

不能再西　西側是極樂

隕石打在粗布的肩上

水聲傳自星子的舊鄉

而峰巒　蕾一樣地禁錮著花

在我們的跣足下

不能再前　前方是天涯

巨松如燕草

環生滿池的白雲

縱可憑一釣而長住

我們　總難忘襤褸的來路[18]

---

17 鄭愁予：〈秋祭──南湖大山輯之五〉，《鄭愁予詩集Ⅰ：1951-1968》，頁 208-209。

18 鄭愁予：〈霸上印象──大霸尖山輯之三〉，《鄭愁予詩集Ⅰ：1951-1968》，頁 217-218。

　　焦桐明確指出：「登高山是一種重勞力運動，藝術生產則是心靈活動，兩種活動在鄭愁予的山水詩中快樂地融合，有時呈現壯闊的大遠景，有時表現中景、近景和特寫。……，是山癡在登山後的藝術生產[19]」。楊牧也表示，此一系列「以登山觀察與感受為中心，編織出一種完整的山嶽形象，揉寫景與敘事於一爐[20]」。劉克襄也明言：「唯因詩人的浪漫，這些山巒也增添了許多非寫實的璀璨色彩，瞻前顧後，現代詩從未跟臺灣的山如此纏綿過，個人相信，這一組創作會是早年自然誌裡重要的文學意象，繼續傳承下去。[21]」整體而言，以鄭愁予在《鄭愁予詩集Ⅰ：1951-1968》的作品來看，這的確是臺灣新詩發展中，極具代表性與成就性的寫作展現。

五　結論

　　古人有云：「仁者樂山，智者樂水。」鄭愁予究竟是仁者？或是智者？經由前列論證，其實也可以看出詩人是「依仁從智」的兼備者。林淑華就指出：「鄭愁予酷愛大自然，他詩中的山水，充滿親切的特點，詩中山水的風格為柔婉纖巧、生動自然，……，天真與活潑則一直是詩人習慣的創意技巧[22]」。他更指出此一時期的詩作內容，「具有強烈的赤子情與流浪意識[23]」，考諸詩人之作，實為確論。

---

19 焦桐：〈建構山水的異鄉人——論鄭愁予《鄭愁予詩集》〉，《幼獅文藝》第 545 期（1999 年 5 月），頁 40。

20 楊牧：〈鄭愁予傳奇〉，《幼獅文藝》第 38 卷 3 期（1973 年 9 月），頁 32。

21 劉克襄：〈你所不知道的鄭愁予〉，《中國時報‧人間副刊》，1995 年 10 月 22 日，第 39 版。

22 林淑華：〈鄭愁予詩中的山水〉，《中國語文》第 558 期，2003 年 12 月。頁 70-71。

23 同前註。

　　鄭愁予自己曾說：「我寫山水，並不只是作外表的描述，而是整個人的介入。[24]」所以詩人寫山寫海，並非只是泛寫表面皮相，而是與個人的心智相結合。所以，他又說：「語言是形式的根本，詩形式是詩生命的形體，詩的語言涵括了文字和意象。[25]」且「詩人是有語言特權的人[26]」。因此，

> 面對蜂擁而至的西潮，孤獨堅守的詩人鄭愁予對此產生深刻的共鳴，儘管他加入了時髦的「現代派」，……在我開始我的詩歌寫作的時候，我就有一種反抗，想使白話詩寫得 能夠在藝術成就上和古典相比美，而不是簡單地用文字把感情抒發出來就算了事。[27]

　　不論是在語言的使用，或是在形式的抉擇，鄭愁予有其開展，也有其堅持，而從其作品的展現來看，這不但是詩人的仁心，同時也是詩人的慧眼。而這一切的證成，雖可以從《鄭愁予詩集Ⅰ：1951-1968》中略窺奧妙，但是在詩人其後的諸多詩作中，仍會有持續的承接與開展。

---

24 瘂弦：〈瘂弦兩岸蘆花白的故鄉──詩人鄭愁予的創作世界〉，《聯合報·副刊》，1979 年 5 月 27-28 日，第 12 版。

25 沙笛：〈「在傳奇的舞臺上」修訂稿〉，《現代詩》復刊第 10 期（1987 年 5 月），頁 40。

26 沈奇：〈擺渡：傳統與現代──鄭愁予訪談錄〉，《臺港與海外華文文學評論和研究》1997 年第 4 期（1997 年 12 月），頁 64。

27 同前註。

參考文獻（依作者姓氏筆畫排列）

一　書籍

朱學恕、汪啟疆編　《二十世紀海洋詩精品賞析選集》　臺北縣　詩
　　藝文　2002年

鍾玲總編輯　《海洋與文藝國際會議論文集》　高雄市　國立中山大
　　學文學院　1999年

鄭愁予　《鄭愁予詩集Ⅰ：1951-1968》　臺北市　洪範書店　1979年

鄭愁予　《寂寞的人坐著看花》　臺北市　洪範書店　1993年

二　期刊論文

丘彥明、簡媜、李兆琦　〈井邊的談話──鄭愁予、齊豫詩歌對談〉
　　《聯合報‧副刊》　1985年5月25日　第8版

沈　奇　〈擺渡：傳統與現代──鄭愁予訪談錄〉　《臺港與海外華
　　文文學評論和研究》　1997年第4期　1997年12月　頁62-65

沙　笛　〈「在傳奇的舞臺上」修訂稿〉　《現代詩》復刊第10期
　　1987年5月　頁40-45

林淑華　〈鄭愁予詩中的山水〉　《中國語文》　第558期　2003年
　　12月　頁69-84　林燿德編　《海是地球的第一個名字》（中國現
　　代海洋‧詩選）　臺北市　號角出版社　1987年

焦　桐　〈建構山水的異鄉人──論鄭愁予《鄭愁予詩集》〉　《幼
　　獅文藝》第545期　1999年5月　頁35-42

楊　牧　〈鄭愁予傳奇〉　《幼獅文藝》　第38卷3期　1973年9月
　　頁18-42

瘂　弦　〈兩岸蘆花白的故鄉——詩人鄭愁予的創作世界〉　《聯合
　　報・副刊》　1979年5月27-28日　第12版

廖祥荏　〈船長的獨步——鄭愁予海洋詩評析〉　《中國語文》　第
　　533期　2001年11月　頁70-75

劉克襄　〈你所不知道的鄭愁予〉　《中國時報・人間副刊》　1995
　　年10月22日　第39版

蕭　蕭　〈臺灣海洋詩的美學特質〉　《臺灣詩學季刊》　第29期
　　1999年12月　頁27-44

詩俠古風
——試論鄭愁予詩中的古典風格

陳政彥

一　前言

　　鄭愁予的創作歷程大致上可依照離開臺灣前往美國的一九六八年為界，劃分為前後期，前期的鄭愁予以其優美華麗的風格，贏得廣大讀者的歡迎與支持。楊牧形容鄭愁予的風格說：「鄭愁予是中國的中國詩人，用良好的中國文字寫作，形象精確，聲籟華美，而且是絕對地現代的。」[1]古繼堂說鄭愁予是：「中國詩歌藝術長河中，一顆閃亮而神秘的星。讀了他的作品，彷彿前面站著一個中國當代的李商隱。有時又覺他詩中還兼有李白的豪放之情。說他神秘就在於，很多人感覺到他的詩受中國古詩和詞的影響深，而他自己卻不以為然。」[2]沈奇則評論鄭愁予的詩風：「在一方面，他守住自己率性本真的浪漫情懷，去繁縟而留絢麗，去自負而留明澈，去浮華而留清純，且加入有控制的現代知性的思之詩；另一方面，他自覺地掏洗、剝離和鎔鑄古典詩美積澱中有生命力的部分，經由自己的生命心象和語感體悟重新

*　嘉義大學中國文學系副教授
1　楊牧：〈鄭愁予傳奇〉《幼獅文藝》38 卷 3 期（1973 年 9 月），頁 18。
2　古繼堂：《臺灣新詩發展史》（臺北市：文史哲出版社，1989 年），頁 131。

鍛造,進行了優雅而有效的挽回。」[3] 在這些評論當中,「中國古典」顯然是鄭愁予詩風格中一個重要的元素,但是評論家也不約而同地強調,這種古典風格卻又是透過現代語言表現出來。究竟中國古典風格是如何透過現代詩語言表現出來,而評論家們的感性評論,能否找到確切的例證說明,則是值得研究者進一步思考的方向。

為了回答此一問題,本文嘗試從「語言風格學」的角度,來探討鄭愁予在詩歌創作上的風格特色。竺家寧說:「語言風格學想知道的是某一作家或某一作品所用的語言『是怎樣的』,然後客觀的,如實地把它說出來,因此,它是客觀的、科學的、求『真』的學科。」[4] 透過語言風格學強調歸納統計的研究方式,或可以補充說明不同詩評家對於鄭愁予風格的描述,為詩評家憑藉主觀感受所認定的古典風格找尋更科學的根據。

鄭愁予享譽詩壇多年,相關研究成果眾多自不在話下。但是透過語言風格學來分析鄭愁予詩的相關研究成果卻相當缺少,目前看到較完整的研究是由竺家寧在二〇〇八年所指導,政治大學吳麗靜的碩士論文《鄭愁予詩的音律風格研究》,此文完整分析鄭愁予詩中的音律風格,透過聲、韻、節奏等不同面向,詳實分析鄭愁予詩中充滿音樂之美的聲韻設計。但是就目前的研究成果來看,鄭愁予詩作的語言風格學研究還有兩點不足,值得研究者繼續探討。

首先,語言風格學的研究可以分成詞彙、句法、音律三個部分來看[5]。吳麗靜的碩士論文僅討論到音律部分,而未碰觸詞彙與句法的分析,想要了解鄭愁予的語言風格,仍須持續討論鄭愁予詩中的詞彙與句法才算完整。第二點,鄭愁予詩中的古典情調是指認鄭愁予詩作

3　沈奇:《臺灣詩人散論》(臺北市:爾雅出版社,1996 年),頁 251。
4　竺家寧:《語言風格與文學韻律》(臺北市:五南圖書出版公司,2001 年),頁 27。
5　竺家寧:《語言風格與文學韻律》,頁 15。

風格的重要指標。但現有語言風格學方面的討論僅從音律上分析。音律本身是抽象的，聽完音樂之後所升起的心象因人而異，吳麗靜的分析最終證明鄭愁予詩作充滿音樂性，但無法證明為什麼鄭愁予的詩讓人感受到古典風格。要了解鄭愁予詩的古典風格，仍然要從詞彙與句法上討論才能得到解答。因此本文透過詞彙與句法的分析，來討論鄭愁予的詩如何具有古典風格，而又不至於失去現代詩的特質。

　　從研究範圍來說，語言風格統一的詩作才能研究出一致的結果來，若是詩人的寫作風格隨著時間向度而有所改變，這就表示在不同時期的詩作中，詩人所使用詞彙、句法、音律的方式也有所不同。目前研究者普遍都認同鄭愁予的詩作風格，以他前往美國留學作為分水嶺可分成前後兩期，詩人離開臺灣後，過了十五年才重新發表作品，風格已有了顯著改變。若將前後期詩作一併歸納統計，勢必將會造成兩種風格的混淆。再加上鄭愁予的名作如〈錯誤〉、〈情婦〉、〈邊界酒店〉等多發表在離臺之前。因此本文以《鄭愁予詩集 I 》為研究範圍，集中包含鄭愁予離臺前的三本重要詩集《夢土上》、《窗上的女奴》、《衣缽》大部分詩作，以求所關注風格之統一。[6]以下將分別透過詞彙與句式來分析鄭愁予如何用現代語言創造古典風格。

二　從詞彙角度分析

　　語言學家給詞下這樣的定義：「詞是語言中音義的結合體，是最

6　本文採取語言風格學的研究方法，將歸納統計不同詞彙，句式在《鄭愁予詩集 I 》中出現的次數、頁碼，若一一標示註腳，則註腳數量太多太過蕪雜，因此本文中鄭愁予之詩句、詞彙凡引用自《鄭愁予詩集 I 》（臺北市：洪範書店，1979 年）將在文中直接註明頁碼，不再另行加註。

小的可以獨立運用的造句單位。」[7]「詞彙」則可以說是一種語言各類詞語的總和，詞彙包括兩大內容：「一種是語言中所有的詞的總匯，另一種是語言中相當於詞的作用的固定結構的總匯。詞彙的內容就是這兩者的相加，兩者的總和。」[8]由於現代生活日漸繁複，寫作時所使用的詞彙會隨著作家的生活經歷、閱讀經驗、乃至有意識的選擇特殊領域詞彙而有極大差別，這種差別就是不同作家其語言風格的來源之一。鄭愁予的古典風格也與其所選用的詞彙有密切關係。

（一）單音詞

古代漢語以單音節詞彙為多數，且不少的單音節詞素具有詞彙意義，也就是說，古代一個字就代表了一個完整詞彙意義。但現代漢語詞彙以雙音節為主。在現代，我們的語言習慣中，雙音詞已取代單音詞在古代漢語詞彙系統中的主體地位。因此漢語的發展趨勢可說是由單音詞過渡到以雙音詞為主。[9]在鄭愁予的詩中很少出現這種以單音詞代表特定涵義的狀況，在其詩中所使用詞彙仍以雙音詞為主。這使得鄭愁予之詩閱讀起來，不至於脫離現代漢語太遠。

但是使用虛詞時，為求詩精簡有力，鄭愁予有時仍然會使用古代漢語單音詞來替代繁複的現代漢語虛詞。「虛詞」在句子中雖無實質意義，卻擔負特定的語法功能。例如過去的「偶」一字今日稱為「偶然」，「遂、乃」都相當今日的「於是」，「何」是過去表示「為什麼」的疑問詞，「惟」是「只有」，「猶」可當「如同、仍是、尚且」等意義使用。鄭愁予常用的古代漢語虛詞如下：

7　葛本儀編：《語言學概論》（臺北市：五南圖書出版公司，2003 年），頁 227。

8　葛本儀編：《語言學概論》，頁 231。

9　程祥徽，田小琳合著：《現代漢語》（臺北市：書林出版社，1992 年），頁 4

語氣詞	出現頁碼（頁碼後接×數字，為此字在該頁碼出現次數）
偶	220
遂	220
何	80×2、81
尚	128
乃	76、107、140、141、156、175、296
且	143
抑	152
惟	166、222
否	219
猶	142、320、329

　　從整體來看，古代漢語單音節虛詞的數量並不多。相形之下，在鄭愁予的詩中，使用最多的是代表今日強調語氣的單音語氣詞，使用最多的是「了」字，其次是「啊」，其餘如「哎、呀」等多種語氣詞都經曾可見於其詩中，統計列表如下：

語氣詞	出現頁碼（頁碼後接×數字，為此字在該頁碼出現次數）
了	3×2、4、10、11×2、13、14、15、16、21、22×3、24、25、26、30、32、33、36×2、37、41×2、43、46×3、47、48、49×2、55、66×3、68、71×2、73、79、80×2、82×2、93×2、94×2、96×3、97×2、98、99×2、101、102×2、103、104、105、107×2、108、109×2、110、111×3、112、116、117×2、118、119、120、121、125×2、126×2、127×2、128×5、129×2、130×2、131×5、132、142、147、149、151×4、152、158、166×2、167×3、169×2、171、173、174、

	179、187×5、189×4、189×2、190、194、195、197、199、203×2、205、206、208、210×2、213、216、219×3、223、224×3、225×2、226×2、233、241、247、258×2、260、261、264、282、284、290、294、298×2、302、303、305
啊	8×2、22、26、28、32、43×3、44、47、49、52、59×2、60、61×4、63、64×2、65、66、68、81、101、102、136、147、153×2、154、158、163、164、181、184×2、185×2、187、190、194×2、219、235、236、248、285、286、287×2、290、294×3、298、301、302、304、305、306×2、308、309、310、311×3、312、313、315×2、322、323、327、328、329
哎	4、12、17、45、101×2、128、130、149、169、183、216×2、249、250、251、280、281、294、304
呀	24、26、32×4、45、50、64、66×2、71、78×2、81×2、83、90、91、94、96、97、104、158
麼	22、37、63×2、82、83、129、193、247、260、304、322
吧	13、48、63、105×2、191、282×4、296、299、308×2、327×2
哪	109×2、189、191、194、195、237、250、320
呢	26、27、47、109、116、152、163、194、197、247×2、308
啦	13、31×2、32×4、34、79、193、289
嘍	82、261、271、293
喂	96、308
罷	244
咳	244
哦	59

從上表，我們可以看到鄭愁予使用大量的語氣詞，在文學作品中，為求字句精煉，多半會少用語氣詞。但是鄭愁予詩卻愛用大量語氣詞。一方面由於鄭愁予使用多音節詞彙時偏好古語詞彙，如果沒有穿插語氣詞，會使得讀起來的語境太像文言文。另一方面，我們可以發現鄭愁予往往利用這些語氣詞來製造詩的音樂效果，讓詩句朗誦的節奏有停頓休息之處。例如〈崖上〉：

> 果真，啊！妳底眼，又是如此的低微麼？
> 時序和方位，山水和星月
> 不必指出，啊，也不必想到（64）

第一句中的「啊」，在詩意上有強調驚嘆讚美的意思。而第三句中的「啊」，呼應了第一句中的「啊」，讓語音有重複，製造音律效果。另方面則將第三句詩的節奏，拆成四字、五字兩段，念起來更為動聽。綜合以上，我們可以知道，大量豐富多變的語氣詞，讓鄭愁予的詩不脫離白話語體太遠，貼近我們今日說話的習慣，這也使得鄭愁予的詩雖然具有古典風味，但卻從未被批評晦澀難懂。

（二）古語詞彙與外來詞彙

古代漢語主要以一字代表一義，但是從古代漢語演變到現代漢語的過程中，逐漸透過各種構詞方式，結合兩字以上形成雙音詞來使用。時序進入現代之後，代表古代生活事物的各種古詞語，在現代生活中變得無用武之地。例如「宰相、狀元、樞密院」等等。另一方面是古詞語所標記的事物還在，但是已被新詞代替，例如古代稱「戲子」，今日稱為「演員」。這些如今已不使用的古詞語往往存在於文學作品中，作為創造風格的語言素材。例如鄭愁予就大量使用了各種古語詞彙的雙音詞。如此一來，既符合今日的語言使用習慣，又能同時

使讀者感受到古典語文的質素。以下分為名詞、動詞與形容詞來說明：

　　1. 鄭愁予詩中的古語名詞有：酒囊（46），水雲（227），貶官（49），戍卒（49），鞍劍（51），纖手（71），重幃（90），曲徑（90），錦囊（110），銅環（122），平蕪（130），岫谷（131），忌辰（194），夜央（199），瀘水（203），玉杯（205），華表（231），丹墀（231），華表（258），丹墀（258），重樓（258），飛簷（258），狼烟（260），宮闈（261），重靄（264），木鐸（264），紅蓮（264），蘿牆（13），瓊島（265），東風（265），崦嵫（273），疫癘（292），落蓬（188），檄文（308），易水（318），易水（323），沺水（323），大漢（325），黃帝（325）。

　　2. 鄭愁予詩中的古語動詞有：小立（16），敗陣（49），遠謫（49），僵臥（74），濯足（115），臨幸（122），冥化（183），躩向（183），夕暉（193），跫音（123），柳絮（123），春帷（123），賦歸（208），跣足（217），泫然（259），畫眉（261），跣足（269）隱逝（188），流盼（229），顛躓（289）

　　3. 鄭愁予詩中的古語形容詞有：遲暮（3），藻集（227），冷峭（227），春汛（245），冬著（245），堂奧（18），怔忡（41），向晚（123），冥然（187）。

　　4. 鄭愁予詩中兩個字以上的古詞語：有指南車（325），武穆（325）。將軍令（42），酒葫蘆（71）汨羅江渚（118），承露盤（265）。

　　這些詞彙的來源有些是源於歷史典故，例如瀘水、易水、沺水、汨羅江渚是古代地名，黃帝、武穆是古代人物。又如承露盤典故出漢武帝為求仙露而建造。有些詞彙是古代建築名稱，例如重樓、飛簷。丹墀是指屋宇前面沒有屋簷覆蓋的平臺，古代多漆成紅色。華表是指

對樹於宮門甬道側之石柱也，亦名神道柱，石望柱。這些特殊建築今日僅能在古蹟處得見。

上述古詞語，還有些是出自詩詞，例如「平蕪」指平坦的草原，典出歐陽修的名句「平蕪盡處是春山，行人更在春山外。」這些眾多繁複的古詞語，有些淺而易懂，有些則需要足夠的古代背景知識才能夠理解正確的詞義。也因此瘂弦曾說鄭愁予的詩被稱為「貴族的」。

相對於數量眾多的古語詞，鄭愁予詩中的外來詞數量非常稀少。這種數量上的差別，也是影響鄭愁予古典風格形成的原因之一。

外來詞指受外國語影響而產生的詞。不同民族語言間的接觸，必然導致外來詞的產生。但是外來詞的產生並非原封不動的照搬，而是得經過加工改造，從外來的另一種語言，轉譯成漢語的外來詞。根據語音形式的漢化而產生的外來詞，稱為「音譯詞」例如咖啡（coffee）坦克（tank），以意義的漢化創造的外來詞稱為「意譯詞」例如飛機、火車。有時翻譯者靈機一動，語音與意義兩層面都兼顧，稱為「音兼意譯詞」，例如芭蕾舞（ballet）等等。[10]

在《鄭愁予詩集》中外來語的例子極少，僅找到以下的詞例：舍利（19），貝勒維爾（96），斯培西阿海灣（117），吉普賽（119），維特、金果（131），Album（137），西敏寺（148），梵谷、米勒（194），亞加薩堡（297）。

貝勒維爾（Belleville）是法國的一個市鎮，是斯培西阿海灣是詩人雪萊葬身之地，鄭愁予在詩中與屈原的汨羅江對舉西敏寺是英國皇室墓園，也是許多文學大師的墓地。Album即相冊、集郵冊，現代主義狂飆的六〇年代，時常有西文詞彙直接入詩的情況，但是在鄭愁予詩中僅出現一次。維特是小說人物，梵谷、米勒是西方畫壇巨匠。較

---

10 葛本儀編：《語言學概論》，頁 236。

特別的是亞加薩堡，出自鄭愁予記錄金門之行的詩作，是一九六〇年
西班牙參謀總長來金門訪問時，致贈是西班牙多萊鐸阿加薩古堡勇士
贈與金門勇士的「古堡磐石」象徵兩國的反共勝利與友誼。在為數不
多的外來語中多半為地名與文藝大師名字，這在現代社會中很難迴避
不去使用。根據本文統計，古詞語使用了七十四次，但外來語卻只用
了十次，我們可以看到相對於數量豐富的古詞語彙，外來語彙數量幾
乎不成比例。這種差別使讀者在閱讀鄭愁予詩作時，自然從中感受到
古典風格是較強烈的。

（三）自創新詞

　　在鄭愁予詩中我們可以發現一個有趣的狀況，那就是鄭愁予創造
新詞的能力。竺家寧說：「一般作品所用的詞彙都是社會上約定俗成
的現成詞，但是也有一些作品用詞突兀新穎表現了很大的獨創力。」[11]
語言文字是活的，往往隨著有創意的使用者創造新詞，更加豐富該語
言的風貌，而銳意求新的詩人作家更是時常創造新詞彙的特殊族群。
羅肇錦說：「書面語，一方面服從於口語，一方面又對口語產生很大
的影響。由於古典文學與文言作品傳播的影響，現代語常常把古語詞
吸收進去，並且利用古語詞作為構詞的材料。」[12]以鄭愁予來說，他
偏好創造具有古典風格的新詞彙，利用古代漢語一字一義以及現代漢
語偏好用雙音詞的特色，鄭愁予會結合兩個自己詩中情境合適的單
字，合成一個貌似古語但實際上是鄭愁予自創的新詞。鄭愁予自創新
詞舉例如下：嬉逐（14），隱閉（18），慨賞（63），訝讀（64），慵悃
（74），隱宮（90），入韜（121），鳥喉（125），花曆（125），釀事

---

11 竺家寧：《語言風格與文學韻律》，頁 51。

12 羅肇錦：《國語學》（臺北市：五南圖書出版公司，1990 年），頁 183。

（143），灰揚（150），迭掛（189），清沁（193），悃倦（194），冥塔（197），痴身（214），惜虹（229），戍魂（260），怯渡（289），賁沒（319）。

這些詞彙多半是把兩個單字詞素合併，構成一個新詞來表意。如果按照今日漢語的用法，這些鄭愁予自創的新詞可能會回復到兩個雙字的詞彙加上介詞，例如「嬉逐」可還原成「嬉鬧地追逐」，「鳥喉、花靨」可還原成「鳥兒的嗓子，花朵的笑靨」。但我們也可以在鄭愁予的詩中找到大量以介詞「的」區連接前後兩個詞彙的句子，由此可知鄭愁予有意區分二者。在鄭愁予希望強調現代語氣的詩中，鄭愁予就會用這種「A的B」的寫法，但在刻意凸顯古典風格的詩裡，鄭愁予就會特別改用這種將兩個詞彙合成兩字一詞的構詞法。例如以〈定〉這首詩來看：「讓眼之劍光徐徐入韜，／對星天，或是對海，對一往的恨事兒，我瞑目。」（213）「韜」字的原意是指弓或劍的套子，也就是劍鞘。在此詩中為了強調自己收斂銳利的眼神，於是用收劍入鞘的意象來形容，而精簡成「入韜」一詞，則顯得更簡約俐落且具有古意。黃維樑曾說：「鄭愁予的修辭句式，以及觸覺技巧，自成一格。鄭從傳統中借取詞語概念。但在自己的創作中卻獨闢蹊徑，特別是創造比喻。」[13]正是肯定了鄭愁予從古詞語、自創新詞中汲取養分而不拘泥於文言的特質。

綜合以上三點，我們可以發現，鄭愁予高度重視語言的音樂性，不脫離正常詞彙使用的方式，並且以大量語氣詞創造朗誦的語感。以此基礎之上，以眾多的古語詞給予讀者古典風貌的讀後感，但是卻又不落入晦澀難懂的窠臼中。

---

13 黃維樑：〈江晚正愁予──鄭愁予與詞〉，收入於蕭蕭、白靈、羅文玲：《愁予的傳奇》（臺北市：萬卷樓圖書公司，2012 年），頁 66。

三 從句式角度分析

詞彙依照句法句式組合而成句子，句子是我們使用語言時，能夠表達完整含意的最小單位。我們要聽到完整的句子才能判斷對方要表達的想法。但是我們日常生活的語言當中，同樣的含意多半可以透過不同的句式來表達，雖然聽者都能接收到同樣的含意，但是不同句式的選擇則呈現出說話者的語言特質。在現代詩的領域中，詩人偏好的句式往往是構成詩作風格的重要基礎。

我們目前時常使用的句式，除了語體白話文的句式外，也無法避免古代漢語文言文句式以及英文等西方語言翻譯過來歐化句式的影響。在日常語言中如此，落實在文學語言中亦然。余光中曾說：「在現代詩中，歐化只是造成語氣的綜合性之一因素，其他的兩個因素是口語和文言。……現代詩在語氣上雖以口語的節奏為骨幹，但往往乞援於文言的含蓄、簡勁，與渾成。它要調和文白，而避免落入文白不分的混亂局面」[14]余光中所指的語氣，是詩人自己獨有的說話方式，也就是風格。以白話語體為基礎，而滲入文言或歐化句式可作為分析作家風格的依據。因此以下統計《鄭愁予詩集Ⅰ》當中文言句式與歐化句式，思考二者如何構成了鄭愁予的古典風格。除此之外，《鄭愁予詩集Ⅰ》可看到大量的三聯句，這種特殊句式過去被江萌指出是余光中詩作的一大特色，但是透過統計就可以發現三聯句在鄭愁予詩作中出現比例也很高，因此另立一類加以討論。

---

14 余光中：〈現代詩的節奏〉，《掌上雨》（臺北市：時報出版社，1986 年），頁 54。

（一）文言句式

　　現代詩又稱語體詩、白話詩，所使用的語言就是以日常溝通所使用的白話為主。但是我們生活在漢文化的脈絡中，文言文代表代表當代人對古代文化的迴響與呼應。尤其在文學語言的使用上，文言文句式在現代詩創作當中仍經常被使用。同樣與古典風格見著的詩人余光中說明自己對文言句式的看法：「文言宜表達莊嚴、優雅、含蓄而曲折的情節，而白話則明快、直率、富現實感。許多意境，白話表達起來總嫌太直接、太囉嗦，難以保持恰到好處的距離；改用文言則恰到好處。」[15]源自中國古代的文言句式，當然對於鄭愁予詩中的古典風格有直接關聯。

　　文言文句法的特徵是主詞可以省略、西洋文法常見的冠詞、前置詞、代名詞、連繫詞、時態等在文言文當中也看不到，詞性活用，往往一字數用來表意，用字極為精簡。也因此閱讀文言文要了解其含意，有時須要從語脈當中判斷才能了解句意。鄭愁予採用文言句式有時正是為了使詩句精簡有力。例如悼念楊喚的〈招魂〉中說：「星敲門　遄訪星　皆為攜手放逐／而此夜惟盼你這菊花客來」（279）此處以「遄」字來強調快速的樣子，而將「星星敲門，我便快速奪門而出探訪星星」這樣的含意，只以六個字強調其快其急，而更凸顯期待楊喚共同賞星的心情。

　　除了精簡以外，鄭愁予有意識想創作古典風格詩作時，也會刻意選用文言句法。例如古典風格強烈的〈落帆〉一詩：

　　啊！何其零落的星語與晶澈的黃昏
　　何其清冷的月華啊

15　余光中：〈談新詩的語言〉，《掌上雨》，頁66。

與我直落懸崖的清冷的眸子

以同樣如玉之身，共游於清冥之上。（61）

此處用了星語、晶澈、月華、清冥都偏古典的語詞，而最後一句
則運用了文言的倒裝句型，使詩的古典風格更加強烈。在《鄭愁予詩
集 I 》當中，古典句式多半與想刻畫的主題結合，例如〈梵音〉、〈媳
婦〉、〈最後的春闈〉寫佛思、古代小媳婦與趕考書生的故事，題材復
古，語氣上也隨之變化。此外〈落帆〉、〈崖上〉、〈鹿場大山〉、〈霸上
印象〉，玉山輯系列多半寫大自然的開闊景色，徜徉山水間，鄭愁予
也以古風賦詩。燕雲集系列是寫詩人青年時居住過的北平。鄭愁予曾
經自己說明燕雲集十首寫作的過程：「我於是刻意用文言肌理的頓
挫、白話的旋律彈性，製作場景圖畫、摻入地名時令以演出歷史情
節……務求意象與視野相接，不許形容詞的存在。正應了王維利用五
言絕句簡明直接地呈現境界排除敘述的手法。」[16]從鄭愁予的夫子自
道可得知詩人刻畫古典風格的用心。關於鄭愁予文言句式詩句可參見
附表六之一。

除了運用古典句法外，鄭愁予也會直接引用古詩詞在詩中，例如
在〈結語〉一詩中，直接鑲嵌陳與義〈臨江仙〉中的兩句「二十餘年
成一夢／此身雖在堪驚！」也曾在〈霸上印象〉當中直接以自己創作
的四句五言古詩為自己的詩作結尾：

茫茫復茫茫　不期再回首

頃渡彼世界　已邅回首處（218）

這兩次古詩詞入現代詩，並不顯得突兀，因為鄭愁予在這些詩句
前後都以白話口吻敘述，使人有種詩人信步口佔一絕之感。綜合以

---

16 鄭愁予：〈我五十年前就骨董了〉，《聯合文學》221 期（2003 年 3 月），頁 72。

上，我們可以透過實際的統計看出鄭愁予善用文言句式讓自己的詩歌產生莊嚴典雅的效果。對此，張梅芳肯定鄭愁予的詩：「詩行中以文言文凝煉的語句，壓縮文字的密度，配合口語白話的調度，使語感緊嚴而不過度散化。」[17]但是相反地，如果文言句式比例太高就會降低詩的可讀性，只成為古典詩詞的翻版，藝術成就反而不高。因此在鄭愁予的詩中仍然是以白話句式最多，甚至歐化句式的比例也高過文言句式。在文白之間拿捏得當，正是鄭愁予詩的魅力。

（二）歐化句式

根據統計就可以發現鄭愁予詩中文言句式少於歐化句式。這更貼近我們現代漢語的使用方式，我們的日常生活中，接觸外來語言的比例甚高，英文重要性也大過文言文，導致當下我們所使用的口語受到歐化句式影響頗大。雖然有時歐化句法會誤導我們正確優美地使用中文，但是有意識地善用歐化句法則有助於讓文學作品的語言風格更為生動。余光中就說：「至於歐化的句法，頗有助於含蓄與曲折之趣，有時也是必要的。」[18]

一般來說，傳統漢語句式的主要特色是：「多用短句，不習慣使用冗長複雜的修飾語，人稱代詞前不帶修飾成分，複句中的偏句常常前置等。」[19]相反地，歐化句式則通常比較嚴密，修飾成分複雜，句子較長。例如傳統漢語當中經常省略主詞與繫詞。相反的，歐化句式則增添主詞與繫詞，相形之下句子就延長許多，例如漢語說「花紅柳

---

17 張梅芳：〈鄭愁予詩語言的構成物件及其技法〉，《當代詩學》第二期（2006 年 9 月），頁 73。

18 余光中：〈談新詩的語言〉，《掌上雨》，頁 68。

19 劉蘭英、孫全洲：《語法與修辭》下冊（臺北市：新學識文教出版中心，1990 年），頁 388。

綠」，我們便能理解，以歐化句式表現則改成「花是紅的，柳是綠的」。這種添加主詞與繫詞的特徵，落實在我們對鄭愁予詩作的討論中，可以明顯看到鄭愁予喜歡使用多重用「的」連接起來的長句子。最著名的例子是〈錯誤〉中的名句：「我達達的馬蹄是美麗的錯誤」，其實此句中之「的」都可以省略，我們可改寫成「我達達馬蹄是美麗錯誤」如此仍然不妨礙意義的表達，表示此處之「的」並非必要，但是鄭愁予以「的」字調控朗誦時的節奏，使得此句不顯得累贅，反而成為廣為傳誦的名句。例如〈如霧起時〉

> 我從海上來，你有海上的珍奇太多了……
> 迎人的編貝，嗔人的晚雲
> 和使我不敢輕易近航的珊瑚的礁區。（99、100）

句中連續出現「迎人的、嗔人的、近航的、珊瑚的」將詩的節奏區分成三拍，而這種安排又將拖慢了讀者了解語意的時間，使全詩有獨自吟誦的舒緩感。鄭愁予多用「的」除了使詩意曲折含蓄之外，設計產生音樂效果的作用。詳見附表六之二。

但是在這種多重「的」之句法結構，讀者弄不清楚當中之「的」是介詞的功能還是表示從屬的功能，為了表示從屬，鄭愁予會特別使用「底」來表示。例如〈小河〉一詩：

> 收留過敗陣的將軍底淚的
> 收留過迷途的商旅底淚的
> 收留過遠謫的貶官底淚的
> 收留過脫逃的戍卒底淚的
> 小河啊，我今來了（49）

嚴格說來這是一句非常長的長句，前面的四行句子都是修飾形容

小河，表示歷史中承受過各式各樣眼淚的小河。每行第一個「的」是修飾人物，「底」表示「淚」從屬於人物，句尾「的」則是表示語意未斷來連接下一行。「底」在鄭愁予長句中表示從屬性質以及讓詩句有所變化的作用。詳見附表六之三。

除了長句之外，鄭愁予歐化句法較明顯之處也表現在倒裝句上。一般來說漢語的語序是主詞在前，謂語在後；動詞在前，賓語在後；修飾語在前，中心語在後；偏句在前，正句在後。但是在現代詩當中，為了讓句式有更多變化，詩人時常使用倒裝句，以達到強調的效果。例如「你住的小小的島我正思念」是謂語移到主詞之前，原本正常的語序應該是「我正思念你住的小小的島」。但是太過正常沒有變化的句子就失去了詩的優美。而將「小小的島」前置也有強調島之狹小可愛的暗示。又如「而萎落了的一九五三年的小花」小花是主詞，「萎落了」原本應置於主詞之後，此處則倒裝於前，讓句式跌宕生姿。而多用「的」連結，也特別強調小花的屬性。關於鄭愁予詩中的倒裝句可參見附表六之四。

特別值得注意的是，倒裝句式除了可視為歐化句法，在文言句法中也同樣常見。因此像〈姊妹港〉這樣的詩，可說兼具古典之美，也有歐化句式的曲折風貌：

> 你有一灣小小的水域，生薄霧於水湄
> 你有小小的姊妹港，嘗被春眠輕掩
> 我是驚蟄後第一個晴日，將你端詳
> 乃把結伴的流雲，做泊者的小帆疊起（141）

余光中曾說：「我理想中的新詩的語言，是以白話為骨幹，以適度的歐化與文言句法為調劑的新的綜合語言。只要搭配得當，這種新

語言是很有彈性的。」[20]鄭愁予善用文言句式與歐化句式為自己的詩句尋求變化，加上以句式協和音韻，讓鄭愁予的詩充滿中國詩歌特有的美感，正是切合余光中的說法。

（三）三聯句

　　江萌曾經討論余光中的三聯句，此文從古詞中找出根源，又精準呼應余光中詩的句式風格，是從句法角度分析現代詩風格的重要篇章。江萌認為律詩的對仗嚴格對稱，但是太過平衡卻失去動態感，江萌說：「兩句相互的關係是嚴格的退比、對稱。這對比、對稱兼及兩方面：一是語意的，一是音律的。在這兩方面都表現出一啟一承，一呼一應，力與反力相持，所以是靜態的。」[21]而三聯句式則呈現出音義的動態來：「下半句是一重複，一啟之後，又一啟，而不見承，缺了一足。這缺陷這偏頗，造成一種『懸案』的感覺不得不有待於第三句的出現來補足。」[22]如此三句一體稱為「三聯句」。江萌給三聯句下的定義是：「字數無定。同字可以在句首，在句中在句尾，也可以在句首與句尾。同字也可以在第三句中再現。一二句也可以全同像『依舊，依舊，人與綠柳俱瘦』（秦觀「如夢令」）或者並無同字，但仍有懸示效果，以待第三句的收煞。像『春如舊，人空瘦，淚痕紅浥絞透』」，[23]雖然江萌討論的是余光中的詩，但是如果跳脫特定作家的侷限，將這種三聯句式視為一種句式來看的話，我們可以發現三聯句式廣泛被運用在《鄭愁予詩集Ⅰ》當中。在一九五四年完成的名作〈水

---

20 余光中：〈談新詩的語言〉，《掌上雨》（臺北市：時報出版社，1984 年），頁 68。

21 江萌：〈論三聯句〉，收入於余光中：《蓮的聯想》（臺北市：時報文化出版公司，1986 年），頁 142。

22 江萌：〈論三聯句〉，收入於余光中：《蓮的聯想》，頁 142。

23 江萌：〈論三聯句〉，收入於余光中：《蓮的聯想》，頁 144。

手刀〉一詩中，就可看到三聯句的應用：

> 被用於寂寞，被用於歡樂
> 被用於航向一切逆風的
> 桅蓬與繩索……（98）

「被用於」三字在三句句首都出現，迴旋反覆製造了節奏的效果，第三句較長，以「的」與「樂」字押韻，而第一、二短句所構成的意義懸宕，等到第三、四句給出完整的含意，構成詩意的動態流動。三聯句式可推究根源於詞體當中，而應用在現代詩中卻不嫌突兀，這就全靠當代詩人們的巧思，余光中與鄭愁予或從相同根源獲致類似的體悟。三聯句在鄭愁予的詩集中數量相當多，從鄭愁予最早的詩作一直到離臺前夕的長詩〈革命的衣鉢〉中都可以看到，詳見附表五。

除了一般的三聯句之外，江萌也提出「連鎖三聯句」，算是三聯句的變形。江萌說：「對於第一、二句所造設的『懸案』，第三句給予類似『答案』的收煞；但如果把第三句也劈為雙句，『答案』就會變成新的『懸案』」，[24]如此層層推延，形成形式與詩意上的雙重起伏。鄭愁予在三聯句的使用上，也有類似的變化。例如〈夢土上〉說：

> 雲在我底路上，在我底衣上，
> 我在一個隱隱的思念上，
> 高處沒有鳥喉，沒有花履，
> 我在一片冷冷的夢土上……（125）

第一層的三聯句完成之後，意義雖然已得到收煞，卻仍意猶未

---

24 江萌：〈論三聯句〉，收入於余光中：《蓮的聯想》，頁146。

竟，接著鄭愁予再重複一次三聯句句式，第一次的三聯句全部以
「上」字押韻，第二次三聯句首兩句不押韻之後，最後重複「上」字
作結，在音樂性上有所變化不死板，在詩意上則再一次強調自己的思
念落空的寂寥感。又如〈賦別〉：

> 這次我離開你，是風，是雨，是夜晚；
> 妳笑了笑，我擺一擺手
> 一條寂寞的路便展開兩頭了。（130）

　　第一次的長句結尾「是風，是雨，是夜晚；」用類似三聯句的形
式製造三聯拍的節奏，之後是一個正式的三聯句，完整的鋪陳別離之
感。這些詩作都是鄭愁予的名作，廣受歡迎，多次被選入不同詩選，
除了詩意深刻動人之外，鄭愁予在語言風格上的用心雕琢創造，可能
更值得我們注意。三聯句在形式上頗有借鏡宋詞之處，所給出的音律
感以及類似的情調，讀者也很容易從中讀出其詞體根源。鄭愁予詩中
的三聯句式可參見附表六之五。

　　另一個值得思考的問題是，余光中《蓮的聯想》在一九六四年由
文星書店出版，而收錄詩作可向前推估數年。但是從本文的統計可
知，鄭愁予早在一九五四年的詩作，甚至可能更早的詩作當中都已經
開始使用三聯句式。從時間的向度來看，鄭愁予可能是首先使用三聯
句的現代詩人。

　　綜合以上三點，從句式的角度來分析，鄭愁予基本上仍然是以白
話語體句式為主，兼以文言句式與歐化句式使其變化，因此鄭愁予詩
語言仍不脫離現代，但卻穿插文言句式的精鍊簡潔以及歐化句式的曲
折。此外歐化句式中的倒裝句，也類似文言句式。形式上承宋詞的三
聯句式更是構成鄭愁予古典風格的重要因素之一。

四 結語

　　瘂弦曾如此評價鄭愁予：「飄逸又矜持的韻緻，夢幻而又明麗的詩想，溫柔的旋律，纏綿的節奏，與貴族的、東方的、淡淡的哀愁的調子，造成一種雲一般的魅力，一種巨大的不可抗拒的影響。」[25]所謂「貴族的東方的」事實上就是鄭愁予古典風格的另一種說法，可見評論家們無不注意到鄭愁予詩當中的古典風格。但是這種古典風格從何而來呢？本文嘗試透過詩歌語言風格學的研究方法，透過歸納統計，為鄭愁予的古典風格做出有學理根據的分析。

　　從詞彙上來看，鄭愁予的古典風格來自他偏好使用古語詞，在鄭愁予的詩裡我們很少能看到外來詞，不管是西方的人名或是地名，在鄭愁予的詩中相對偏少。除此之外，鄭愁予偏好結合兩個單字創出具有古風的新詞，與古語詞結合在一起，其古典風格更突出。雖然如此，鄭愁予用大量的語氣詞營造現代語境，讓古典風格仍然維持在現代語境之下，不至於費解拗口。

　　從句式來看，鄭愁予詩中雖然有豐富的文言句式，但是同樣有豐富的歐化句式讓詩作跌宕生姿，而歐化句式的倒裝句搭配古典詞彙則產生類似文言句式的效果，再加上不讓余光中專美於前的三聯句式，形式上讓人聯想起宋詞。從上述詞彙與句式兩部份討論來看，我們就能理解為何楊牧會說鄭愁予是最中國的中國詩人，而且絕對地現代。

　　除了釐清鄭愁予的古典風格如何透過詞彙與句式的方式呈現之外，更值得我們思考的是鄭愁予的文學史定位。展開臺灣現代詩古典

---

25 轉引自蕭蕭、羅文玲：〈編者序〉，《錯誤的驚喜》（臺北市：萬卷樓圖書公司，2012年），頁1。

風格此一脈絡的詩人譜系，可以發現最早被人稱許古典風格的詩人分別是鄭愁予、余光中、周夢蝶，楊牧風格轉向古典已經在七〇年代之後，而楊澤、羅智成、陳義芝等詩人以古典風格見著又更晚。如果就詩作發表時間以及具有古典風格的詞彙、句式來看，鄭愁予可能是臺灣現代詩壇古典風格的開創者，透過他對中國文化的熱愛以及操作現代詩語言的天分，開創了現代詩中古典抒情風格此一脈絡，時間可能更早於余光中與周夢蝶。但是要能夠確定此一推論，還需要更多現代詩研究者，根據語言風格學，比對余光中、周夢蝶詩作中的詞彙與句法之後，才能確定，這點還有待日後學者完成。但是鄭愁予作為臺灣現代詩史上古典風格的首創者之一，他所留下的創發與影響之巨大，都是無庸置疑的。

五　語言風格統計表

（一）文言句式

	詩句	詩題	頁碼
1	以同樣如玉之身，共游於清冥之上。	落帆	61
2	漁唱聲裡，一帆嘎然而落 啊，何其悠然地如雲之拭鏡	落帆	61
3	何力浮得起鵬翼？只見	結語	66
4	「二十餘年成一夢 　此身雖在堪驚」	結語	67
5	當薄霧垂縵，低靄鋪錦	隕石	76
6	怨我巧奪天工了， 我欲以詩織錦……	小詩錦	103

（二）歐化句式長句之一

26	除非伸出的是顫抖的手而操著鄉音的。	麥食館	294
27	為不負那堪舞堪歌堪吟哦的鐵的音色	金門集	296
28	去感動整個的下午	革命的衣缽	302
29	革命　革命　多美的神性的事業	革命的衣缽	307

（三）歐化句式長句之二：「底」字表示限定

	詩句	詩題	頁碼
1	收留過敗陣的將軍底淚的 收留過迷途的商旅底淚的 收留過遠謫的貶官底淚的 收留過脫逃的戍卒底淚的 小河啊，我今來了	小河	49
2	與牽動這畫的水手底紅衫子	港邊吟	73
3	當我散步，你接引我底影子如長廊	小溪	74
4	你生命底盈盈的眼，才算迷人了	愛，開始	82
5	瀚漠與奔雲的混血兒悄步於我底窗外	海灣	89
6	但哪兒是您底「我」呀	船長的獨步	94
7	我底， 你底， 在遙遠的兩地，	相思	105
8	你底心如小小的寂寞的城	錯誤	123
9	我底眼睛睜得大大的，亮亮的，想你……	風雨憶	127
10	溪旁的你底墓，好久好久沒人掃啦！	寄埋葬了的獵人	193

11	我底妻子是樹，我也是的	卑亞南蕃社	204
12	民族圖騰一樣的您底面容前	革命的衣缽	300

（四）歐化句式之三：倒裝句

	詩句	詩題	頁碼
1	夕陽已撒好一峽密接的金花，像長橋	想望	9
2	她取悅你以聲音，以彩色 以香噴噴的空氣	神曲	13
3	於是滿身斑斕的年輪啊 唯有水族相互地數著	貝殼	18
4	我所記得的是一個美的概念	自由底歌	21
5	當宇宙的主權被 陽光以彩虹換來的時候，	自由底歌	22
6	我是醒了，如一株苗	自由底歌	22
7	想起塞邊的小潭被黑鬍的山羊獨飲	武士夢	28
8	趁月色，我傳下悲戚的「將軍令」 自琴弦	殘堡	42
9	不必為人生詠唱，以你悲愴之曲 不必為自然臨摹，以你文彩之筆	崖上	63
10	小窗透描這畫的美予我	港邊吟	72
11	你住的小小的島我正思念	小小的島	92
12	那兒的山崖都愛凝望，披垂著長藤如髮 那兒的草地都善等待，鋪綴著野花如菜盤	小小的島	92
13	而萎落了的一九五三年的小花	除夕	107

14	清晨像躡足的女孩子，來到 窺我少年時的剃度，以一種惋惜	晨	135
15	引誘著蜂足　是淡黃色的假蜜	靜物	138
16	你有一灣小小的水域，生薄霧於水湄 你有小小的姊妹港，嘗被春眠輕掩 我是驚蟄後第一個晴日，將你端詳 乃把結伴的流雲，做泊者的小帆疊起	姊妹港	141
17	季節對訴，以顛簸，以流浪的感觸	左營	147
18	啊，那小巧的擺設是你手製的	未題	154
19	以吟哦獨對天地	望鄉人	286

（五）三聯句列表

	詩句	詩題	頁碼
1	我們生活在海上 我們笑在海上 我們的歌聲也響亮在海上	想望	7
2	你的蘿牆，你的窗 你如蓓蕾未綻的雅淡的眉尖	神曲	13
3	她取悅你以聲音，以彩色 以香噴噴的空氣	神曲	13
4	小溪像酒，像乳，像愛你的人叫名字	神曲	14
5	你是撒種的，你是放羊的 你是與春光嬉逐去談戀愛的	神曲	14
6	風是清的，月是冷的，流水淡得晶明	崖上	64
7	夜是濃濃的，溫溫的，像蓬鬆的髮	北投谷	71

參考文獻（依作者姓氏筆畫排列）

一　書籍

古繼堂　《臺灣新詩發展史》　臺北市　文史哲出版社　1989年

余光中　《掌上雨》　臺北市　時報出版社　1986年

余光中　《蓮的聯想》　臺北市　時報文化出版公司　1986年

沈　奇　《臺灣詩人散論》　臺北市　爾雅出版社　1996年

竺家寧　《語言風格與文學韻律》　臺北市　五南圖書出版公司　2001年

程祥徽、田小琳合著　《現代漢語》　臺北市　書林出版社　1992年

葛本儀編　《語言學概論》　臺北市　五南圖書出版公司　2003年

劉蘭英、孫全洲　《語法與修辭》　下冊　臺北市　新學識文教出版中心　1990年

鄭愁予　《鄭愁予詩集Ⅰ》　臺北市　洪範　1979年

蕭蕭、白靈、羅文玲　《愁予的傳奇》　臺北市　萬卷樓圖書公司　2012年

蕭蕭、白靈、羅文玲　《錯誤的驚喜》　臺北市　萬卷樓圖書公司　2012年

羅肇錦　《國語學》　臺北市　五南圖書出版公司　1990年

二　期刊論文

楊　牧　〈鄭愁予傳奇〉　《幼獅文藝》　38卷3期　1973年9月

鄭愁予　〈我五十年前就骨董了〉　《聯合文學》　221期　2003年3月

張梅芳　〈鄭愁予詩語言的構成物件及其技法〉　《當代詩學》　第
　　二期　2006年9月

不容所以相濟：鄭愁予「水文明」的實踐

——以《和平的衣缽》作為考察對象

蕭水順（蕭蕭）

一　前言：性靈之水與熱血之火

　　有關鄭愁予（1933- ）詩學的研究，集中在《鄭愁予詩集I》（1979），包含早期的《夢土上》（1955）與《窗外的女奴》（1968），但甚少及於《鄭愁予詩集Ⅱ》（2004）（含《燕人行》（1980）、《雪的可能》（1985）、《刺繡的歌謠》（1987）），以及一九八六年之後的作品《寂寞的人坐著看花》（1993）。即使是《鄭愁予詩集I》的論述中，也大都略過《衣缽》（1966）的研究。但二〇一一年鄭愁予榮獲「周大觀文教基金會」頒贈「全球生命文學創作獎章」，鄭愁予卻罕見地擴大《衣缽》內容，收納、整編一生中重要的篇章，都為《和平的衣缽》，另附以副標題《百年詩歌萬載承平》，[1]鄭重出版，此書之發行，詩之外的意識明確，訴求鮮明，其自序〈為誰寫序？〉長達三十頁，強調這些詩作是為詩魂而寫、為性靈而寫、為國魂而寫、為詩藝術而寫、為和平而寫，往往以文為「附識」，或附誌於詩之前，或附

---

* 明道大學中國文學學系講座教授

1 鄭愁予：《和平的衣缽：百年詩歌萬載承平》（新北市：財團法人周大觀文教基金會，2011 年）。

誌於詩之後，增強中心意蘊、核心價值，顯示有機編輯的企圖心，值得論者拭目以觀。

《和平的衣缽》之編輯不與一般詩集相同，一般詩集不論分輯或不分輯，只會登載詩作與輯名，詩人如有特殊觀點要表達，會以序跋長文或詩前小序、詩後小註等方式加以舒布，但《和平的衣缽》之分輯，卻以以下的文字站上詩集的「火線」，一位抒情的詩人身兼教職，要以言說、身教，增強詩的感染力：

> 第一輯：讀了序言，讀《衣缽》之前，請凝神片刻！
>
> 第二輯：2012和平！後內戰時代為青年找使命？對！投給和平一票
>
> 第三輯：反戰情結出自性靈的人生
>
> 第四輯：金門是反戰的前線？正是和平的起跑點！
>
> 第五輯：失鄉就是失去和平，鄉愁就是和平在望
>
> 第六輯：地球上：地震之驚，脈脈相通
>
> 第七輯：學生的海岸
>
> 第八輯：我的詩是洪流中的涉禽——華夏水的文明是性靈之所本
>
> 第九輯：游世的詩VS.濟世的詩[2]

第一輯收入革命的〈衣缽〉，第二輯是青色的〈春之組曲〉，第三輯收入的是「具有傳統反戰情結的詩、戰爭失鄉的詩、祈願和平的詩，讀了以後，可以多了解〈衣缽〉、〈春之組曲〉關懷生民性靈之所由。」[3] 這三輯是關乎革命、戰爭、反戰、失鄉、祈願等主題的作

2　鄭愁予：《和平的衣缽：百年詩歌萬載承平》，目錄，頁1-11。

3　鄭愁予：〈附識八：性與靈牽手〉，《和平的衣缽：百年詩歌萬載承平》，頁124。

品，主題意識明顯而強烈，可以歸屬於五行中的「火」，在詩人的胸腔裡燃燒著：

> 當三月桃如霞，十月楓似火，
>
> 燃燒的江南正如檄文在火化著……[4]

其實在這三輯詩作中，夾雜敘說的是「性靈」的理念與堅持，鄭愁予認為性靈是詩人氣質的一部分，輕視肢體，槓格肉慾，不擺弄毅狗（ego），沒有企圖功利的痕跡，沒有甚麼魔變的玩耍，他說：性靈絕對是詩的精魂，是詩的原旨、是「神韻」之所出、是「肌理」之所宗、是「興趣」之所憑、是「境界」之所源、是詩的感動力量之放射體。[5]這三輯詩作或如第三輯之輯名所示：「反戰情結出自性靈的人生」，是性靈中保家衛國的急切的「火」，這樣的一把火讓詩人忍不住跳出來，企圖燒熱冷漠的心靈。

四、五、六、七這四輯是「孿生的海岸」，所謂孿生者，或詩、或文，或新作、或舊作，或寫金門、或寫廈門，或旅夢、或鄉愁，所以也可以說是或水、或火，在愛詩（水之柔勁）與愛國（火之熾焰）之間游走。其中，「金門」的意象最為顯豁，金門不僅是被水所包圍的海島，也是被烈酒、砲火所鎔鑄的堅毅花崗岩，是水也是火，所以是戰火所洗禮、和平瞻望之所寄託。這四輯作品，正是由火轉向水的潮間帶。此後二輯（八、九輯）是水性的詩作，詩人從愛國者的積極身分中冷卻自己，回復一般人所習知的優雅身姿，奉陳詩作，但是那種水中藏火的熱切之心，仍然在第八輯中透露溫熱，詩人在第八輯中堅持要將自己生平所思所悟，以論述的方式指陳出來，那就是「華夏

---

4 鄭愁予：〈衣缽〉，《和平的衣缽：百年詩歌萬載承平》，頁 72。
5 鄭愁予：〈附識九：性靈之所由〉，《和平的衣缽：百年詩歌萬載承平》，頁 125。

水的文明是性靈之所本」、「詩的感動力量來自詩的原旨——性靈」，
急切的詩論家身分要在第九輯才將性靈說、水文明的實踐結果加以呈
現，鄭愁予在這裡採編十八首詩，分列在游世與濟世兩個範疇內，游
世之作佔三分之二強，濟世之作僅得三分之一弱，游與濟都是水字
邊，但游世屬水之性要勝過濟世之心，所以詩人這一生最為膾炙人口
的作品，此時像水一樣湧現而出，這樣的似水柔情才是「和平的衣
缽」裡「和平」的源頭。

這一部夾雜著許多性靈觀、水文明觀的詩集，從「衣缽」傳承的
熱切起錨出航，結束於「和平」的水性柔情，是鄭愁予內在生命的自
我省視，是生命本質中性靈之水與熱血之火的相互濟助，值得多方觀
察。

鄭愁予詩作往往在情意與情義之間出入，在游世與濟世之間優
遊，在意識與意態之間迴盪，在氣象與氣韻之間吐納，以二〇一三年
五月三十一日（星期五）明道大學所舉辦之「鄭愁予八十壽慶國際學
術演講會（International Conference on Zheng Chouyu）」之講題而言，
渡也點評其秀美、雄偉兩種詩風之所然與所以然，向陽在意識傾向與
情感走向間探測，李翠瑛以「情」之所在、「意」之所往，論述鄭愁
予情詩中的語言轉換與意象變造，林于弘深入觀察鄭愁予詩作中的山
海觀，羅文玲以「仁俠」稱之，無不集中焦點梳理鄭愁予詩中的情意
與情義之糾結，可以見出鄭愁予一生詩作都在兩極之間浪遊。[6]歸根
究柢，窮探其實，鄭愁予詩的元素可以歸結到最基本的物質（五行）
中屬性相對的水與火：其一，抒情、感性而浪漫的水質特徵，所謂情
意、游世、氣韻、秀美、情感走向、仁字等，都屬於這種水質特徵的

---

6 參閱明道大學：「鄭愁予八十壽慶國際學術演講會（International Conference on
Zheng Chouyu）」會議手冊，彰化縣：明道大學國學研究所，2013 年 5 月 31 日。

發揮；其二，詩中的器識、知性、胸襟，所謂情義、濟世、意識傾向、氣象、俠字等，就屬於火性特徵的燦亮輝芒。水與火，難以相容，所以能激盪出詩的能量；水與火，不能相容，反而可收相濟之效。本文即企圖以《和平的衣缽》最後兩輯為範疇，透過古文明裡的水性資源，探索鄭愁予詩中的水意象、水思維，藉以看見水文明中的火性光輝，獲收鄭愁予詩中切真的性靈。

二　詩文明裡的水性資源

在人類生活資源的多種元素中，水，無疑是最重要的一種。以縱向軸的時間性來看，創世神話中，不論東方或西方都以渾沌水氣或洪水作為開端，人類文明無不從海港、河口、流域等水邊開始，人之出世是從母親的羊水中破水而出。從橫向軸的空間性來看，水所佔有的地球表面達百分之七十以上，即使是陸地、沙漠，也是江、河、溪、湖密布其間或其內。再以象限面的世間性而言，人可以一日不食，不能一日不喝水，水的滋味甘美，彷彿津液，不僅可以滋潤唇舌喉口、五臟六腑，更可以滋潤動物、植物，即使是礦物也因為水分子的存在而不至於皸裂。甚至於從抽象性的想像力而言，水「欲上則凌於雲氣，欲下則入於深泉」，這是五行中的金、木、火、土之所不能及，人的想像力所要髣髴於萬一的，就是這種上天入地無所不能、古往今來無所不可的能耐。

因此，文學藝術的創作，豈能不以「水」作為最佳的描摩對象，不以「水」作為生活裡最好的依憑，生命上最優的象徵？

古典詩文學的兩大源頭，一為《詩經》，一為《楚辭》。她們所代表的，一為黃河流域文學，一為長江流域，都是因水、由水而起的文學。

　　先言《詩經》中水意象的發展脈絡及其詮釋系統。《詩經》所代表的黃河流域空間，平野開闊，生活單純，因此，一般研究《詩經》中的水意象，論述者多將重點放在《國風》婚戀詩中的情愛抒發，詩人們或以水起興，或以水為喻，或乾脆把男女戀情放在水濱澤畔來展開，因而產生了男女相會於河邊的歡快、愉悅之情，同時也可能帶來離別相思之痛苦，隔河相望之悵惘。[7]因此分析出水意象參與情愛詩的表現類型：一、以河水、雨水或露水直接起興、抒發對異性的思慕之情，如《周南·關雎》等。二、以水隔兩岸來喻指夫妻的離散或戀人情愛的阻隔，如《邶風·谷風》等。三、以水為背景描寫情愛生活的的兩情相悅，富有濃厚的生活氣息，如《鄭風·溱洧》等。四、用水烘托渲染象徵暗示婚戀生活的種種不測，如《鄭風·行露》等。[8]甚而推演到創世神話中的水生神話，探討水崇拜的思想由來與內涵。[9]綜合而言，《詩經》中的水意象無不環繞著愛情，表達對愛情的熱烈追求與堅定執著，以及因此而產生的思念、愁緒、被遺棄的悲痛，完完全全是水的柔、曲、清、淨的物質折射，即使進而探尋了水與性、水與生殖的神話原型，仍不離「柔情似水」此一流域，少有轉折。

　　黃永武（1936- ）研究《詩經》中的水意象，承襲毛傳、鄭箋、孔疏系統，堅決認為：《詩經》中的水有直賦自然景象，也有兼含比興象徵的，他特別強調的是這些比興象徵的共通意義：「水」是

7　范少琳（1964- ）：〈談《詩經》婚戀詩中的水意象及其文化意蘊〉，《牡丹江師範學院學報》（哲學社會科學版），2008 年第 5 期（總第 147 期），2008，頁 18-20。此文又見於《青海師專學報》（教育科學），2008 年第 1 期，2008，頁 34-37。

8　袁琳（1965- ）：〈《詩經》中的情愛詩與水意象關係探微〉，《高等函授學報》（哲學社會科學版），第 17 卷第 4 期（2004 年 8 月），頁 41-43。

9　康相坤（1971- ）：〈從水崇拜看《詩經》婚戀詩〉，《內蒙古民族大學學報》（社會科學版），第 32 卷第 3 期（2006 年 6 月），頁 61-62。

「禮」的象徵。[10]他引用《周南・漢廣》、《邶風・匏有苦葉》、《邶風・新臺》、《唐風・揚之水》、《王風・揚之水》、《鄭風・揚之水》、《秦風・蒹葭》、《曹風・下泉》、《小雅・沔水》、《小雅・白華》《小雅・四月》《小雅・黍苗》等篇章，強調「男女之際安可以無禮義，無禮義將無以自濟也。」（《邶風・匏有苦葉》毛傳），他認為按照毛傳的通例，全書同一意義的，只發凡一次，很少重出，所以《邶風・匏有苦葉》一詩下的毛傳，可以普遍解釋全書中以「水」為「禮」的各首詩。

不僅毛亨、毛萇（二人生平不詳，約秦漢之際至西漢初年）的《傳》視「水」為「禮」的象徵，東漢鄭玄（127-200年）的箋，唐朝孔穎達（574-648年）的疏，一直沿承這種說法：

> 南有喬木，不可休思。漢有游女，不可求思。
> 漢之廣矣，不可泳思！江之永矣，不可方思！
>
> 　　《詩經・周南・漢廣》首章
>
> 小序：「文王之道，被于南國，美化行乎江漢之域，無思犯
> 　　　禮，求而不可得也。」
>
> 鄭箋：「喻賢女雖出游流水之上，人無欲求犯禮者，亦由貞潔
> 　　　使之然。」「犯禮而往，將不至也。」[11]
>
> 孔疏：「方泳以渡江漢，雖往而不可濟，喻犯禮以思貞女，雖
> 　　　求而將不至。」[12]

---

10 黃永武：〈《詩經》中的「水」〉，《中國詩學・思想篇》（臺北市：巨流圖書公司，2004年），頁 95-108。

11 漢・鄭玄箋：《毛詩鄭箋》（臺北市：新興書局，1972 年），頁 4。

12 國立編譯館：《十三經注疏・毛詩正義》（臺北市：新文豐出版公司，2001 年），頁109。

　　黃永武依詩序的說解，認為「漢水太廣，不能潛泳而渡；江水太長，不能乘筏而達。這茫茫的漢水，湯湯的長江，暗比著情愛追求中的鴻溝天塹，這鴻溝天塹就是男女交際間自我約束的『禮』。」[13]江漢之「水」的阻隔就是「禮」的節制，追求者低徊流連，游女貞潔綽約，這就是周代人的禮樂教化，周代人教育思想的主題，漢代人鄭玄、唐代人孔穎達解說得十分周全。即使是解說《詩經》不依此系統的宋朝朱熹（1130-1200），在論說此章時也說：「文王之化，自近而遠，先及於江漢之間，而有以變其淫亂之俗，故其出遊之女，人望見之，而知其端莊靜一，非復前日之可求矣。因以喬木起興，江漢為比，而反復詠歎之也。」[14]顯然也贊同以江漢為比（譬喻），而變其淫亂之俗，此一由「水」而「禮」的軌跡，彷彿可見。

> 蒹葭蒼蒼，白露為霜。所謂伊人，在水一方。
> 溯洄從之，道阻且長；溯游從之，宛在水中央。
> 　　《詩經・秦風・蒹葭》首章
> 小序：「刺襄公也，未能用周禮，將無以固其國焉。」
> 毛傳：「逆流而上曰溯洄，逆禮則莫能以至也。」
> 　　「順流而涉曰溯游，順禮求濟，道來迎之。」
> 鄭箋：「不以敬順往求之，則不能得見。」
> 　　「以敬順求之則近耳，易得見也。」[15]
> 孔疏：「大水喻禮樂，言得人之道，乃在禮樂之一邊。既以水喻禮樂，禮樂之傍有得人之道，因從水內得之。」[16]

13 黃永武：《中國詩學・思想篇》，頁 97。
14 朱熹：《詩經集注》（臺北市：華正書局，1996 年），頁 6。
15 漢・鄭玄箋：《毛詩鄭箋》，頁 47。
16 國立編譯館：《十三經注疏・毛詩正義》，頁 665-666。

　　依循詩序、毛傳、孔疏的系統，黃永武認為：所謂伊人，象徵為理想境界，這境界是替現實政治畫下了光明的指標，那就是「得禮則近，不得禮則遠」，回頭循著禮走，很快就可尋到伊人的身邊。[17]有趣的是，如果不依此系統，如朱熹者，可能就無法找到津梁，朱熹在《詩經・秦風・蒹葭》首章的點評語：「言秋水方盛時，所謂彼（伊）人者，乃在水之一方，上下求之而皆不可得。然不知其何所指也。」[18]文字詩意的掌握，朱熹已有所得，但詩外何所指？如不從「溯洄從之，道阻且長」去體會「逆禮則莫能以至」的含意，將水與禮結合，則將如朱熹一樣，發出「不知其何所指」的感嘆。

　　根據黃永武的研究，《詩經》中的「水」意象確實是「禮」的象徵，因此，「水」不僅是水，清澈、透明、柔弱、激盪、無限的水，「水」也可以有約束、規範、合理、節制的義涵，類近於「金」或「火」元素的特質。「水」中有「火」的認識，是我們從《詩經》中的水意象得到的啟發。

　　次言《楚辭》中水意象的哲理思考。

　　在水的各種作用中，洗滌汙穢是其中極為特殊的一種，水可以滌除他物之汙穢，而後又能沉澱自己，將自己從汙穢中抽離。五行之金木水火土中，唯有水與火具有這種滌穢功能，不同的是，火採取的是「與汝偕亡」，同歸於盡，水卻能滌除人間汙垢、凡俗蕪穢，以期進入神聖清淨的殿堂，從原始部落、古文明的巫覡文化，以至於今日的宗教信仰，如觀世音普薩的清淨水、基督教的施洗、道教的淨身，都以水作為濁溷之身的清淨劑，憑此而進入另一種淨土、極樂、天堂。因此，充滿神秘色彩、巫覡信仰的楚文化，長期在幽邃山水中生活的

---

17 黃永武：《中國詩學・思想篇》，頁 102-103。

18 朱熹：《詩經集注》，頁 76-77。

楚人士，以屈原（BC 340-278年）為重要代表的《楚辭》，就是將水的滌穢功能發揮到極致的顯例。屈原一身傲骨，高潔自視，當然不能與濁惡之人、汙穢之世相處共事，選擇以水作為淨化自己，昇華理想的媒介，也就順理成章，水到渠成了。《楚辭・漁父》是最佳的徵象：

> 屈原既放，遊於江潭，行吟澤畔，顏色憔悴，形容枯槁。
>
> 漁父見而問之曰：「子非三閭大夫與？何故至於斯！」
>
> 屈原曰：「舉世皆濁我獨清，眾人皆醉我獨醒，是以見放！」
>
> 漁父曰：「聖人不凝滯於物，而能與世推移。世人皆濁，何不淈其泥而揚其波？眾人皆醉，何不餔其糟而歠其醨？何故深思高舉，自令放為？」
>
> 屈原曰：「吾聞之，新沐者必彈冠，新浴者必振衣；安能以身之察察，受物之汶汶者乎！寧赴湘流，葬於江魚之腹中。安能以皓皓之白，而蒙世俗之塵埃乎！」
>
> 漁父莞爾而笑，鼓枻而去，乃歌曰：「滄浪之水清兮，可以濯吾纓。滄浪之水濁兮，可以濯吾足。」遂去不復與言。[19]

《楚辭・漁父》的「滄浪之歌」是秦漢之際著名的古歌謠，屈原獨清獨醒，不以自身皓皓之白，蒙世俗之塵埃，代表的是儒家束己脩心、澡身浴德的生命理想，但漁父清兮濯纓，濁兮濯足，不為物凝滯，能與世推移的修持，則是道家泯除物我、隨順自然的瀟灑態度。〈漁父〉這首詩，周全發揮了水意象的哲理思考，既能如道家看見水的清濁面貌、接受水的兩種可能，甚至於還主動讓自我進入水中淈其

---

19 屈原著、王逸章句、洪興祖補注：《楚辭章句補注》（臺北市：世界書局，1956 年），頁 107-108。

泥而揚其波，主動餔其糟而歠其醨以讓水（酒）進入自我。又能呈現儒家以水之清澈為典範，期許自己獨清獨醒；且以水為潔身自愛的憑藉，隨時隨地新沐新浴。所以，遊於江潭，行吟澤畔的屈原，不是土中成長的木，不是火裡鍊就的金，他從水意象所獲得的啟發，卻是經由水的淨化而竄升的火蓮，一枝幽蘭，高潔自傲，汙穢不侵的一把火，獨自光耀著詩的天空。

鄭愁予在《和平的衣缽》中有一首詩〈宇宙的花瓶〉，其副標題為「水的文明與屈原的苗裔」，將宇宙的初始設想為「火」：「元始宇宙生出時空主宰為恒星太陽／太陽滾動釋出全身元素色彩光照是為火」，其後「魔術使太陽瞵體諸元素成為物質成為空氣成為水」，「火」與「水」是鄭愁予詩中宇宙的最初始元素，華夏文明於焉開始，詩、騷、舞、樂則是這宇宙花瓶的花，由這大宇宙花瓶所供養。屈原則是以歌、詩、樂、舞演繹歷史的人，「他是東皇太一的大靈巫……他是詩人中的龍，龍中的聖，他是水的捕捉者，他是大情人，他是一切，他非常複雜……然而他又簡單得只是一枝幽蘭，卻足以綻放整條江流的華夏文明！」[20]可以為本節所敘所論作一具體而微的圖行徵象，兼亦呼應前節「性靈之水與熱血之火」之論，其詩前的圖象之作如下，圖簡意賅地呈現出宇宙與詩所演繹的實質內涵：

---

20 鄭愁予：〈宇宙的花瓶〉，《和平的衣缽：百年詩歌萬載承平》，頁 300。此圖象詩納入〈我詩的創意來自華夏文明的起源・水的文明與屈原的苗裔〉，《和平的衣缽：百年詩歌萬載承平》，頁 300-307。

宇宙的花瓶

混沌混沌混沌混沌混沌混
混沌無生黑冥無聲是元始之始
元始宇宙生出時空主宰為恒星太陽
太陽滾動釋出全身元素色彩光照是為火
火焰噴空而生幼兒其天性熱愛流浪為熔漿
熔漿活潑長成青年其姿態堅強固立是為岩石
岩石岩石攜手搭肩排坐擁抱強壯結為板塊大地
大地工匠老盤古挖掘堆建推擠板塊乃成山高壑深
太陽之火施威之後安撫之後快意戲耍變創世魔術
魔術使太陽矖體諸元素成為物質成為空氣成為水
水水水兮水水水兮水水水水兮水水水兮水水水
水潛岩石之髒水漫大地之壑水升九天空上空
水匯卿雲高九重演出雷電雨雪虹霞之俳優
水滋物種於壑孕人祖女媧於穴母愛生焉
暴龍共工駕九重之雲吸盡世間水成旱
太陽遣祝融化身為鳳焚共工雙龍車
共工撞斷不周山天水穿天洞泄注
天水溢大壑歸墟滅絕世間物種
天水混沌大地再現原始洪荒
感恩人類始祖智慧之女媧
左手撒漫空水花造飛雨
右手揮互天火光現彩虹
火光煉五彩石以天水淬之
乃創造華夏煉石補天之神話
補天壯美使共工俯首轉為善龍
又以麗日之光明表彰祝融愛真理
水與火與乎龍與鳳呈祥呈瑞人間世
女媧嫘祖黃帝顓頊老童帝堯帝舜大禹
獲麟歌孔子唐虞之憂藉詩經仁道易禮春秋
離騷經屈原楚郢之哀傳救國性靈萬世感天問
華夏文明於焉開始為宇宙的花瓶供養詩騷舞樂

三　古文化裡的水性思維

關於水，古文化裡一如《詩經》詩序、毛傳、孔疏的解說系統，以水作為人性的制約，品德的徵象，這是華夏文化中的「比德說」，「比德說」最常被引用的是「玉」，如《孔子家語》所述，子貢（BC 525-446年）曾問於孔子（BC 551-479年）曰：「敢問君子貴玉而賤珉，何也？為玉之寡而珉之多歟？」孔子的回答是：「非為玉之寡，故貴之；珉之多，故賤之。夫昔者君子比德於玉，溫潤而澤，仁也；縝密以栗，智也；廉而不劌，義也；垂之如墜，禮也；叩之其聲清越而長，其終則詘然樂矣，瑕不掩瑜，瑜不掩瑕，忠也；孚尹旁達，信也；氣如白虹，天也；精神見於山川，地也；珪璋特達，德也；天下莫不貴者，道也。《詩》云：『言念君子，溫其如玉。』故君子貴之也。」（《孔子家語‧問玉第三十六》）[21]許慎（約58-147）所撰的《說文解字》也如此比擬：「玉，石之美有五德者。潤澤以溫，仁之方也；思理自外可以知中，義之方也；其聲舒揚，專以遠聞，智之方也；不撓而折，勇之方也；銳廉而不忮，絜之方也」。[22]這種比德之說可以視為儒家嫡傳的言說系統，面對「水」，依然是這種態度，《孟子》、《荀子》書上無不如此：

> 徐子曰：「仲尼亟稱於水曰：『水哉！水哉！』何取於水也？」
> 孟子曰：「源泉混混，不舍晝夜，盈科而後進，放乎四海；有本者如是，是之取爾。苟為無本，七、八月之間雨集，溝澮皆盈；其涸也，可立而待也。故聲聞過情，君子恥之。」（《孟

---

21 《孔子家語》，《文津閣四庫全書》（北京市：商務印書館，2006 年），頁 0695-78。
22 許慎著、段玉裁注：《說文解字注》（臺北市：藝文印書館，1970 年），頁 10。

子‧離婁下》）[23]

> 孔子觀於東流之水。子貢問於孔子曰：「君子之所以見大水必
> 觀焉者，是何？」孔子曰：「夫水，遍與諸生而無為也，似
> 德。其流也埤下，裾拘必循其理，似義。其洸洸乎不淈盡，似
> 道。若有決行之，其應佚若聲響，其赴百仞之谷不懼，似勇。
> 主量必平，似法。盈不求概，似正。淖約微達，似察。以出以
> 入以就鮮絜，似善化。其萬折也必東，似志。是故見大水必觀
> 焉。」（《荀子‧宥坐篇》）[24]

孟子（BC 372-289年）以盈科而後進的水的精進現象，表達「聲
聞過情」者的羞愧，荀子（BC 313-238年）書上則以德、義、道、
勇、法、正、察、善化、志等八德，證明人應該以水為導師，向水學
習。

道家對「水」的說詞，不直接挑明比德之說，但取法之意仍然十
分清楚，老子（生卒年不詳，約BC 604-531年）以為水之不爭，是接
近道的表現；莊子（BC 369-286年）以水性能靜喻聖人之心，靜觀萬
物，才能了然於心，藉天地照見自己。

> 上善若水。水善利萬物而不爭，處眾人之所惡，故幾於道。
> （《老子》第八章）[25]

> 水靜則明燭鬚眉，平中準，大匠取法焉。水靜猶明，而況精
> 神，聖人之心靜乎！天地之鑑也，萬物之鏡也。（《莊子‧天

---

23 焦循：《孟子正義》下冊（臺北市：文津出版社，1988 年），頁 563-567。

24 李滌生：《荀子集釋》（臺北市：學生書局，1988 年），頁 645。

25 王弼注、紀昀校訂：《老子道德經》（臺北市：文史哲出版社，1990 年），頁 17-18。

道》）[26]

　　真正將水當作物質來看待，尋找出水特有的質性，應該是《管子》一書，[27]《管子》卷十四、〈水地〉第三十九之首尾兩段，重複述說：水是萬物的本原，是一切生命的植根之處，美、醜、賢、不肖、愚、俊，都由此而產生。水，大地的血氣，像人身裡的筋脈，在大地裡流通著。所以說：「水，具材也。」[28]同時，《管子‧水地》這篇最經典的說法是將水提升到「萬物之準」：

> 準也者，五量之宗也；素也者，五色之質也；淡也者，五味之中也。是以水者，萬物之準也，諸生之淡也，違非得失之質也。是以無不滿，無不居也，集於天地，而藏於萬物。產於金石，集於諸生，故曰水神。集於草木，根得其度，華得其數，實得其量。鳥獸得之，形體肥大，羽毛豐茂，文理明著。萬物莫不盡其幾，反其常者，水之內度適也。[29]

---

26 郭慶藩：《莊子集釋》（臺北市：華正書局，1997 年），頁 457。

27 《管子》一書，舊本題管仲撰，全書內容龐雜，約可分為八類：〈經言〉九篇，〈外言〉八篇，〈內言〉七篇，〈短語〉十七篇，〈區言〉五篇，〈雜篇〉十篇，〈管子解〉四篇，〈管子輕重〉十六篇。羅根澤（1900-1960）在《管子探源》中指出：「《管子》八十六篇，今亡者才十篇，在先秦諸子，衰為巨帙，遠非他書所及。〈心術〉、〈白心〉詮釋道體，老莊之書未能遠過；〈法法〉、〈明法〉究論法理，韓非〈定法〉、〈難勢〉未敢多讓；〈牧民〉、〈形勢〉、〈正世〉、〈治國〉多政治之言；〈輕重〉諸篇又多為理財之語；陰陽則有〈宙合〉、〈侈靡〉、〈四時〉、〈五行〉；用兵則有〈七法〉、〈兵法〉、〈制分〉；地理則有〈地員〉；〈弟子職〉言禮；〈水地〉言醫；其它諸篇亦皆率有孤詣。各家學說，保存最夥，詮發甚精，誠戰國秦漢學術之寶藏也。」（羅根澤：《管子探源》，臺北市：里仁書局，1981 年）。

28 管仲：《管子‧水地》，《文津閣四庫全書》（北京市：商務印書館，2006 年），頁 0728-745 至 747。

29 管仲：《管子‧水地》，《文津閣四庫全書》，頁 0728-745 至 747。

在這篇文章中，《管子》一書的作者確信「準」是各種量器的依據，「素」是各種顏色的本質，「淡」是各種味道評量的中準，他認為「水」就是「準」、就是「素」、就是「淡」，就是有形的萬物眾生、無形的是非得失的評量標準，這是何等崇高的稱譽，所以，世界上所有軟的、硬的、實的、虛的，沒有不被水充滿的，也沒有水不可以停留的（地方）。水，可以聚集在天地之間，包藏於萬物的內部深處，產生在堅硬的金石裡面，聚集在一切生命體中，所以可以稱之為水神。水如果集聚在草木身上，根能得到適當的滋潤，花能開出漂亮的數目，果實能長出相當的數量。鳥獸喝得到水，形體肥大，毛髮豐茂，神色朗潤而有光澤。萬物所以能充分發展各自的生機，回歸正常的軌道，都因為他們體內含藏的水，豐足而適量。《管子·水地》正以水之原始質性，強調水之不可或缺。

《管子·水地》在敘說以上這一段水為萬物之宗，之後還有一段文字談論玉之九德，接著說的還是水：「人，水也，男女精氣合而水流形。」指出人是由男女之精氣交感而流布成形。這樣的觀點來自於「水」字的造形，《管子·水地》隱約將「水」字中間那一豎當作男女精氣之合（或者說如「玉」之德），左右的筆畫如水向外流動之貌，那是血肉的形成。再看緯書《春秋元命苞》[30]也是將「水」字兩側的筆畫，當作是兩人對舞，有來有往有進有退，而且有所變化，中間的一豎是「一」，數的開始，所謂一生二、二生三、三生萬物，所以也是萬物的開始，其文曰：「水之為言演也，陰化淖濡，流施潛行

---

30 《春秋元命苞》為「春秋緯」十四種之一種，又名《春秋緯元命苞》，其書久佚，僅存遺編殘圖。根據（玉函山房輯佚書）〔魏〕宋均注：《春秋緯元命苞》，引賈居子曰：「元，大也；命者，理之隱深也；苞，言乎其羅絡也，萬象千名，靡不括也。然主以春秋立元之意，為之履端，故其名則然。」（玉函山房輯佚書《春秋緯元命苞》卷上，頁10）

也。故其立字，兩人交，一以中出者為水。一者數之始，兩人譬男女，言陰陽交，物以一起也。」[31]關於「水」字，蕭吉（生卒年不詳，約南朝梁武帝後期至隋初）所著《五行大義》說：「水者，五行之始焉，元氣之湊液。」並引許慎云：「其字象眾水並流，中有微陽之氣。」[32]經查許慎《說文解字》原文：「水，準也，北方之行，象眾水並流，中有微陽之氣也。」段玉裁注解十分詳細：「火，外陽內陰；水，外陰內陽。中畫象其陽，云微陽者，陽在內也。」[33]從《管子》到《說文段注》，都以「水」字的外形證明「水」是萬物的源頭，不論說法如何，都將「水」字中央的一豎，視為「一」、視為「陽」，內蘊著「水」中有「火」的意念。

《列子》[34]書上曾敘述孔子在呂梁這個地方，看見三十仞高的瀑布下，泡沫浮泛三十里，黿鼉魚鱉也無法游水生存的地方，卻有一個男子在其中游泳，原以為是被生活所苦而想自殺的人，孔子讓學生跟他同游，協助他，請問蹈水之道，他說：「吾始乎故，長乎性，成乎命，與齊俱入，與汨偕出。從水之道而不為私焉，此吾所以道之也。」這就是說，人開始受到原生環境的塑造，長大以後與水相處既久，自然成性，最後自然而然，與水和平相處，彷彿這是與生俱來的

---

31 安居香山、中村璋八輯：《緯書集成》中冊（東京都：明德出版社，1943 年），頁 631。本文錄自（玉函山房輯佚書）〔魏〕宋均注：《春秋緯元命苞》卷下，頁 5。

32 蕭吉：《五行大義》卷一，知不足叢書（臺北市：武陵出版社，2003 年），頁 28。

33 許慎著、段玉裁注：《說文解字注》，頁 521。

34 《列子》又名《沖虛經》、《沖虛真經》，是道家重要典籍，相傳為列禦寇所著，其時代約為春秋戰國之際，共有〈天瑞〉、〈黃帝〉、〈周穆王〉、〈仲尼〉、〈湯問〉、〈力命〉、〈楊朱〉、〈說符〉等八篇，多為寓言故事所組成，錢鍾書《管錐編》認為《列子》受佛教思想影響，應是魏晉時代偽書，但「竄取佛說，聲色不動」，「能脫胎換骨，不粘皮帶骨」，現存《列子》的注本有晉代張湛注的《沖虛至德真經》八卷，錢鍾書指出偽託者未必為作注者之張湛，但如果《列子》真是張湛所作，不足以貶《列子》，卻足以尊張湛，可見《列子》仍有其價值在。

天命，所以可以隨著漩渦沉入水中，也可以順著湧升上來的水躍出水
面，這是認識水性、順從水性，不以個人私自的想法去揣度啊！[35]

　　《管子》與《列子》等傳統古籍或從「水」字的造形思考，或從
「水」的物質本性探討，儒道二家則以比德式的繫連，將「水」擬人
化，作為生命哲理的體悟客體，古文化裡的水性思維因而成為相互繫
連的網絡狀態，在五行的物質特形中，「水」與「火」也因此而躍升
為最重要、最耀眼，且相互關連的兩種元素。

四　水意象中的性靈內涵

　　延承以上論述，鄭愁予認為「詩是水質的」的同時，他也認為詩
的衍生是得自對宇宙間「聲響的感應，光照的接引」，聲響主要的是
來自豪雨、潮汐、江河的激湧和流洩，光照則是來自日月與火焰、彩
色則來自陽光的照射、祭歌總是以燃火的形式完成。[36]析分之，詩的
「聲響的感應」來自於「水」，不論豪雨、潮汐、江河的激湧和流
洩，都是「水」的變貌或分身；至乎詩的「光照的接引」，諸如日
月、火焰、陽光、燃火等等，莫不是「火」的代稱或化身。詩，
「水」給予聲響、節奏、律動，「火」則給予形體、意象和光耀。但
在「水」、「火」的比例上，顯然鄭愁予偏向「水」質的部分多些，因
為他發現：活動的「詩質」與流動的「水質」是近似的：

> 因為水和詩都是文明的源起。水存在地底時是詩質先于詩的心
> 理狀態，詩流動在地表上則取得構成詩的形式條件。而成為瀑

---

35 列禦寇著、莊萬壽注譯：〈黃帝篇〉，《新譯列子讀本》（臺北市：三民書局公司，
　　2011 年），頁 53-55。案，此則又見於《列子：說符篇》、《莊子：達生篇》、《說苑：
　　雜言篇》、《孔子家語：致思篇》，文字略有出入。
36 鄭愁予：〈詩為什麼是水質的〉，《和平的衣鉢：百年詩歌萬載承平》，頁 308。

布的時候，其聲響是對地心引力的回應，便是詩的節奏；當洶
湧沖激江海之岸的時候，其實是對陸地阻隔的回應，就是詩的
精神內容。而當水氣升上天空，雲翔瀟灑於無際的境界，是受
了光照的接引而顯現形貌，那麼就是詩形式的完成了。[37]

這樣以「水」、「火」為喻，且以「水」、「火」為祖的「文明的元
始」，也出現在〈詩的文化三重奏——絲的語言；水的政治；花的國
魂〉：

> 文明的元始：
> 「天地玄黃，宇宙洪荒」——自然聲響的世界：
> 颶風、洪水、地震、火山、雷電、野燎，到
> 「日月盈昃，辰宿列張」——永恆光照的宇宙
> 巫覡領袖的部族社會形成了。[38]

水有三態，液態時最大的活動空間是海洋、江河、湖泊，固態時
的空間是陸地或極地，氣態的空間則為包覆整個地球的天空，散成煙
嵐雲霞，天空的空間感又讓鄭愁予思及「詩人是人類的鳥族」，認為
《莊子》書中的鵬與鯤，都是水的意象，因為鵬在沖雲飛翔，鯤在泳
海浮潛；楚文化裡的鳳凰圖騰，傳說是風的化身，風助火勢，所以與
火關聯，歐西和東南亞鳳凰就是火神的意象，水可以克制火，因而鳳
凰在中華文化中由剛性轉為陰柔，恢復鳥的端莊美豔，成為太平的吉
祥物。[39]

---

37 鄭愁予：〈詩為什麼是水質的〉，《和平的衣缽：百年詩歌萬載承平》，頁 312。

38 鄭愁予：〈詩的文化三重奏——絲的語言；水的政治；花的國魂〉，《和平的衣缽：
百年詩歌萬載承平》，頁 318。

39 鄭愁予：〈詩人又是人類的鳥族〉，《和平的衣缽：百年詩歌萬載承平》，頁 324-
325。

　　綜觀鄭愁予有關華夏文明的啟創、詩的源頭，總是依循詩序、毛傳的傳統，聚焦於「水」與「火」不盡的糾纏，「水」是詩的內在本質與外在的聲律與意象之顯現，流洩於語言文字之中；「火」則是萬古詩心所傳留下來的「性靈」基因，從唐堯的〈擊壤歌〉、〈蠟詞〉、虞舜的〈南風歌〉、〈帝載歌〉、孔子的〈獲麟歌〉、屈原的〈離騷〉所傳留下來的「詩魂」。因此，所謂「性靈」，「性」是天生的性之善，憫人憐生的「天性」，大劑量放射出利他的大同情；「靈」是可以與上天取得靈通的人與自然的互動。這樣的性靈之說，詩魂傳統，也可以是「博愛」、「正氣」的投射。有大藝術能量的詩人，正好把仁與厚引作性靈的活水。性靈凝聚的民族魂，乃成為救亡的精神力量。[40]《和平的衣缽》中所一再閃現的就是這種水質性的抒情之作（鄭愁予稱之為游世之詩），內蘊著火質性的濟世之心，熱切的「博愛」的性靈。

　　楊牧（王靖獻，1940- ）所撰〈鄭愁予傳奇〉是評論鄭愁予詩歌的經典之作，最早注視鄭愁予的水意象，楊牧藉由海洋詩的讚賞間接地論述了鄭愁予水意象的成就：「第七期（《現代詩》）出版，鄭愁予發表〈十一個新作品〉，包括〈島谷〉、〈貝勒維爾〉、〈水手刀〉和〈船長的獨步〉，從此水手刀變成鄭愁予的專利，一時使以海洋詩人知名的覃子豪（1912-1963）望洋興嘆。」[41]在《和平的衣缽》第九輯「游世之詩」的第一首即為鄭愁予知名度最高的、包括〈錯誤〉與〈客來小城〉的〈小城連作〉，此詩論述者極多，不同的角度、向度均有令人驚喜的發現。[42]但依然可以再從「水」與「火」的質性加以

40 鄭愁予：〈為誰寫序？〉，《和平的衣缽：百年詩歌萬載承平》，頁37-39。

41 楊牧：〈鄭愁予傳奇〉，臺北市：《幼獅文藝》38卷3期（1973年9月），頁25。此文收入《鄭愁予選集》為此書之序（臺北市：志文出版社，1974年）。

42 參閱蕭蕭、白靈、羅文玲編著：《錯誤的驚喜》，《傳奇鄭愁予：鄭愁予詩學論集 1》（臺北市：萬卷樓圖書公司，2012年）。

討論。如〈錯誤〉詩中，「江南」是多水的江南，「蓮花」是水生的植物，「柳絮」是水邊的樹種，「寂寞的城」是被護城河的水所隔絕的孤島；〈客來小城〉詩中，「悠悠的流水如帶」、「三月的綠色如流水……」包圍了小城，而且《和平的衣缽》中的〈客來小城〉，鄭愁予又新加了一行獨立的詩句在詩的起頭處：「捨鞍轡兮取舟楫」，既遙遙呼應〈錯誤〉詩中水鄉澤國的「江南」、遠去的「馬蹄」，也為這首詩的水環境（流水如帶）加深了讀者印象。細讀〈小城連作〉這一組詩，既為情愛的無憑而惆悵，也為生命的無常而感傷，此一內涵正是憫人憐生的性靈抒發，火一般急切的心，此詩因而成為膾炙人口，有口皆碑的傳世名作。

再看寫作客體差異極大的兩首詩：〈賦別〉與〈殞石〉。〈賦別〉寫的是個人的小情愛，其中的水意象：雨、濱河的故居、濕了的外衣、沙灘太長、泉水滴自石隙、海洋、獨木橋，品類相當豐富而完整，但詩中的我所記掛的是「這世界，怕黑暗已真的成形了……」、「這世界，我仍體切地踏著」，並不因為是私情短詩而拘限於小我的情愛。[43]〈殞石〉，關懷的是火熱的星球——殞石冷卻後的寂寞，其中墜落的歷程與空間的書寫充滿水意象：故鄉的河邊、潮汐拍擊、薄霧垂縵、低靄舖錦、偎依水草、太空的黑等等，詩中的我轉化為殞石，關懷的是遠程思鄉的殞石的孤寂（那太空的黑與冷以及回聲的清晰與遼闊），關懷的是長程漫遊的殞石的勞累（偎依水草的殞石們乃有了短短的睡眠），[44]人與殞石的情意相互感通，這種「宇宙情懷」，除紀弦（路逾，1913-2013）外，臺灣詩壇少有詩人如此抒發。

接續〈殞石〉之後的〈生命〉，正表現了鄭愁予的生命觀，以「熄了燈的流星」的火質內涵，乘著「夜雨的微涼」的水質意象（還

---

43 鄭愁予：〈賦別〉，《和平的衣缽：百年詩歌萬載承平》，頁 337-338。
44 鄭愁予：〈殞石〉，《和平的衣缽：百年詩歌萬載承平》，頁 339。

包括生命如雨點、在湖上激起一夜的迷霧），展現生命華美而短暫的
旅程：

> 滑落過長空的下坡，我是熄了燈的流星
>
> 正乘夜雨的微涼，趕一程赴賭的路
>
> 待投擲的生命如雨點，在湖上激起一夜的迷霧
>
> 夠了，生命如此的短，竟短得如此的華美！[45]

《空間詩學》的作者巴舍拉（Gaston Bachelard, 1884-1962）曾經
如此論述「靈魂」：「靈魂具有內在的光亮，我們的『內在靈視』
（vision intérieure）認得這道光。」「靈魂透過詩的意象，說出自己的
在場。」「它是初始的力量。它是人性的崇高處。」「它在詩意的內在
之光照亮下，成了精神心智的素樸對象。」[46]「靈魂」在巴舍拉的論
述裡是曖曖內含光的，是應該放在他的《火的精神分析》中討論的。
查對鄭愁予所力倡的「博愛」、「正氣」的「性靈」，其水質詩篇中所
閃現的光芒，不正是巴舍拉所說的「靈魂」的在場！

鄭愁予的詩心是溫熱的，他選擇「水」為鏡，照見人性的溫熱，
性靈的光亮。正如香港學者溫羽貝所言：「水比鏡子更宜於作為反照
自身的工具，因為鏡子太過人工化，人們看得到鏡像，卻無法穿越鏡
子。水則比較自然，人們不但可以望見水中的倒影，更可以和水中人
合而為一。這樣，流水提供了一個『開放想像』（open imagination）
的途徑。另外，鏡像過於穩定，失去了幻影的生命與美感，水則不
然，流水搖曳的波紋有把影像理想化的特質。」[47]所以，「游世之詩」

---

45 鄭愁予：〈生命〉，《和平的衣缽：百年詩歌萬載承平》，頁 340。

46 加斯東・巴舍拉（Gaston Bachelard, 1884-1962），龔卓軍、王靜慧譯：《空間詩學》
　　（臺北市：張老師文化事業公司，2003 年），頁 40-41。

47 溫羽貝：〈表裡內外之失衡——測量鄭愁予詩歌的孤獨感〉，收入蕭蕭、白靈、羅文

中多見水意象，卻也一再出現鄭愁予溫熱的詩心，如〈小小的島〉：
「我便化作螢火蟲／以我的一生為你點盞燈」。〈水巷〉：「為你戚戚於
小院的陰晴」。〈天窗〉：「我是北地忍不住的春天」。〈美的競爭〉：「你
收攏的鳥鳴是袖中的鐘聲／我採集的蝶飛是繞肩的彩虹」。〈小溪〉：
「我是一隻布穀」。〈如霧起時〉：「吹開睫毛引燈塔的光」。[48]

　　相對的，「濟世之詩」的「濟」字是內在的光熱化為積極的履
踐，性靈的內涵在詩中躍躍欲動，如〈雨說〉：「你們嘴裡的那份甜
呀，就是我祝福的心」。〈納木錯與念青古拉──水的意象湖〉：「為著
蒼生大愛」。〈雁──青海水浹懷雁翼〉：「所以歌唱／呼喚人類大地孩
子的回響」。〈雲豹之鄉落到人間〉：「我們聽著自己求偶的脈搏舞出火
焰的熾烈」。〈舞在卿雲的天階下〉：「雲豹的肢體／是抽象了的／舞動
的山嶽／血脈中流著／花的山谷香」。[49]

　　《和平的衣缽》中，鄭愁予以第九輯「游世之詩」、「濟世之
詩」去證明「華夏水的文明是性靈之所本」，閃現水意象中的華夏
光輝，如此清晰而光耀。

五　結語：不容所以相濟

　　鄭愁予《和平的衣缽》是他省思華夏文明的源頭與詩之起
源、本質，所得出的詩與論的結合體，是他平日授課、演講的精
華呈現，在此書中，他以性靈為詩的精魂，詩的原旨，將性靈當
作傳統詩主流「神韻」、「肌理」、「興趣」、「境界」各派相承相繼
之精神所寄，視性靈為詩的感動力量之放射體，那是一種內在的

　　玲編著：《愁予的傳奇》（臺北市：萬卷樓圖書公司，2012 年），頁 247-248。

48 鄭愁予：「游世之詩」，《和平的衣缽：百年詩歌萬載承平》，頁 334-356。

49 鄭愁予：「濟世之詩」，《和平的衣缽：百年詩歌萬載承平》，頁 357-380。

大愛的光芒，一種憫人濟世的胸懷，輝映著火一般的光與熱。當
它呈現為詩的語言、韻律、節奏，卻是抒情意味濃厚的水意象，
遙遙呼應著華夏水文明，其流暢、利捷，令人忍不住時時口誦心
維，處處傳唱不停。

　　傳統五行理論中，如果除卻相生相剋的環環相扣之說，唯有
「水」與「火」永遠保持著緊密的關係，其他各元素之間找不到
可以繫連的關鍵詞，所以，水火不容、水火相濟的俗諺，騰傳於
口耳之際。也就因為「水」與「火」的質性截然相反，所以才有
相互助成的可能；因為「水」與「火」的質性如此不容，所以才
有相互激盪、相互延展的張力。鄭愁予以這部詩、論合體的《和
平的衣鉢》，在黃昏裡掛起一盞燈，傳下詩人的行業，也傳下和平
的衣鉢。

參考文獻（依作者姓氏筆畫排列）

一　書籍

《孔子家語》　《文津閣四庫全書》　北京市　商務印書館　2006年

加斯東‧巴舍拉（Gaston Bachelard）著　龔卓軍、王靜慧譯：《空間詩學》　臺北市　張老師文化事業公司　2003年

〔魏〕　宋均注　《春秋緯元命苞》　玉函山房輯佚書

列禦寇著、莊萬壽注譯：《新譯列子讀本》　臺北市　三民書局公司　2011年

安居香山、中村璋八輯：《緯書集成》　東京都　明德出版社　1943年

朱　熹　《詩經集注》　臺北市　華正書局　1996年

李耳著、王弼注、紀昀校訂　《老子道德經》　臺北市　文史哲出版社　1990年

孟子弟子著、焦循正義：《孟子正義》　臺北市　文津出版社　1988年

屈原著、王逸章句、洪興祖補注　《楚辭章句補注》　臺北市　世界書局　1956年

荀卿著、李滌生集釋　《荀子集釋》　臺北市　學生書局　1988年

國立編譯館：《十三經注疏‧毛詩正義》　臺北市　新文豐有限公司　2001年

莊周著、郭慶藩集釋　《莊子集釋》　臺北市　華正書局　1997年

許慎著、段玉裁注　《說文解字注》　臺北市　藝文印書館　1970年

黃永武　《中國詩學‧思想篇》　臺北市　巨流圖書公司　2004年

管　仲　《管子》　《文津閣四庫全書》　北京市　商務印書館
　　2006年

鄭玄箋　《毛詩鄭箋》　臺北市　新興書局　1972年

鄭愁予　《和平的衣缽：百年詩歌萬載承平》　新北市　財團法人周
　　大觀文教基金會　2011年

蕭　吉　《五行大義》　知不足叢書　臺北市　武陵出版社　2003年

蕭蕭、白靈、羅文玲編著　《錯誤的驚喜》　《傳奇鄭愁予：鄭愁予
　　詩學論集1》　臺北市　萬卷樓圖書公司　2012年

二　期刊論文

范少琳　〈談《詩經》婚戀詩中的水意象及其文化意蘊〉　《牡丹江
　　師範學院學報》　哲學社會科學版　2008年第5期　總第147期
　　2008年

范少琳　〈談《詩經》婚戀詩中的水意象及其文化意蘊〉　《青海師
　　專學報》　教育科學　2008年第1期　2008年

袁　琳　〈《詩經》中的情愛詩與水意象關係探微〉　《高等函授學
　　報》　哲學社會科學版　第17卷第4期　2004年8月

康相坤　〈從水崇拜看《詩經》婚戀詩〉　《內蒙古民族大學學報》
　　社會科學版　第32卷第3期　2006年6月

楊　牧　〈鄭愁予傳奇〉　收入鄭愁予　《鄭愁予選集》　臺北市
　　志文出版社　1974年

溫羽貝　〈表裡內外之失衡──測量鄭愁予詩歌的孤獨感〉　收入蕭
　　蕭、白靈、羅文玲編著　《愁予的傳奇》　臺北市　萬卷樓圖書
　　公司　2012年

詩心如海復如潮：鄭愁予論

田崇雪

一　前言：偉大的同情

　　面對盛唐的詩歌頂峰，面對詩歌頂峰的盛唐，面對光芒萬丈的李杜，面對李杜的光芒萬丈[1]，「該怎樣創造新的經典？該如何讓後人繼續仰望？」我相信，這將是「五四」以降一切以白話為詩散體為文的詩歌創造者們共同的思考、困惑與感傷。面對這種思考、困惑與感傷，在「四九」鼎革之後一切藝術都必須是「工具」的古老大陸至今看不到釋困的希望，而在海峽的那一端，因了移植，因了繼承，因了孤懸，因了開放，因了在水一方卻有可能誕生新的「大師」，創造新的「經典」而無愧於「我堂堂中華乃詩的國度」的盛譽聲望。

「雞聲茅店月，人跡板橋霜。[2]」

　　隨著「噠噠」的馬蹄聲響，詩人鄭愁予向我們走來，從古大陸的「草鞋與筏子[3]」到新大陸的「寂寞的人坐著看花」[4]，從衣袂飄然的

---

* 徐州師範大學副教授

1　韓愈（768-824）有「李杜文章在，光焰萬丈長。」句。韓愈：〈調張籍〉，《韓昌黎詩系年集釋》，下冊（上海市：上海古籍出版社，1994 年），頁 989。

2　溫庭筠（812-約 870）：〈商山早行〉，《溫飛卿詩集箋注》（上海市：上海古籍出版社，1998 年），頁 155。

3　《草鞋與筏子》，鄭愁予的第一部詩集，一九四八年十二月由自己創辦的「燕子

一襲長衫到風度翩翩的革履西裝，從少年的黃髮垂髫到老年的兩鬢染霜。他走的是那樣的灑脫、浪漫和輕盈，全不念其秀口一吐是如何的顛倒眾生。

那麼到底該怎樣評價詩人和他的創造呢？

關於鄭愁予（1933- ），從大陸到臺灣，從臺灣到北美，已經有人說了很多很多（從「傳奇[5]」到「浪子[6]」到「謫仙」[7]；從「現代抒情詩的絕唱」到「現代詩的古典」到「愁予風」[8]……）但依然有很多很多要說，也許，這就是經典的魅力所在，譬如日月，亙古常見，光景常新。

我想，無論詩人自己多麼不情願，我仍然要從他那首具有永恆魅力經典意味的〈錯誤〉談起。

經典之所以成為經典，那一定是它超越了個體，跨越了種族直接觸及到人類神經中最脆弱、最敏感和最溫柔的部位，喚起了一種跨越時空的深刻共鳴。

經典之所以成為經典，那一定是經典的創造者自身具備了一顆超越個體，跨越種族直接感應著人類神經中最脆弱、最敏感和最溫柔的部位的心靈，至少也得是一雙專注於人類最脆弱、最敏感和最溫柔部位的眼睛。

社」石印出版。

4　《寂寞的人坐著看花》（臺北市：洪範書店，1993 年），鄭愁予多寫於北美大陸的詩集。

5　楊牧（1940- ）：〈鄭愁予傳奇〉，《幼獅文藝》1973 年 9 月號，頁 18。

6　余光中（1928- ）：〈小招‧歲末懷愁予〉，《余光中詩歌選集》2 輯（長春市：時代文藝出版社，1997 年），頁 266。

7　宋裕、李冀燕：〈現代詩壇謫仙——鄭愁予〉，《明道文藝》1999 年 2 月號，頁 30。

8　徐望雲（1962- ）：〈悠悠飛越太平洋的愁予風——鄭愁予詩風初探〉，《名作欣賞》1994 年 2 期，出版月份不詳，頁 106-110。

我打江南走過

那等在季節裡的容顏如蓮花的開落

東風不來，三月的柳絮不飛

你的心如小小的寂寞的城

恰若青石的街道向晚

跫音不響，三月的春帷不揭

你底心是小小的窗扉緊掩

我達達的馬蹄是美麗的錯誤

我不是歸人，是個過客……[9]

〈錯誤〉一出，注家蜂起。然而，似乎沒有哪一家能滿足詩人自身的期待，於是它不得不夫子自道，在後來出版的詩集當中加上「後記」[10]，然而，仍然是徒勞，執拗的讀者仍然把其當作「愛情詩」去解讀。我想，聰明如鄭愁予先生也會犯「錯誤」，此時他忽略了一個常識：形象永遠大於思想，作者然，讀者未必然，更何況〈錯誤〉是如此的堂皇迷離、曖昧異常呢？

其實我想，「情人」也罷，「母親」也可，似乎沒有爭辯的必要，更何況，在人類靈魂的深處，「父母」與「情人」原本就是一體的，一如「兄妹」與「情人」的同體一樣。既然要探究其永恆魅力的所在就應當看其是否和怎樣觸及到人類的最脆弱、最敏感和最溫柔的部位。

「愛情！」不錯的，是愛情這一「自有人類以來就存在著的感

---

9 鄭愁予：〈錯誤〉，《鄭愁予詩集 I》（臺北市：洪範書店，2003 年），頁 8。

10 鄭愁予：〈錯誤‧後記〉，《鄭愁予詩的自選 I》（北京市：三聯書店，2000 年），頁12。

情」[11]，然而，自有文學以來以「愛情」為題的作品實在是汗牛充棟，車載斗量，為什麼偏偏是〈錯誤〉異軍突起，比肩經典，動人心旌，傳唱久遠呢？

「等待的愛情！」不錯的，是「等待」的愛情，然而，自有新詩以來，以「等待」使愛情變得更加熾熱，更加濃烈的佳作也是數不勝數，為什麼僅僅是〈錯誤〉讓人過目成誦，一唱三歎，不能釋懷呢？

「錯誤的等待的愛情！」不錯的，是「錯誤」的「等待」的愛情。佛說，前世五百次的回眸才換來今生的擦肩而過，「千年等一回」，沒有補救的希望，只有無可奈何的感傷。然而，從「誤幾回天際識歸舟[12]」到「過盡千帆皆不是[13]」都可謂是「錯誤」的「等待」的愛情，為什麼只有〈錯誤〉讓我們在扼腕嘆息之餘又多了一份更為深刻的情感共鳴，從而把我們帶入一種很高的美學境界呢？

「我不是歸人，是個過客⋯⋯」

我想，〈錯誤〉的超越之處正在於「我」的這一緩緩道來似乎犯了天大的「錯誤」的「交代」。眾多的闡釋者僅僅將其視為一種「懸念設置」的技法看待未免有些可惜，那應該是一種深深的懺悔和無奈，不是為自己，而是代別人，代天下所有不知道憐惜不知道體貼不知道歸家的所謂「浪子」們進行的一次深深的懺悔。那是一種堪稱「偉大的同情」的品格力量──慈悲的力量。因為懂得，所以慈悲。

11　恩格斯（Friedrich Engels, 1820-1895）：〈路德維希・費爾巴哈和德國古典哲學的終結〉（“Ludwig Feuerbach and the End of Classical German Philosophy”），《馬克思恩格斯選集》（4 卷，北京：人民出版社，1976），頁 229。

12　柳永（約 971-1053）：〈八聲甘州〉，《柳永詞賞析集》（成都市：巴蜀書社，1987年），頁 19。

13　溫庭筠：〈望江南〉，《溫韋馮詞新校》（上海市：上海古籍出版社，1988 年），頁 75。

心胸闊大，境界高古。傳統的所謂的「錯誤」的「等待」的愛情都沒
能超越其男權視角，雖也設身處地、推己及人、男作女聲般，作為弱
勢群體的第二性，唱出了足可告慰她們寂寞等待的哀音，然而，終究
沒有能超越其「邊同情邊欣賞」的男性視角。更何況，在「愛情」資
源本就匱乏的中國文化裡，在中國詩人原本就是「詩人政治家」這一
獨特的身分結構裡，想尋找到一首純粹的「愛情詩」是相當困難的。
因為，往往在「兒女情長」的低吟淺唱的底處，藏匿著「忠君報國」
的政治圖謀，「愛情」只不過是「政治」的隱喻。

　　唯獨這首〈錯誤〉，使鄭愁予真正站在女性的立場上（從鄭氏其
他詩作來看很可能是出於一種潛意識），為自己的「有家不歸」進行
了深深的懺悔，「過客」之後的省略號應該解讀為「原諒我，原諒
我，原諒我……」自此之後，〈錯誤〉便有了曹雪芹（1717-1763）那
種「為閨閣昭傳」般的「懺悔」意味。

　　由此看來，〈錯誤〉的經典之處在於：深刻的懺悔，偉大的同
情！

　　而這一切都緣於鄭愁予擁有一顆純淨的、溫柔的、孤獨的「詩
心」，也就是他所謂「做一個純粹的詩人[14]」的夢想。

　　作為鄭愁予的成名作，短短的一首〈錯誤〉卻潛藏下了鄭愁予作
為一個天才詩人的全部密碼：一顆溫柔的詩心，一顆跨越了「法
天」、「勝天」直達「通天」境界的詩心。可是，誰又能知道這顆詩心
經歷了怎樣的依賴與孤獨──對大陸、對母親、對情人、對世界、對
歷史、對人生──才變得如此的豐厚、如此的溫柔、如此的波瀾壯闊
呢？

---

14 鄭愁予：〈做一個單純的詩人恐亦難以為繼──書前自識〉，《鄭愁予詩的自選 I》，
　　頁 1。

二　少年哀樂過於人[15]：詩心孕育

　　所謂詩心，就是一種能夠感應天地萬物喜怒哀樂的同情之心，就是一種我與自然渾然一體之心，就是一顆赤子之心，就是一種藝感，就是一種美感。「何方可化身千億，一樹梅花一放翁。」[16]自古以來，讓中國詩人們最為陶醉的就是這種物我渾然的通天之心、宇宙之心。正如鍾嶸（約西元480-552年）所言：「氣之動物，物之感人，故搖蕩性情，形諸舞詠。[17]」正因為能夠感受，人與天道自然才能如此息息相關。所謂「賦」、「比」、「興」三種最基本的詩法，其實不過是外物與內心產生共鳴的不同方式。如果不是首先擁有這樣一顆詩心，如果這顆詩心不與外物產生共鳴，發生震顫，世界上也就沒有詩的產生。所以，從更本質的意義上來說，詩心就是一個隱藏於人體軀殼之下的更真實、更敏感、更脆弱的靈魂。

　　佛陀（Siddhartha Gautama, 566BC-486BC）說「柔軟心最近於道心。」老子（李耳，西元前571-471年）說「復歸嬰兒[18]」，孟子（孟軻，約西元前372-289年）也說「大人者，不失其赤子之心。[19]」在耶穌（Jesus）的「八福[20]」論當中，其中「哀慟心、溫柔心、俠義心、

15　龔自珍（1792-1841）：〈己亥雜詩〉，《龔自珍全集》（北京市：中華書局，1959年），頁 526。

16　陸游（1125-1210）：〈梅花絕句〉，《陸游詩詞選釋》（成都市：巴蜀書社，1990），頁 239。

17　鍾嶸（約 480 年-552 年）：〈詩品序〉，《詩品集注》（上海市：上海古籍出版社，1994 年），頁 1。

18　老子（前 571-471）：《老子新解》（北京市：中國文學出版社，1994 年），頁 187。

19　孟子（前 372-前 289）：《孟子譯注》（北京市：中華書局，1960 年），頁 189。

20　《新約聖經・馬太福音》（"Matthew," *New Testament*，南京：中國基督教協會，1998）5 章 3 至 10 節，頁 4。

憐恤心」就佔了大半。海德格爾（Martin Heidegger, 1889-1976），也說「詩心是『存有』之披露。」我們看電影也都希望主角是好人，即懷柔軟之心又勇敢而正義。萬教歸一，都是教人擁有一顆素心、虛心、澄明心。說到底就是一顆詩心。之所以勞駕萬教之諄諄教誨，實在是因為這顆詩心太容易丟失，太容易蒙塵。值得強調的是：並不是凡詩人均有詩心。詩心也並非詩人所獨有。正如魯迅（周樹人，1881-1936）先生所說：「凡人之心，無不有詩，如詩人作詩，詩不為詩人獨有，凡一讀其詩，心即會解者，即無不自有詩人之詩。[21]」誰將保有這樣一顆對萬物有情，對民族有情，對人類有情的悲憫之心，誰就是永恆的詩人。雖然我不信佛，但我相信慧根，相信人生與他所從事的職業或者說事業存在著一種很深的緣分。從更深層的意義上來說：不是詩人選擇了詩歌，而是詩歌選擇了詩人。

所謂「少年哀樂過於人」指的就是擁有這樣一顆詩心的人比別人更能感受人間的苦痛與歡樂，並不是指擁有這樣一顆詩心的人必然地比別人經歷更多的苦痛與歡樂。當然，倘若經歷了，會使這顆詩心變得更深刻也更豐富。

詩心的孕育多半是在被稱為「危險年齡」的童年、少年時代，具體來說也就是指一個人的兩次斷乳期：三歲左右的生理斷乳期與十三歲左右的心理斷乳期。斷乳期的孩子還沒有像成年人那樣懂得藏匿感情，在這個關鍵時候如果再遭逢母親缺席或者父親不在場，戰爭災荒或者家國動蕩，那麼對一個兒童來說，人生和世界的不安全感（從另一個角度來看也就是依賴感）將會加劇，將會作為一種危險因素深埋於靈魂深處。這種不安感依賴感既可能孕育出一顆敏感的詩心：設身

---

21 魯迅（1881-1936）著，趙瑞蕻撰：〈摩羅詩力說〉，《魯迅〈摩羅詩力說〉注釋・今譯・解說》（天津市：天津人民出版社，1982 年），頁 42。

處地推己及人同情萬物；也可能孕育出一顆顛覆現存秩序的野心和雄心：將一切推倒重建從頭再來。

關於依賴心理，日本醫學博士、心理學家土居健郎（DOI Takeo, 1920- ）有很深的研究，他說，依賴心理就是「為了否認人類生存過程中必然出現的分離事實，抑制分離帶來的痛苦，而產生的一種心理活動。因此可以推論，在依賴心理為主導時，它往往隱含著對分離的糾葛和不安。」[22]也就是說分離是必然的，依賴是天生的，有多少分離就有多少依賴，有多少依賴就有多少孤獨。對分離的哀傷就是對依賴的召喚，對依賴的召喚就是對孤獨的恐懼。對分離的哀傷有多深，對依賴的召喚就有多殷。

分離、依賴和孤獨三位一體

當然，我們完全可以把「分離」置換成「漂流」、「流浪」、「流亡」等等。「孤獨」也罷，「飄零」也罷，「流浪」也罷，說到底就是一種無枝可棲、無賴可依，就是一種「被拋感」[23]。也正是在這種非常時期，存在意識誕生了。孤獨是人存在感受的標誌。「在世界茫茫空虛之中向誰呼喚？[24]」惟有自身的覺醒和覺醒的自身。存在主義稱它為「陰性心情（不安、憂鬱等）」，海德格爾稱它是「人最根本的情境」[25]。

---

22 土居健郎（DOI Takeo，1920- ），王煒等譯：《依賴心理的結構》（*The Anatomy of Dependence*）（濟南市：濟南出版社，1991 年），頁 75。

23 海德格爾（Martin Heidegger, 1889-1976），陳嘉映[1952-]、王慶節合譯：《存在與時間》（*Being and Time*）（北京市：三聯書店，1987 年），頁 206-207。

24 羅傑・加洛蒂（Roger Garaudy, 1913- ），吳嶽添[1944-]譯：〈卡夫卡〉（"Kafka"），《論無邊的現實主義》（*Unlimited Realism*）（天津市：百花文藝出版社，1998 年），頁 147。

25 今道友信（IMAMICHI Tomonobu, 1922- ）等，崔相錄[1938-]、王生平[1945-]譯：《存在主義美學》（瀋陽市：遼寧人民出版社，1987 年），頁 16。

　　考察詩人鄭愁予的傳略可知，鄭愁予恰恰擁有這麼一個動盪不安的童年，父親雖然在場但卻缺席的童年，「哀樂過人」的童年。

　　鄭愁予，原名鄭文韜，祖籍河北省寧河縣（現已歸屬天津市）。河北寧河，京畿古邑。為歷代海防重地，古稱渠梁，漂榆津，歷史悠久，境內有戰國至漢代文化遺址多達三十餘處。縣城蘆臺鎮是唐（西元618-907年）代海防重鎮，古稱海口鎮。關於鄭之祖籍，詩人瘂弦（1932-　）曾撰文〈兩岸蘆花白的故鄉〉做過更為詳細的記載。之所以重提詩人的祖籍，一是因為對這塊土地的仰望，二是因了丹納（Hippolyte Adolphe Taine, 1828-1893）的「作品的產生取決於時代精神和周圍的風俗」[26]，三是因為詩人自己對這塊先祖曾經居住過的土地狐死首丘般的眷顧。燕趙之人頗類齊魯，性情卞急，輕生矜死，好氣任俠，以豪放激烈聞名於諸侯，所謂「燕趙古來多慷慨悲歌之士[27]」就是指此。具體表現為脾氣大、講義氣、不要命，尤其是那個敢於提三尺劍入虎狼國的荊軻（生卒年不詳），至今還讓詩人念念不忘。當然還有那個豁出命去為結義兄弟關羽（西元？-219年）報仇的張飛張翼德（西元？-221年）。一個義字，一個猛字，是燕趙人的寫照。「劉關張三結義」的地點就是在燕國，符合燕國人義結生死的一貫傳統。「高樹多悲風，海水揚其波。利劍不在掌，結友何須多。」[28]這是曹植（西元192-232年）的句子，寒峻激揚，突出燕趙之人重視友情、仗劍江湖的豪邁。追根溯源，這塊土地的土壤都是從隔壁山西黃土高原上沖積下來的，屬於次生黃土，沒有經典黃土的那種「自行肥效」

---

26 丹納（Hippolyte Adolphe Taine, 1828-1893），傅雷 [1908-1966] 譯：《藝術哲學》（*Philosophy of Art*）（北京市：人民文學出版社，1963 年），頁 32

27 韓愈著，馬其昶 [1855-1930] 校注：〈送董邵南序〉，《韓昌黎文集校注》（上海市：上海古籍出版社，1987 年），頁 247。

28 曹植（192-232）：〈野田黃雀行〉，《三曹詩文選譯》（成都市：巴蜀書社，1990 年），頁 253。

功能，所以土貧——古人管它叫做「土薄」。土薄山寒，導致農業不夠雄厚，風高氣寒，士民卞急，人們也就躁動，一言不合，拔劍相向。

我想，詩人之所以不滿意人們單單稱其為「浪子」，並添加上了「俠義」[29]就是唯恐詮釋者忘掉其血脈裡源自故土的這種「俠之大者」的慷慨悲風。

我們知道，在中國文化語境裡，真正的俠義之士最大特徵就是「孤獨」。一曲〈寄生草〉之所以能使賈寶玉醍醐灌頂驀然心驚，就是源於魯智深那「赤條條來去無牽掛[30]」的孤獨。大地山河，獨來獨往，就為了那一份無人能替代的擔當。

詩人於西元一九三三年生於山東濟南。這是一個讓全體中國人的心靈隨著山河一同破碎的年份，自從一月日軍攻破山海關之後就長驅直入，民族危機全面到來。生長於軍人之家的詩人會更直接地感受到一股亡國之痛。千里輾轉，餓殍遍地。除了流亡還是流亡。「因此我自小便習慣流浪，而且懂得在流浪中尋求生活的樂趣和意義。」[31]詩心，便在這顛沛流離中孕育而成。

然而，單單擁有這樣的經歷並不能成就詩人，還必須擁有最基本的文化因數。詩人生長的家庭雖然是軍人家庭但卻是一個世受皇封的軍人世家[32]，父親是職業軍人，母親有「才女之譽」。抗戰後期，十二歲的鄭愁予和家人住在鄉間。與傳統的中國士子一樣，進私塾，讀四

---

29 鄭愁予幾乎在每次接受訪談中都要談及「浪子」、「仁俠」和「烈士」之關係，因為每訪必問，每問必答，恕不一一。

30 〈寄生草〉，《魯智深大鬧五臺山》，轉引自曹雪芹（1717-1763）著、鄭慶山[1936-]校：《脂本匯校石頭記》，上冊（北京市：作家出版社，2003 年），頁 219。

31 張灼祥：〈作家訪問鄭愁予——心靈的流浪〉，轉引自宋裕、李冀燕，頁 31。

32 鄭愁予：〈鄭愁予年表〉，《鄭愁予詩的自選 II》（北京市：三聯書店，2000 年），頁 271。

書、五經、古文、古詩。課餘時讀中國的詩詞，及舊小說如《水滸傳》、《說唐》之類，尤其是遊俠刺客的故事，是他最喜歡的，此外，他整天讀著二堂哥手抄的現代文學，其中不少的新詩、散文令鄭愁予感動不已，並為鄭愁予開啟了中國新文學的大門。

抗戰勝利後，鄭愁予隨家人回北平，插班進入市立中學二年級。剛開始，鄭愁予跟不上同學的英文程度，於是他就用全副精力讀中文書及詩，其中用力最殷的是現代文學。他常利用上課時間，將新文藝書刊放在膝頭上閱讀。幾個月後，他讀遍學校圖館中關於新文藝的全部書刊。廣泛的閱讀使他對於當時的新詩產生了自己的看法：「感情很激烈，但是不夠深刻，表現的技巧因朗誦詩形式的限制，內涵不足。[33]」因而借用屠格涅夫（Ivan Sergeevich Turgenev, 1818-1883）的書名《處女地》（*Virgin Soil*）為創立的壁報命名，且以「要耕處女地，必須深深地耕」，和同好的同學相互期許，努力耕耘創作。然而，單單有閱歷，有閱讀依然不能成就詩人，成就詩人最根本的一條，就是一顆同情之心──詩心。〈礦工〉雖然是詩人的第一聲「啼哭」，但這一聲「啼哭」卻非同尋常，那不是在為自己能否吃得上奶油麵包而哭泣，而是為那些為了生存而匍匐於地獄的礦工而哭泣，雖然稚拙但卻真誠。至此，一顆詩心孕育而成。

三 行盡江南數千里[34]：詩心萌發

戰火蔓延，少年鄭愁予也跟著全家由北平南遷至漢口，在這裡，

33 彥火（1948- ）：〈揭開鄭愁予一串謎──海外華裔作家掠影之三〉，《中報月刊》1983年4月，頁59-65

34 岑參（715-770）著，中國社會科學院文學研究所編：〈春夢〉，《唐詩選》，上冊（北京市：人民文學出版社，1978年），頁213。

鄭愁予刊發了他真正的處女作〈爬上漢口〉,《武漢時報》的編輯胡白
刃(生卒年不詳)將這首詩登在刊頭,並加黑框以凸顯,這給剛剛出
道的年輕詩人以極大的信心和鼓勵。一九四九年春天,詩人由湖北至
湖南,進道南中學,和一些由北方來的同學成立「燕子社」並發行刊
物。他以「青蘆」為筆名自費在燕社出版第一本詩集《草鞋與筏
子》,彼時的詩人才只有十六歲。「青蘆」可以看成是其對「兩岸蘆花
白的故鄉」的懷念,「草鞋」與「筏子」這兩樣在動盪時代的中國流
亡百姓們為了逃難而不得不經常利用的工具,可以看成是少年詩人對
故國山河破碎飄零的最直接、最質感、最詩性的體驗,是詩心的第一
次破土抽芽。

　　戰局吃緊,學校解散。詩人不得不跟隨做軍人的父親取桂林、經
陽朔、奔柳州、轉梧州、至廣州、……我在論文的「前言」部分曾經
說過「短短的一首〈錯誤〉卻潛藏下了鄭愁予作為一個天才詩人的全
部密碼」,其實,〈錯誤〉能稱得上是「經典」的緣由還有一處,那就
是詩的第一行就提到兩個字——江南。千萬不要小覷這兩個字,那可
是中國文化的原典,華人心中共同的故鄉,為荷爾德林(Holder,
Friedrich, 1770-1843)所津津樂道,使海德格爾深深共鳴的「人詩意的
居住地」[35]。

　　「暮春三月,江南草長,雜花生樹,群鶯亂飛,見故國之旗鼓,
感生平之酬日,將軍豈不愴然有感?[36]」這是邱遲(西元463-508年)
在〈與陳伯之書〉的開頭,一封抵得上百萬雄兵化干戈為玉帛的書
信。我想,箇中因由固然得力於邱遲的傳神文筆,然而,又何嘗不是

---

35 海德格爾著、彭富春[1963-]譯:《詩‧語言‧思》(*Poetry, Language, Thought*)(北
　京市:文化藝術出版社,1991 年),頁 185。
36 邱遲(463-508):〈與陳伯之書〉,《南北朝散文舉要》(北京市:中華書局,1998
　年),頁 485。

得力於人人都有一個故鄉，人人都在思念故鄉，更何況，那故鄉就是美麗富庶的江南呢？

「將軍豈不愴然有感？」一問千古，是的，江南畢竟與別處不同

「永嘉東渡以後的南方文化不是原先南方文化的發展，而是北方文化 —— 作為中國文化主流的中原文化南遷後與既有的南方文化融合、蛻變而生成的新的主流文化，而北方文化則隨著中原文化的衰弱和北方少數民族文化的進入形成了一種比較質樸的非主流文化。從藝術文化角度來看，中國文藝傳統通過這次向江東的大遷移而發生了不可逆的蛻變。儘管自隋（西元581-618年）朝統一中國以後政治中心又回遷到中原地區，但文藝發展趨勢已不再可能恢復到遷移以前的中原文化的傳統軌道上去了。因此，就藝術文化史的發展而言，魏晉南北朝（西元220-581年）時期藝術文化的特點不是平行的南北差異，而是文化主流由北向南的擺動與重新生成。」[37]也就是說，自「永嘉東渡」之後，南北之差異由先前的單單表現於地理而演變為或者說上升為表現於文化。從今以後，南北之根本差異可以用一句話來概括：北方屬於政治的，南方屬於藝術的。所以，此時的「江南」已非昨日常常作為流放地的「江南」了，由於「永嘉東渡」而一躍成為「花柳繁華地，溫柔富貴鄉。」加之歷代詩人的歌詠使其成了華人心中共同的故鄉。

行走在這樣「多山多水多才子」的江南，行走在這樣遍生紅豆[38]

---

37 高小康（1954- ）：〈永嘉東渡與中國文藝傳統的蛻變〉，《文學評論》1996 年 4 期，出版月份不詳，頁 9-10

38 王維（701-761）：〈相思〉，《王右丞、孟浩然集》（長沙市：嶽麓書社，1990 年），頁 133。

的江南，即便是村婦野老、販夫走卒，都陶醉得樂而忘返，更何況早已為文化所化之遷客騷人呢？無數註定要離家出走的遊子，正是靠著對江南的相思，才能夠在時寬時窄的生命河道上找到回家的路。少年鄭愁予便是又一個為江南迷醉的遊子。

「知識發展到某一階段，能從自然中取得感性時——約為一九四七年離開北方，在中國很多省旅行，一直到初來臺灣寫板車夫、娼妓、水手等鄉土關懷詩的階段。」[39]看來，這一次被動的長途遷徙倒真使詩人得到了「江山之助」。

〈錯誤〉就是這樣在不經意間觸及到所有華人心中那最脆弱、最溫柔的地帶——江南，一如戴望舒（1905-1950）的〈雨巷〉，不僅僅是「等待」的「錯誤」的愛情成就了詩人，還應當是「等待」的「錯誤」的「江南」的愛情才能擁有如此大的魅力。美麗的詩性的江南，對日日生活於其中的大陸子民尚且如此，對早已遠離了這塊土地而又不得不夢縈魂牽著這塊土地的漂泊者更是念茲在茲了。

這一時期，鄭愁予還有兩首堪稱經典的名作〈風雨憶〉和〈賦別〉

> 露重了，／夜百合開了；／我底眼睛睜得大大的，亮亮的，想你……／想如穗落的日子，想那些小事，／想你在風中掠著短髮的小立之姿，／想你扯著裙角說：我累了／就在山腰上找塊石頭坐下來……／記得河邊風雨的小徑，／你挑燈挽我夜行／風由竹林奪去你手上的光，／我笑了，因我誇言我底眼是燈，／要走，你必靠我扶持，／記得你賭氣淋著雨，說：／我寧願回去……／露太重了，像淚珠滾下唇邊／百合花的嘴張得太大，像在驚訝。／尚憶及我們湘水的橫渡／南來的風突吹落我

---

39 陳義芝（1953- ）：〈謫仙的心也淌血〉。

們底傘／小舟祇是斷橋，浪太大了又有何用？／尚憶及你黯然
地說：／傘落了，像別離一樣／我們都失去了依靠……／哎，
風雨的日子對我們太長了，／傘落之後，我們都像濕土的葵
蓮，／各懷著陽光的夢等待……／等待，等待／而，朋友啊！
你說這些不都是小事麼？／是的——／露珠就這樣乾了，／百
合就這樣謝了……[40]

當「愛」已成往事，剩下的便只有「回憶」，而「回憶」於詩人總是
好的，因為所有的藝術創作都可以看成是回憶，因為所有的藝術創作
都可以看成是審美的回憶[41]。「回憶，這位天地的嬌女，宙斯的新娘，
九夜後成了九繆斯的母親。戲劇，音樂，舞蹈，詩歌都出自回憶女神
的孕育。」[42]「回憶」是對孤獨的最好慰藉。整首〈風雨憶〉就是一
首甜美中略帶些苦澀的回憶，詩人借助於「想你」、「記得」、「尚憶
及」等等這些純「過去式的提示語」加深著這回憶，拉長著這回憶，
而且借助於「露重、露幹」和「花開、花落」使回憶愈發靈動異常，
隱喻式地提示著那一場註定是沒有結局的情感生活的枯萎。而且回憶
愈是深長，孤獨和依賴就是愈是濃烈。

這次我離開你，是風，是雨，是夜晚／你笑了笑，我擺一擺手
／一條寂寞的路便展向兩頭了／念此際你已回到濱河的家居／
想你在梳理長髮或是整理濕了的外衣／而我風雨的歸程還正長
／山退得很遠，平蕪拓得更大／哎，這世界，怕黑暗已真的成
形了……／你說，你真傻，多像那放風箏的孩子／本不該縛它

---

40 鄭愁予：〈風雨憶〉，《鄭愁予詩集I》，頁 13。

41 柏拉圖（Plato，約 427BC- 347BC）：〈斐德諾篇〉（"Phaedrus"），《文藝對話集》
（*Dialogue*，北京市：人民文學出版社，1963 年），頁 125。

42 海德格爾：《海德格爾選集》（上海市：三聯書店，1996 年），頁 1213。

又放它／風箏去了，留一線斷了的錯誤／書太厚了，本不該掀開扉頁的／沙灘太長，本不開該走出足印的／雲出自山谷，泉水滴自石隙／一切都開始了，而海洋在何處／「獨木橋」的初遇已成往事了／如今又已是廣闊的草原了／我已失去扶持你專寵的權利／紅與白揉藍與晚天，錯得多美麗／而我不錯入金果的園林／卻惡入維特的墓地……／這次我離開你，便不再想見你了／念此際你已靜靜入睡／留我們未完的一切，留給這世界／這世界，我仍體切的踏著／而已是你底夢境了……[43]

從詩後面標注的「1953年從記憶中重寫」可以看得出，〈風雨憶〉與〈賦別〉還只是詩心萌發時期的少年情懷，即便有孤獨與感傷，也還只是少年的孤獨與感傷，一如南宋（1127-1279）遺民詩人蔣捷（1245？-1301？）筆下的那個聽雨的少年，還只是「少年聽雨歌樓上」[44]的人生之境，而少年情懷總是詩，更何況還是在這遍生紅豆的江南呢。浪漫詩人加煙雨江南不生產美麗的詩篇那才真是罪過了。

　　考察鄭愁予的全部詩作發現：煌煌兩巨冊的《鄭愁予詩集》中竟然沒有一首詩寫到自己的父親，我想，這固然可能與父親的特殊身分有關（鄭之父親鄭曉嵐為職業軍人，到臺後為臺灣三軍參謀大學教務長。）[45]不便寫，不易寫，不好寫，但更深層的原因很可能與父親於家庭中的長期缺席有關，不然將無法解釋激情燃燒的詩人何以對父親如此「冷漠」。在鄭愁予那一輩赴臺的詩人當中，很多都有過一段從軍的履歷，但鄭愁予卻沒有襲其父業擁有一段軍旅生涯，雖也曾有過短暫的軍中訓練[46]。這同樣可以看出父親與兒子影響的闕如，至少是

---

43 鄭愁予：〈賦別〉，《鄭愁予詩集I》，頁16

44 蔣捷（約1245 -1301 ）：〈虞美人〉。

45 鄭愁予：〈鄭愁予年表〉，《鄭愁予詩的自選II》，頁271。

46 鄭愁予：〈鄭愁予年表〉，《鄭愁予詩的自選II》，頁275。

淡漠的。詩人自己闡釋的〈錯誤〉之中的「等待」是「母親」對「兒子」或「父親」的「等待」就更加坐實了這種「父親的缺席」。而「父親的長期缺席」會對青少年帶來怎樣的影響？土居健郎在其名著《依賴心理的結構》（*The Anatomy of Dependence*）中闢了專節論述。歸納土氏觀點，「沒有父親的社會」[47]將會對孩子產生如下的影響：一是對母親更加依賴，憧憬母性，二是執著地尋找父親，尤其是精神之父。筆者在一篇論文中也曾這樣歸納過由於「父親的不在場」而導致的「孤獨」於藝術家的影響：「孤獨是一種人生的巨大虧空，是一種生命的缺憾，是一種精神的缺席，是一種靈魂的不在場。父親，對一個幼子來說是他精神的依託，同時也是一種依託的精神。這種『父親不在場』便召喚著兒子要做一生的尋求和補償。幼年尋找生活上的父親，成年則尋找精神上的父親，靈魂上的導師。其目的是皈依。藝術家首先要做的也就是這種孤獨的尋找，首先要經受的也就是這種尋找的孤獨。『父親』成了一種意象，作為意象的父親可以泛化為『希望』、『家園』、『終極關懷』等。方對孤獨的理解在『因人生的永不完滿而無休止的尋求』這一點上達到了一致。」[48]想來於此一篇〈鄭愁予論〉也是合適的。

在鄭愁予的全部詩作中，還有一首與〈錯誤〉一樣堪稱經典，那就是為紀念孫中山（孫逸仙，1866-1925）先生百年誕辰揮淚而作的長詩〈衣缽〉，〈錯誤〉與〈衣缽〉雖然一婉約一豪放，但骨子裡卻依然是依賴心理的代價，完全可以看成是父親缺席所帶來的兩種影響的烙印。一是對無望的等待的母親寄於的偉大同情，二是對崇高的精神父親的膜拜和憧憬。

---

47 土居健郎：《依賴心理的結構》，頁166。

48 田崇雪（1967- ）：〈孤獨、憂鬱與感傷〉，《貴州社會科學》2003年2期，出版月份不詳，頁64。

今天　又是初冬過去／再不久便是乙巳年的立春／這是您第一
百個十一月的第十二日／在此空敞紀念廳之一端／在閃著淚的
行列中／我也是一株　一株錦葵般耽於仰望的青年／／我　成
長在祖國的多難中／曾是髫齡渡海的「遺民」／父兄挫敗的悲
戚在我每寸發育中孕著／無論是光榮抑或是錯誤／這傳自您的
衣缽　我早就整個地肩承——／因之　在我一懂得感動年紀／
在第一次翻開實業計畫的興圖就／把淚滴在北方大港上的年紀
／我便自詡為您底信徒／因之　在課堂或在滿架的書裡／在那
麼多的偉人　聖哲　和神的名字裡／我固執地將您底一切記取
啊　誰教／每一代中國人的心都是翠亨小村／必須　必須抑接
您的誕生／因之／我們不是流過淚便算了的孩子／在繁衍著信
仰的靈魂中／我們「生命」的字義已和「獻身」相同／而且我
們要再現那些先烈的感動／對您和您所創的每一事蹟每一辭彙
的感動／／啊　今天／在此人界與神界的兩棲土上／在靜矗的
大理石柱間／您坐得是如此之臨近／當號音的傳檄在黎明中響
起　您／我中華在天之父啊／知道麼　又集合了第三代人／在
傳接您的衣缽[49]

〈衣缽〉應該是鄭愁予詩作當中最長的一首，單獨成冊。計有「仰
望」、「芥子」、「熱血」、「背影」和「衣缽」共五個部分，對國父締造
共和的艱辛作了淋漓盡致的抒情和敘事，從中可以看出詩人對國父的
仰望和膜拜。我將其看作是詩人對精神之父的尋找和塑造當不為過。
其實，我們每個人自走出家庭，走出雙親的懷抱之後何嘗不也在尋找
著這樣一位父親呢？只不過是詩人找到了堪稱是我們這個民族共同的
父親——孫中山先生。

---

49 鄭愁予：〈衣缽〉，《鄭愁予詩集 I》，頁 292。

十六歲之前的鄭愁予便是在這種父親長期缺席的境況下長大，其心理的孤獨與脆弱可想而知。

十六歲之前的鄭愁予便是在似有若無的父親的背影後亦步亦趨地遊歷了大半個中國，從慷慨悲歌的燕趙到鐘靈毓秀的楚吳到開埠較早西風勁吹的南粵，而且是在風雨飄搖的大時代，孤獨的詩心吸納了充足的陽光雨露，充足的陽光雨露灌溉了這顆孤獨的詩心。儘管其後來經歷了種種傳奇，但其與詩的緣分於十六歲之前就深植於心靈了。

三　夷言掃盡漢唐風：詩心如海

西元一九四九年鄭愁予隨著家人到臺灣，與他那一批都是出於同一個原因而登上這塊孤島的詩人們一樣，鄭愁予最初並沒有詩作發表，這符合一個初來乍到者的心態：茫然失措，孤獨無依，儘管詩人表達了他喜歡這麼一座擁有亞熱帶風光的孤島：「一方面我喜歡臺灣，這裡的熱帶風景給我一個全新的感覺；另一方面，我的老家在北平，親人們都留在那兒，我希望隨時能夠回去，我的詩也要發表在那兒的刊物上。在臺灣，我只是個客人。[50]」

我想，沉潛，對一個詩人來說是必要的，他需要調整心態：故鄉與異鄉的衝突。

而後鄭愁予考上中興大學法商學院。西元一九五一年夏天，他參加學校的勞軍團到澎湖，在馬公城的一棵大榕樹下，詩興大發，創作了〈老水手〉一詩，成為鄭愁予在臺灣發表的第一首詩。而後他開始在《野風》、《新詩週刊》等刊物上發表作品，名聲漸揚。一九五二年，鄭愁予便和紀弦（路逾，1913- ）及其他詩人共六人成立「現代

---

50 瘂弦（王慶麟，1932- ）：〈兩岸蘆花白故鄉──詩人鄭愁予的創作世界〉。

派」，也許，彼時的鄭愁予還不知道「現代派」為何物，但他卻不得不面對新一輪的更大更深的困惑和煩惱：面對又一次的強勢文化的入侵，面對自己所喜歡的經典母語很可能花果飄零，以詩為業的詩人的內心不可能不痛苦。

追溯異域文化來華的歷史，那可真是一部由揚眉到鬱悶的歷史。西方文化大規模的來華有五、六次：一是西漢（西元前206-24年）末東漢（西元25-220年）初的佛教東來，一是明（1365-1662）朝中後期的基督教來華，一是清（1616-1912）朝末年的堅船利炮，一是二十世紀初年的馬克思主義，一是二十世紀五十至七十年代的現代主義，再就是今天的所謂全球化。說老實話，前兩次的宗教文化的滲入還只是以客人的身分，後幾次就不同了，反客為主，不讓進也得進。用魯迅的話來說，前兩次是真正的「拿來[51]」而後來呢？那是「拋給」的，甚至是強買強賣的。有什麼辦法呢，自滿清入主之後，中華民族已被遠遠地拋了在世界的後面，成為真正的弱勢、劣勢，所以才有孫中山先生愈挫愈憤的革命。

那麼面對再一次的檣傾楫摧般的風雷鼓蕩，心存良知的文化人心中所湧起的感情並不總是鼓舞和歡欣，而且，面朝大海的臺灣比它的母體更早地感受到了這種風雷激蕩。西方現代主義浪潮席捲了這座小小的島嶼。老詩人紀弦憑藉著其接脈五四的人生經驗最早呼吸到了這股西風，他於一九五二年成立了「現代派」詩社，於一九五六年發表了〈現代派宣言〉，標舉「橫的移植」，引起「藍星詩社」覃子豪（覃基，1912-1963）的口誅筆伐，引發了一場「傳統與現代」、「西化與中國化」的論戰。

---

51 魯迅（周樹人，1881-1936）：〈拿來主義〉，《魯迅選集》，第四卷（北京市：人民文學出版社，1983 年），頁 28。

　　二十世紀五十年代來臺的那一批大陸作家憑著五四白話文學傳統的影響，原本都可以寫一手漂亮的地道的文字，但由於政治的原因，其作品遭到了查禁，斷裂感由此而生。而且整個現實皆為政治禁區，除了喊暴政必亡外，作家無法觸探社會現實。政治高壓造成的苦悶，使得西方那種書寫由於經濟危機造成的苦悶的所謂現代派文學乘虛而入。

　　不知道為什麼，面對二十世紀初期和中後期兩次大規模的「西風東漸」，以及在這種「西風東漸」面前中國知識分子的急劇分化，心頭總也抹不去那「斷雁叫西風」的悽惶一幕。

　　　　春花秋實迥不同，夷言掃盡漢唐風。
　　　　龍頭總屬歐洲去，且置詩人五等中。

詩是十九世紀末一位叫樊增祥（1846-1931）的詩人寫的，沈鬱而悲壯，「它以隱喻的形式展示初以漢唐氣象為基本象徵的中國文化，已經無可避免地走向它蕭殺的晚秋。而尤其值得注意的是，它還含混地表達了這種文化式微的根源在於西方話語的兵臨城下，以及在這場話語大掃蕩中一直執掌話語霸權的詩人的斯文掃地與喪權辱國。這是一種了不得的見解，正如西方人說『語言就是世界』，說『沒有權力的話語就不是語言，甚至只是瘋言瘋語』一樣。而一個民族如果到了只能憑藉其他民族的語法與話語才能組織和表達自身的經驗與生活的時候，那麼它也就真的成為永遠不會任何意義的無聲的民族了。[52]」而且他還進一步批判到：「從體制化的各種西語考試到當代知識買辦在文化市場上的呼風喚雨，它們像瘟疫一樣橫掃了這個曾經創造下世界上最豐富語言形式的詩的國度，迫使人們沈默，無法訴說，沈浸在巨

---

52 劉士林（1966-　）：《千年揮塵》（南昌市：百花洲文藝出版社 2000 年），頁 7。

大的語言痛苦中。它直接威脅到一個偉大民族的生命意義與新的生存
可能。」於是,他對新千年提出了新的展望:「如果說,二十世紀的
中國文化最根本的變革在於建立了西方話語的合法性,那麼,二十一
世紀中國新文化運動的開篇就應該從恢復漢語的尊嚴開始。」

之所以抄錄了這麼多,實在是因為與它產生了深刻的共鳴,相信
此一段純粹中國書生的議論與二十世紀五十年代面對蜂擁而至的西潮
而孤獨堅守的詩人鄭愁予也會產生深刻的共鳴,儘管他加入了時髦的
「現代派」。具體表現就是他那一首首地道的純中國詩,我想,楊牧
(王靖獻,1940-)的「中國的中國詩人[53]」的評價也應做如是理
解。

「洋裝雖然穿在身,我心依然是中國心。[54]」

「在我開始我的詩歌寫作的時候,我就有一種反抗,想使白話詩
寫得能夠在藝術成就上和古典相比美,而不是簡單地用文字把感情抒
發出來就算了事。[55]」

「……『現代派』的招降旗幟雖然高掛,但我並沒有投降,我的
心依然是浪漫的古典。一如『藍墨水的上游是汨羅江。』[56]」

當然,這樣說並不是說鄭愁予超然物外,而是說其清醒地堅守。
堅守詩歌創作的底線:敘中國事、抒中國情、論中國理,從句法選擇
到意象經營到主題開掘。

二十世紀五、六十年代的鄭愁予正處在詩歌創作的「井噴期」,
許多膾炙人口傳唱久遠注家蜂起的詩都創作於這一時期,我想,這一

---

53 楊牧(王靖獻,1940-):〈鄭愁予傳奇〉,《幼獅文藝》1973 年 9 月號,頁 18。

54 香港歌曲《我的中國心》黃霑詞,王福齡曲,張明敏唱。

55 沈奇(1951-):〈擺渡:傳統與現代──鄭愁予訪談錄〉,《世界華文文學論壇》
  1997 年 4 期,出版月份不詳,頁 64。

56 余光中(1928-):〈藍墨水的下游〉,《藍墨水的下游》(臺北市:九歌出版社,1998
  年),頁

定與詩人面對叫囂的西風沸騰「如海」的詩心有關。更何況，此時的詩人真的是日日面對大海呢。

法商學院畢業後，鄭愁予服務於臺灣基隆港務局

也正是此一時期的詩作，鄭愁予被目為「海洋詩人」。然而，「海洋詩人」並不是真的就寫海洋，而仍然是寫情，寫愛情，只不過是道具換了、佈景換了、意象換了，但情感並沒有改變，依然是一唱三歎、一步三回頭地懷念那「意中人」，只不過比「江南」詩心萌發時期多了些豪邁，多了些堅毅，多了些達觀，因為詩人畢竟長大了，人生的況味已經初嚐。〈小小的島〉、〈船長的獨步〉、〈水手刀〉、〈如霧起時〉……都是此一時期膾炙人口的名篇。

> 你住的小小的島我正思念／那兒屬於熱帶，屬於青青的國度／淺沙上，老是棲息著五色的魚群／小鳥跳響在枝上，如琴鍵的起落／那兒的山崖都愛凝望，披垂著長藤如髮／那兒的草地都善等待，鋪綴著野花如過果盤／那兒浴你的陽光是藍的，海風是綠的／則你的健康是鬱鬱的，愛情是徐徐的／……／如果，我去了，將帶著我的笛杖／那時我是牧童而你是小羊／要不，我去了，我便化做螢火蟲／以我的一生為你點盞燈[57]

> 月兒上了，船長，你向南走去／影子落在右方，你只好看齊／／七洋的風雨送一葉小帆歸泊／但哪兒是您底「我」呀／昔日的紅衫子已淡，昔日的笑聲不在／而今日的腰刀已成鈍錯了／／一九五三，八月十五日，基隆港的日記／熱帶的海面如鏡如冰

---

57 鄭愁予：〈小小的島〉，《鄭愁予詩集 I》，頁 68。

／若非夜鳥翅聲的驚醒／船長，你必向北方的故鄉滑去……[58]

長春藤一樣熱帶的情絲／揮一揮手即斷了／揮沈了處子般的款擺著綠的島／揮沈了半個夜的星星／揮出一程風雨來／／一把古老的水手刀／被離別磨亮／被用於寂寞，被用於歡樂／被用於航向一切逆風的／桅蓬與繩索……[59]

我從海上來，帶回航海的二十二顆星／你問我航海的事兒，我仰天笑了……／如霧起時，／敲叮叮的耳環在濃密的髮叢找航路；／用最細最細的噓息，吹開睫毛引燈塔的光／／赤道是一痕潤紅的線，你笑時不見／子午線是一串暗藍的珍珠／當你思念時即為時間的分隔而滴落／／我從海上來，你有海上的珍奇太多了……／迎人的編貝，嗔人的晚雲／和使我不敢輕易近航的珊瑚的礁區[60]

本是抱著浪漫的幻想而來[61]，沒有想到的是現實生活卻是那麼的不浪漫，「在基隆的時候，我生活在海邊上，接觸的是船和貨物，再不就是工人和顧客，沒有機會和人討論文學或藝術，也沒有時間讀什麼文學和藝術理論。」[62]然而，正是面對著這日日喧囂的大海所包圍著的孤獨，詩人給我們創造出了那麼多的浪漫詩篇。枯燥乏味的海洋生活並沒有給鄭愁予帶來浪漫，然而他卻創造出了那麼多浪漫的詩篇給這個世界。孤獨的「海角」卻稱為詩心的「天涯」，這會促使詩人更深

---

58 鄭愁予：〈船長的獨步〉，《鄭愁予詩集 I》，頁 70。

59 鄭愁予：〈水手刀〉，《鄭愁予詩集 I》，頁 74。

60 鄭愁予：〈如霧起時〉，《鄭愁予詩集 I》，頁 76。

61 鄭愁予：〈鄭愁予年表〉，《鄭愁予詩的自選 II》，頁 275。

62 瘂弦：〈兩岸蘆花白故鄉──詩人鄭愁予的創作世界〉。

入地思考人生。

　　讀著這些古典的、浪漫的、素樸的、純淨的中國詩，你會覺得中國詩歌的香火綿延後繼有人，鄭愁予配得上李白（西元701-762年）、杜甫（西元712-770年）和白居易（西元772-846年）們的子孫。漢語的詩性，漢詩的尊嚴在鄭愁予的筆下復歸了。

四　回首青山入夢頻[63]：詩心如潮

　　少年來臺，誰能安慰詩人孤獨的相思？對故鄉、對親人、對那一塊熟悉到每一寸肌膚的古老大陸？唯有詩

> ……
> 多想跨出去，一步即成鄉愁
> 那美麗的鄉愁，伸手可觸及
> ……[64]

像同時來臺的其他詩人一樣，鄉愁同樣是鄭愁予詩的主題之一。所謂鄉愁，按照英國人的解釋，就是當一個人不滿足於現狀又沒有歸屬感時，忽然覺得曾被自己拋棄的昨天不是失望而是溫床。其實質仍然是一種土居健郎所說的「依賴」，一種渴望皈依而不得的情愫。鄉愁之於人類是一種「尋找家園」的衝動，於中國這個以農立國的族群而言尤為濃烈，成為中國文化的根系，構成中國文化中最動人的章節。從《詩經》中的「昔我往矣」開始直至今日，把靈魂皈依在故鄉的懷裡，一代代的中國文人就這樣害上了無休止的思鄉病。無法根治且傳

---

63 陳摶（871-989）著、喻岳衡編：〈歸隱〉，《傳統蒙學書集成》（長沙市：嶽麓書社，1996年），頁165。
64 鄭愁予：〈邊界酒店〉，《鄭愁予詩集I》，頁198。

染得厲害。走得愈遠,病得愈重。

一九六八年,鄭愁予赴美,此後受聘於耶大,直至今年重返臺灣,近四十年,如果再從一九四九年赴臺,差不多一個甲子,期間雖然間或也有零星的重返,大陸文人們的愛大歇腳,但終不能解其思鄉之渴,於是便只有遠望當歸紙筆還家。

「卻顧所來徑,蒼蒼橫翠微。[65]」

檢視鄭愁予全部詩作,鄉愁佔據了相當大的篇幅。《夢土上》、《邊塞組曲》、《燕雲集》、《苦力長城》、《燕人集》等諸多楫(集)子絕大部分都是寫鄉愁。尤其是《燕雲集》和《燕人行》更是對祖先所生長的那塊土地的耿耿於懷念念不忘。

> 戍守的人已歸了,留下／邊地的殘堡／……／百年前英雄繫馬的地方／百年前壯士磨劍的地方／這兒我黯然地卸了鞍／歷史的鎖啊沒有鑰匙／我的行囊也沒有劍／要一個鏗鏘的夢吧／趁月色,我傳下悲戚的「將軍令」／自琴弦……[66]

這是《邊塞組曲》之一的〈殘堡〉。〈殘堡〉於塞外的燕地是最為常見之物,「堡」用於戰爭,「殘」意已成陳跡。詩人一變百結之柔腸而為失路之英雄,把「懷鄉」與「懷古」有機的結合,面對故鄉,面對歷史,面對陳跡發出了陳子昂(661-702)般的浩歎:「歷史的鎖啊沒有鑰匙!」面對困惑的歷史詩人發出了歷史的困惑,倘若再結合詩人念念不忘的「無常觀」便更不難理解這困惑。是啊,「可憐無定河邊

---

65 李白(701-762)著,劉開揚注:〈下終南山過斛斯山人宿置酒〉,《李白詩選注》(上海市:上海古籍出版社,1989年),頁46。
66 鄭愁予:〈殘堡〉,《鄭愁予詩集I》,頁20。

骨，猶是春閨夢裡人。」[67]歷史的荒誕在於「興百姓苦，亡百姓苦。」[68]人生的無常在於「不知道何時死」，「不知道死於何」，「不知道為何死」，空留沙丘一片，殘堡數座，其孤獨與悲愴可以想見。

《燕人行》更見這種鄉愁情結幾近成疾。

> 未酬一歌　豈是／慷慨重諾的／燕人？從這岸張望，易水多寬？／竟是愛坡雷神十萬裡畝卿雲／五湖猶落木，草原諸州縱橫著凍河／愛荷華領一層瑞雪輕覆／柔軟起伏的／紫膚的胴體／……／太平洋正煉天為水／驚詫間，自臍以下都是浪潮／竟然又是個雨港／說是……說是到了西雅圖／濛濛的西雅圖　木舍臨湖／舍內群朋圍坐　向火默然／莫是舉事的時刻已妥定／莫是／血已歃　杯已盡／而星座有席空著　一樽酒卻／炙著莫是等我？／恕我　駁氣涉水來得魯莽／倥傯間未及挽梳／我這顆／欲歌／欲飲／欲擲的／頭顱[69]

思鄉之情不擇時地而出，只要逮住機會便如潮湧來。興許是詩人那顆詩心離鄉太久的緣故，連朋友約稿這樣的平常機會都能引動詩人詩興大發，譜一曲〈燕人行〉以助豪興，以慰長想。詩人雖是借「荊軻」說事，但可見作為燕人魂魄的荊軻於詩人心中是何等的份量。詩歌雖依然是「懷鄉」與「懷古」的結合，但其視角卻巨闊高遠偉大異常，其音調急管繁弦金聲玉振慷慨鏗鏘：五湖猶落木／草原諸州縱橫著凍河／愛荷華領一層瑞雪輕覆／柔軟起伏的／紫膚的胴體……太平洋正

---

67 陳陶（約 812-約 885）：〈隴西行〉，《五代詩選》（上海市：上海古籍出版社，1988年），頁 151。

68 張養浩（1270-1329）：〈山坡羊　潼關懷古〉，《張養浩作品選》（北京市：人民文學出版社，1987年），頁 192。

69 鄭愁予：〈燕人行〉，《鄭愁予詩集 II》（臺北市：洪範書店，2003年），頁 284。

煉天為水／驚詫間，／自臍以下都是浪潮／莫是／血已歇／杯已盡／
而星座有席空著／一樽酒卻／炙著／莫是等我？／恕我／駁氣涉水來
得魯莽／倥傯間未及挽梳／我這顆／欲歌／欲飲／欲擲的／頭顱。暫
把「易水悲歌」拋在腦後，由字至畫，由畫至聲，尤其是後四行，如
睹燕人荊軻之頭顱於沸騰之鼎中時起時沈時隱時顯，又如錢塘觀潮時
緩時急時漲時落。我尤喜歡這樣的神來之筆；這樣的天衣無縫的和諧
韻律，可譜可吟可歌可唱；這樣聯想的奇特，奇特的聯想。可謂聲色
俱佳。相信每一個讀〈燕人行〉的讀者都會驚詫於詩人「精騖八極，
心遊萬仞。」[70]的藝術思維連同他那於音律方面的異常造詣。

　　單單此兩首就足以看出詩人之洶湧如潮之思鄉詩心，更不必說直
抒胸臆之〈望鄉人——記詩人於右任陵〉、〈縴手〉等諸多篇什了。

　　興許是血脈裡流淌著燕人之血的緣故，鄭愁予之鄉愁詩少纏綿多
慷慨，「懷鄉」與「懷古」結合，古典與現代模稜，歷史與現實參
差，使其鄉愁詩讀起來如江海之潮動感十足。

　　鄉愁是依賴的表象，鄉愁其表，依賴其裡。梁園雖好非吾鄉[71]，
在經歷了差不多一個甲子的輪迴和輾轉，鄭愁予自美返臺，重新卜居
於金門[72]，而金門，除了是其先祖鄭成功曾經戰鬥過的地方外，還是
眺望大陸的最佳視角，遠望可以當歸啊！

---

70 陸機（261-303）：〈文賦〉，《文賦集釋》（上海市：上海古籍出版社，1984 年），頁 25。
71 司馬遷（約前 145-前 86）：〈梁孝王世家第二十八〉記載「築東苑，方三百餘里。廣
　　睢陽城七十裡。大治宮室，為複道，自宮連屬於平臺三十餘里。得賜天子旌旗，出
　　從千乘萬騎。東西馳獵，擬於天子。出言蹕，入言警。招延四方豪桀，自山以東遊
　　說之士。莫不畢至，齊人羊勝、公孫詭、鄒陽之屬。公孫詭多奇邪計，初見王，賜
　　千金，官至中尉，梁號之曰公孫將軍，梁多作兵器弩弓矛數十萬，而府庫金錢且百
　　巨萬，珠玉寶器多於京師。」此處的東苑即指梁園，加之後世歷代文人不絕如縷的
　　歌詠，使其成為天下名園，尤其是李白寫的〈梁園吟〉更成為千古名詩，傳誦至
　　今。《史記》（北京市：中國友誼出版社，1993 年），頁 305。
72 據中新網 2005 年 6 月 25 日電。

五 結語：詩心的慈航

「心之憂矣，吾歌且謠。[73]」

　　幼遭亂離，少逢動盪，中經去國，驀然回首，發現無常。一顆孤獨的詩心便在這種無常人生中顛沛流離，孕育、萌發、如海、如潮般蓬勃生長，至如今終於枝繁葉茂花果飄香於詩的國土，無愧於漢，無愧於唐。

　　詩人的一生有很多雅號，我想，無論是「革命詩人」、「謫仙詩人」，還是「山水詩人」；無論是「唯美派」、「婉約派」，還是「遊俠情懷」，左右都離不開那一顆早熟的孤獨的詩心。正如喬伊斯（James Joyce, 1882-1941）所說「孤獨是藝術精神的首要原則，流亡就是我的美學。」[74]是的，孤獨的確是關涉人的漂流與守望的哲學，是關涉心靈渴求永恆之悲愁飄零與深深紮根大地之溫存撫慰的哲學。儘管我們說孤獨是存在的本質，但是，並不是每個人都能領略這本質，一個人，只有通過外在的孤獨抵達內在的孤獨，才能在深刻的意義上對存在進行體驗最後抵達超越的孤獨。

　　必須強調的是：「孤獨並不必然地導向藝術創造，藝術創造卻必然地依賴於孤獨。這是因為第一，孤獨是人生的本質性規定之一，儘管馬克思（Karl Marx, 1818-1883）說過『人是一切社會關係的總和』這樣的話。只不過我們芸芸眾生由於害怕孤獨，把孤獨當成一種疾病唯恐避之不及，而真正的創造者由於洞穿了人生的這一本質而以此為

---

73 唐莫堯注釋：〈園有桃〉，《詩經全譯》（貴陽市：貴州人民出版社，1981 年），頁 146。

74 詹姆斯・喬伊斯（James Joyce, 1882-1941）著，袁可嘉[1921-]等編選：〈一個青年藝術家的畫像〉（"A Portrait of the Artist as a Young Man"），《外國現代派作品選》（上海市：上海文藝出版社，1985 年）。

契機在創造了偉大的業績的同時，也創造了自己輝煌的人生。第二，
所有的創造者都必須首先是孤獨的。因為只有如此才能明心見性，在
認清人類的同時認清自我，努力地用自己的創造，將自己超拔於芸芸
眾生。自然，藝術家也不例外。[75]」

　　反觀鄭愁予的全部詩作，正是這種「漂流與守望」的哲學，讓我
們的靈魂顫動不已，感動、飲泣，這一切都源於詩人詩心孤獨的力
量，以及在這種孤獨的力量所驅使下的詩心的慈航。

75　田崇雪（1967-）:〈孤獨、憂鬱與感傷〉,《貴州社會科學》2003 年 2 期，出版月份不
　　詳，頁 64。

參考文獻（依作者姓氏筆畫排列）

一　書籍

土居健郎（DOI Takeo）　王煒等譯　《依賴心理的結構》（*The Anatomy of Dependence*）　濟南市　濟南出版社　1991年

王　維　《王右丞、孟浩然集》　長沙市　嶽麓書社　1990年

丹納（Taine, Hippolyte Adolphe）著　傅雷譯　《藝術哲學》（*The Philosophy of Art*）　北京市　人民文學出版社　1963年

中國社會科學院文學研究所編　《唐詩選》上冊　北京市　人民文學出版社　1978年

司馬遷　《史記》　北京市　中國友誼出版社　1993年

加洛蒂（Garaudy, Roger）著　吳嶽添譯　《論無邊的現實主義》（*Unlimited Realism*）　天津市　百花文藝出版社　1998年

李白著　劉開揚等選注　《李白詩選注》　上海市　上海古籍出版社　1989年

余光中　〈小招・歲末懷愁予〉　《余光中詩歌選集》2輯　長春市　時代文藝出版社　1997年

余光中　《藍墨水的下游》　臺北市　九歌出版社　1998年

孟子著　楊伯峻譯注　《孟子譯注》　北京市　中華書局　1960年

柏拉圖（Plato）　《文藝對話集》（*Dialogue*）　北京市　人民文學出版社　1963年

恩格斯（Engels, Friedrich）　《馬克思恩格斯選集》　第四卷　北京市　人民出版社　1976年

柳永著　謝桃坊主編　《柳永詞賞析集》　成都市　巴蜀書社　1987

年

袁可嘉　《外國現代派作品選》　上海市　上海文藝出版社　1985年

袁愈　唐莫堯注釋　《詩經全譯》　貴陽市　貴州人民出版社　1981
　　年

海德格爾（Heidegger, Martin）著　陳嘉映、王慶節合譯　《存在與
　　時間》（*Being and Time*）　北京市　三聯書店　1987年

海德格爾（Heidegger, Martin）著　彭富春譯　《詩‧語言‧思》
　　（*Poetry, Language, Thought*）　北京市　文化藝術出版社　1991
　　年

海德格爾（Heidegger, Martin）著　《海德格爾選集》　上海市　三
　　聯書店　1996年

曹植　《三曹詩文選譯》　成都市　巴蜀書社　1990年

曹雪芹　鄭慶山校　《脂本匯校石頭記》　北京市　作家出版社
　　2003年

張養浩　薛祥生、孔繁信選注　《張養浩作品選》　北京市　人民文
　　學出版社　1987年

陸遊著　《陸遊詩詞選釋》　成都市　巴蜀書社　1990年

楊潤根　《老子新解》　北京市　中國文學出版社　1994年

溫庭筠　錢益等箋注　《溫飛卿詩集箋注》　上海市　上海古籍出版
　　社　1980年

溫庭筠　曾昭岷校　《溫韋馮詞新校》　上海市　上海古籍出版社
　　1988年

劉士林　《千年揮麈》　南昌市　百花洲文藝出版社　2000年

陳順烈　《五代詩選》　許田璽編注　上海市　上海古籍出版社
　　1988年

韓愈著　錢仲聯集釋　《韓昌黎詩系年集釋》　上海市　上海古籍出

版社　1994年

韓愈著　馬其昶校注　《韓昌黎文集校注》　上海市　上海古籍出版
　　社　1987年

鍾嶸著　曹旭集注　《詩品集注》　上海市　上海古籍出版社　1994
　　年

鄭愁予　《鄭愁予詩集I》　臺北市　洪範書店　2003年

鄭愁予　《鄭愁予詩集II》　臺北市　洪範書店　2003年

鄭愁予　《鄭愁予詩的自選I》　北京市　三聯書店　2000年

鄭愁予　《鄭愁予詩的自選II》　北京市　三聯書店　2000年

龔自珍著　龔自珍詩文選注組注　《龔自珍詩文選注》　廣州市　廣
　　東人民出版社　1975年

龔自珍著　王佩諍校　《龔自珍全集》　北京市　中華書局　1959年

二　期刊論文

田崇雪　〈孤獨、憂鬱與感傷〉　《貴州社會科學》　2003年2期
　　2003年3月　頁63-67

沈　奇　〈擺渡，傳統與現代——鄭愁予訪談錄〉　《世界華文文學
　　論壇》　1997年4期　出版月份不詳　頁62-65

彥　火　〈揭開鄭愁予一串謎——海外華裔作家掠影之三〉　《中報
　　月刊》　1983年4月　頁

高小康　〈永嘉東渡與中國文藝傳統的蛻變〉　《文學評論》　1996
　　年4期　出版月份不詳　頁5-16

徐望雲　〈悠悠飛越太平洋的愁予風——鄭愁予詩風初探〉　《名作
　　欣賞》　1994年2期　出版月份不詳　頁106-110

楊　牧　〈鄭愁予傳奇〉　《幼獅文藝》　1973年9月號

天地與障礙
——鄭愁予詩中的顏色與意涵

莊祖煌（白靈）

一　引言

　　鄭愁予在〈寂寞的人坐著看花〉一詩中說：「擁懷天地的人／有簡單的寂寞」，這兩句詩中的「擁懷天地」四字，對他而言，不只是一種心境，也是其一生經驗的總結，尤其是年少及青年時期大山大水履踏的經驗，包括行經戰亂中的大江南北、包括攀登臺灣三千米以上諸山嶽之眾多實境的摩搓烙印。他的山水詩、抒情詩在臺灣讀者群中所得到的掌聲大概是無出其右者，其原因頗值探究。[*]

　　上述詩句中的「擁懷」二字最值得注意，「擁」有持、抱、聚集之意，「懷」有存有、想念、包圍之意，因此二字相疊，互相強化，有念茲在茲、無時或忘的意涵。「天地」可指天空地表、可指宇宙、也可指自然萬物。此四字相連時，就不單指經歷或心境，而應是大山大水、曾經滄海後的一種了然或領會。而「簡單的寂寞」或即代表了此種領會之奧妙、沉浸其中之愉悅、繁雜盡去純淨頓生的感受，此種簡單的人生路徑卻似乎少人得知，遂生難有可分享之嘆，或深知大道至簡至易，然則易知行難，唯實踐方能證道，故實不必強求繁忙於塵

---

* 臺北科技大學化學工程與生物科技系副教授

務之世人跟從,若已「擁懷天地」,則此種「寂寞」也已可「簡單」
地釋懷了。

上段之所以費許多口舌,乃在說明「擁懷天地」在鄭詩中的重要
性,天地萬物繽紛色澤具現在其中,他的詩觀詩作也均架構其中。
「擁懷天地」不只是登高,那宛如回至萬年不移的宇宙的深處,通過
那裡反而易與讀者相會、共鳴。像是生化反應中的酶(enzame)或酵
素,使反應所需的能量障礙的大為降低,「擁懷天地」表現在詩中也
有相似的作用,它使讀者進入的意願大為升高、或難度大大降低。此
時表現在詩中,顏色的多樣性是一明顯的指標,有如化學反應過程,
顏色深淺濃淡變化常是一明顯的指標一樣。

如此則似乎可透過鄭氏詩作對顏色的選擇或使用,出現的頻率和
變化,看出他心境和詩境的轉折。本文即擬由科學生化反應中酶的降
低活化能觀點切入,並對拉康幻象公式($ \diamond a)中的障礙觀重予解
釋,再以之討論鄭愁予的顏色詩變化,和其與個人╱社會╱自然的關
係,並由之探討詩中顏色的可能意涵。

二　能量障礙與幻象公式

拉康(Lacan)曾用幻象公式($\diamond a),說明欲望主體「 $ 」與欲
求客體「a」之間的不可能關係,「 $\diamond$ 」指的是一道屏障,像一座障
礙,需要極大的能量才能越過,亦即「 $ 」與「a」之間永遠有個能量
障礙阻絕。其中「 $ 」是「S」(主體)身上劃上一條槓,代表欲望主
體是一個分裂的主體、或自嬰兒起即被他者與社會(拉康三域中的象
徵域,或大他者A)教化的主體、受了傷或符號化了的主體,而非拉
康三域中實在域的主體「S」本身,像人類所來自的、與之合一的母
體或子宮,是早已永恆地失落了。因此「 $ 」代表人的不完美、分裂

化的、被社會化了的、投到世上的，內在是永恆地匱乏的，追求再多的欲求客體「a」（小他者），都永遠無法滿足。因此「a」就只成了激發主體欲望的原因而非其欲望的真正對象，紀傑克說「a」其實是崇高的對象（the sublime object），不斷引發我們的欲望，而若離它太近，即失去其崇高的特質，變成普通之物，因為它本身是空無的。像人性中存在一個空洞似的，吸引東西填補，卻無以填滿。

但幻象公式中的能量障礙或阻絕「◇」究竟多高多大並未見說明。而因有「障礙才能揭示慾望是什麼」，它是「一種必需的盲點」[2]，那是因為「潛意識慾望的對象，只能夠由他意識欲求的對象的障礙加以代表」[3]，而對「障礙」的「成功迴避」或「追尋」均能形構出弔詭式的樂趣，有「障礙」才有此樂趣，但「差勁的障礙使我們貧乏」[4]，如此能量障礙或阻絕「◇」是必要的，卻又不宜過高或過大也不宜過度輕易，因此上策即是如何使原有的大能量障礙想方設法降低，又不時處於「活化態」的狀況（在圖一中為曲線的高峰，表示能量障礙仍在，只是暫獲克服），而非攫取住「a」。

此處或可藉酶（又稱酵素）的催化反應體系[5]和活化能（activation

---

* 　育達商業科技大學華文傳播與創意系教授

2　亞當・菲立普（Adam Philips, 1954-）著、陳信宏譯：《吻、搔癢與煩悶》（臺北市：究竟出版社，2000 年），頁 152。

3　亞當・菲立普：《吻、搔癢與煩悶》，頁 154。

4　亞當・菲立普：《吻、搔癢與煩悶》，頁 159。

5　酶指具有生物催化功能的高分子物質。在酶中，反應物分子被稱為受質，受質通過酶的催化轉化為另一種分子。幾乎所有的細胞活動進程都需要酶的參與，以提高效率。與其他非生物催化劑相似，酶是透過降低化學反應的活化能（用 Ea 表示）來加快反應速率，大多數的酶可以將其催化的反應之速率提高上百萬倍；事實上，酶是提供另一條活化能需求較低的途徑，使更多反應粒子能擁有不少於活化能的動能，從而加快反應速率。酶作為催化劑，本身在反應過程中不被消耗，也不影響反應的化學平衡。

energy，即能量障礙）加以引伸。一個反應要能起動，必須反應中的分子超過活化能或能量障礙，最常見的是加熱其系統，這是最常見的一般狀態，如下列圖一中的路徑I，其能量障礙甚大而且始終不會改變（不論橫座標由左向右或由右向左）。但此時若有化學（非生物性）催化劑（catalyst）加入，則將如圖一中的路徑II，其能量障礙將降低。而若是藉助酶（生物性的catalyst）的催化，則反應體系將如圖一中的路徑III，能量障礙將大降。不論是路徑I或II或III，其目的無非是想達至「活化態」（activated state，圖一中路徑I或II或III的高點），因此幻象公式（$\$\diamond a$）也可說藉助著「a」的幻象物，引誘被教化的主體「$\$$」自以為進入乃至處於「活化態」中，彷如短暫地瞥見了自身的「S」，而事實上只是幻象物，只是寄託物，一但離它太近，它就會失去其崇高的特質，變成普通之物，世上不論何種人、情、愛、事、物，名或利，率皆如是，一朝在手，則幻象盡失，人即由「活化態」落回「常態」（圖一中三條曲線的兩端）。

　　因此人如何使自身能時時處於「活化態」，比何者是「a」更重要，或者若有什麼「a」可時時逗引「$\$$」去追索不盡，此追索不盡使人常常短暫的、間斷性的彷如置身於「活化態」中，則亦無不可。由此可知，若能有一大幅降低能量障礙如酶（酵素）者，則體系將如圖一中的路徑III，就極易進入「活化態」中。那很像在面對大能量障礙時，乾脆鑿一山洞隧道穿透它，是使「$\diamond$」鑿通，而且是雙向的、可逆的。否則如圖一中的路徑I，由個人到社會（由左向右）的路徑，要到達「活化態」不僅要克服極大的能量障礙，當由社會返回個人（由右向左）的路徑時，要克服的能量障礙就更高更大。而路徑III的正方向與可逆方向則較路徑I或II皆低矮了許多。

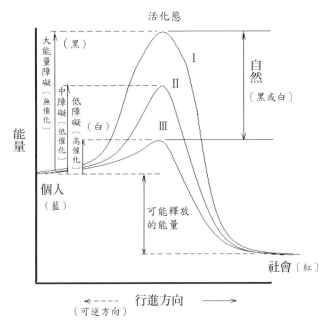

圖一　自然在個人與社會關係中可縮減能量障礙

　　對鄭愁予那一代大陸來臺詩人而言，他們的「最大的能量障礙」
即是海峽的阻隔，朝思暮想的故鄉成了「回不去了」的懸念，該在場
的瞬間全不在場，不該在場的「亂」，短時間中即全擁擠在場，加上
又無法以任何力量突破政經環境的侷促和壓制，他們在個人與社會互
動中，面對此根本不能克服的「大能量障礙」，因此必須相濡以沫，
互激互勵，使自身盡一切可能達到「活化態」（如圖二的路徑I的高能
量障礙），這成了他們那一代詩人突破困境找到出口共同的經驗。當
然最好是尋求催化劑以達至「中能量障礙」（如圖二的路徑II），乃至
找到宛如上述生化反應中神奇魔物的「酶」，以降低此「大能量障
礙」，達至「低能量障礙」（如圖二的路徑III）。

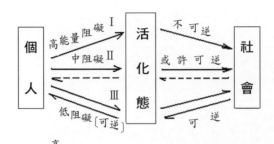

Ⅰ：一般狀態／Ⅱ：通過知識／Ⅲ：通過自然或夢

圖二　由社會回返個人與低能量阻礙及可逆碩的關係

　　尤其是圖二的路徑Ⅲ，由於可大大降低能量障礙，達至「活化態」，則個人被完全社會化的可能，會因其可逆向返回個人而大為降低，也或可說幻象公式（$\$\Diamond a$）中，可自「a」中汲取能量回身澆灌「$\$$」，使「S」身上的檟檟有機會部份剝落、被分裂的主體有暫獲局部填補而瞬間獲得完整感（或如海德格所說的綻放、或梅洛龐蒂所說的澄清），「被教化的主體」不致完全固著。

　　圖二中又以路徑Ⅰ為一般狀態，路徑Ⅱ為通過知識，路徑Ⅲ為通過自然或夢。路徑Ⅲ也一如圖一所示，有類似酶的生物催化作用，能大幅度地降低能量障礙，尤其是通過自然，引發的讀者共鳴度比夢更厲害。這是現代詩五、六〇年代在臺灣發展時所走的相似路徑，即以臺灣「偏安七子」（洛夫、余光中、周夢蝶、瘂弦、商禽、鄭愁予、楊牧等人）而言[6]，其路徑ⅢⅢ大抵又可分類如下：

6　參見白靈：〈遊與俠──鄭愁予詩中的遊俠精神與時空轉折〉一文，「鄭愁予與二十世紀國際華文文學研討會」發表論文，廣東信誼，2006 年 4 月。「七子」指「臺灣文學經典」三十冊書中被選入的七位詩人。陳義芝主編：《臺灣文學經典研討會論文集》（臺北市：行政院文化建設委員會、聯經出版事業公司，1999 年），頁 507。一九九九年三月，臺灣曾篩選出三十本「臺灣文學經典」，新詩部份有七人入選，分別是余光中（1928- ）、周夢蝶（1920- ）、洛夫（莫洛夫，1928- ）、瘂弦（1932-）、鄭愁予（1933-）、楊牧（1940- ）、商禽（1930-2012）等。

1. 夢（超現實）：洛夫、商禽、瘂弦
2. 自然：余光中、鄭愁予、楊牧
3. 禪（介在自然與夢之間）：周夢蝶

以夢為酶的多與軍人身分有關（洛夫、瘂弦、商禽、周夢蝶），楊牧生於臺灣花蓮，余光中與鄭愁予是以流亡學生身分來臺，由於有父母同行，其情感的孤絕度便未如四位軍人身分來臺者那麼激烈，表現在兩人詩中的內容，也往往溫馨成份要遠大於悲絕成份，顏色也較近暖色調，此與他們降低或克服能量障礙主要是透過自然而非透過夢（超現實）有關。

　　「自然」的能量在上述圖一中的力道顯現時，即由路徑I大幅降至路徑III。而此兩個「活化態」能量值相減時，就往往大幅降低了能量障礙的阻擋，讓兩頭較易通過。

三　自然之力與顏色之現

　　當人走向海、天、星、山、水、雲等大自然景物時，即有藉彼障礙克服此障礙之意，這些事物對人而言，是自然之力所在，擁有神秘甚至神力，非人所能確切了解或控制，因此是人從小就對之困惑的、想了解的共同時空背景，是眾人生存的天地，卻是有大障礙的，因此古時的巫師或道士當其可呼風喚雨時，就引發他們的注目或追隨，於是藉著鄭愁予能闖蕩大江南北、攀登克服臺灣諸岳，克服了眾人所不能之現實的山的障礙，而且還能以詩呈現時，等於幫助讀者削減其行動所不能，而又心嚮往之的能量障礙。以是鄭氏對自然的實證行動，與乎又可以靈動的文字呈現，此時就有了酶（酵素）參與了讀者原先對自然和對詩的抗拒，等於幫助他們大幅度拉低了此等能量障礙，尤

其是「自然」本身神奇的撫慰味道，使讀者也彷彿短暫地處於「活化態」中，甚至得到母親或女性般溫暖的「款待」。

因此鄭愁予才會說：

> 在臺灣寫了這麼多的山水詩，讓我慢慢地感受到，山對我而言，是女性的象徵[7]

鄭氏所言不虛，他以山與女性互比，在早期的詩中就隨處可見，比如底下這首直接寫山形的例子：

> 啊！這兒的山，高聳，溫柔，
>
> 樂於賜予，
>
> 這兒的山，像女性的胸脯，
>
> 駐永恆的信心於一個奇跡，
>
> 我們睡著，美好地想著，
>
> 征一切的奇跡於一個信心

（〈探險者〉）[8]

將山形容成像女性的胸脯，而且「高聳，溫柔，樂於賜予」，因此不只是形狀，還包含其內在特質，因此可以「駐永恆的信心於一個奇跡」，可以「征一切的奇跡於一個信心」，所以可安心的睡了。將探險者的美好想像找到安穩的寄託。

就是此一「女性的象徵」，宛如將前述幻象公式中「◇」的障礙鑿出一山洞隧道，可容鄭氏及閱讀其詩的讀者穿透它，使「◇」鑿通，而且是雙向的、可逆的。在心理學上「自然」正是被視為「倒退

---

7 黃智溶：〈山水常青詩情在——有使命與沒有使命的鄭愁予〉，《幼獅文藝》82 卷 4 期（1995 年 10 月），頁 28-33。

8 鄭愁予：《鄭愁予詩集 I》（臺北市：洪範書店，2003 年），頁 48-49。

式」的母親的象徵：

> 自然在象徵上，可以視作是母親的代表。……在大自然裡，我
> 們在人際往來當中會感受到的排斥、冷落、批評和傷害，都遠
> 遠被我們拋棄在外。這樣的退隱，其實可以說是「倒退式的」
> （regressive）。可是，我們也都知道，倒退也可能產生絕對正
> 面的效果……[9]

其「絕對正面的效果」指的應是「遞進式的三種狀態」：由「高度清
澈專注的觀察力」到「象徵化的觀物方式」、再到「跟自然產生不可
思議的融合」，[10]由「觀察」到「觀物」，是由全面到聚焦，由面到
點，然後由點進入，像是進入孔道或門，其後與全體「融合」，且是
不可思議的，其過程猶如見到母體的欣喜，然後由孔道進入子宮，最
後與母體無間合一，即使只是充電式的短暫的瞬時片刻，卻有與精神
得致解放的自由感。

　　但他更多的詩並不與山形直接有關，而是將山所擁有的湖泊、雲
朵、雨勢、溪流等景致，均「不自覺地」與女性聯想。比如下面這首
寫山中湖泊的：

> 當我每朝俯視，你亮在水的深處
> 你抿著的那一雙蜂鳥在睡眠中
> 緊偎著，美麗而呈靜姿的唇
>
> 平靜的湖面，將我們隔起

9　Joanne Wieland-Btston 著，宋偉航譯：《孤獨世紀末》（臺北市：立緒文化事業公司，
　　1999 年），頁 173。

10　Joanne Wieland-Btston：《孤獨世紀末》，頁 161。

　　鏡子或窗子般的，隔起

　　而不索吻，而不將昨夜追問

　　你知我是少年的仙人

　　泛情而愛獨居

　　　　　　　（〈南湖居——南湖大山輯之七〉）[11]

此首由「當我每朝俯視，你亮在水的深處／你抿著的那一雙蜂鳥在睡眠中」可看出是寫女性的雙眼睫，形容其小而閃翅的動作很快，有「一雙蜂鳥」的女人「緊偎著，美麗而呈靜姿的唇」，形容雙睫合下時離唇很近。「平靜的湖面，將我們隔起／鏡子或窗子般的，隔起」，則顯然作者在「南湖居」時，該女性應不在場，是山中的「湖」讓他在此聯想與相思，如此前頭才會說「當我每朝俯視，你亮在水的深處」，而後頭尾二句才說「你知我是少年的仙人／泛情而愛獨居」，宛如因山居而使自己純淨起來，既「不索吻」也「不將昨夜追問」，昨夜也許有什麼衝動而讓自己唐突吧。

　　下面這首也有類似的意味，明明題目是「雨神」，副標題是「大屯山匯之一」，卻充滿著寫「雨」與寫女性情人「酷味」之間「兩面猶疑」的手法：

　　水雲流過藻集的針葉林

　　你仰立的眼睫益覺冷峭

　　在兀崖上　　你的髮是野生的

　　有著怎麼攏也攏不好的鬢

　　而那種款款的絲柔

　　耳語的回聲就能浮動得

---

11 鄭愁予：《鄭愁予詩集I》，頁168。

> 你欲臨又欲去
>
> 是用側影伴風的人
>
> 在兀崖上　將旋起的大裙鋪落
>
> 於此世界中你自趺坐
>
> 乃有著殿與宮的意味
>
> （〈雨神——大屯山匯之一〉）[12]

「水雲流過藻集的針葉林」、「冷峭」、「仰立」、「兀崖」、「野生的」、「回聲」、「伴風」均與山或雨有關，而「眼睫」、「你的髮」、「攏也攏不好的鬢」、「款款的絲柔」、「耳語」、「旋起的大裙」、「側影」又與女性的體態或姿勢有關。然則山中雨勢本不易捉摸，來得快去得也快，一如作者對某些不易捉摸的女性有種把握不住，既「欲臨又欲去」，且「冷峭」、「仰立」、若「兀崖」、「野生」、「是用側影伴風的人」，難以明白她們下一步會有什麼動作，因此末尾才會說「於此世界中你自趺坐／乃有著殿與宮的意味」，則以此冷峻的、高高在上的、不理睬人卻又讓人神住的酷味，寫出了「雨神」（同時也暗指此種酷味女性）之不可知和神祕。

　　如此說來，山之不可盡知和不易征服，比起前述溫暖如胸脯的女性要更難理解，卻是變化萬千的，比如：

> 萬尺的高牆　築成別世的露臺
>
> 落葉以體溫　苔化了入土的椽梁
>
> 喬木停停　間植的莊稼白如秋雲
>
> 那即是秋雲　女校書般飄逸地撫過
>
> 群山慵慵悄悄
>
> （〈雪山莊——雪山輯之一〉首段）[13]

12　鄭愁予：《鄭愁予詩集I》，頁 184-185。

「萬尺的高牆」指向雪山的聳立，而「別世的露臺」，「入土的榱梁」均與此詩標題「雪山莊」之傾圮有關，「喬木停停　間植的莊稼白如秋雲」，本來以為「白如秋雲」指的是莊稼，到了下一句卻是「那即是秋雲　女校書般飄逸地撫過」，原來真的是秋雲，而且已如「女校書般飄逸地撫過」。女校書是稱有才華能詩文的婦女，如唐朝王建的〈寄蜀中薛濤校書〉詩：「萬里橋邊女校書，枇杷花裡閉門居」，再一次說明了大自然有如秋雲之不易明白其出沒的力道，和「女校書」般擁有難以掌握的美感。

下面這首亦同：

> 卑南山區的狩獵季，已浮在雨上了，
> 如同夜臨的瀘水，
> 是渡者欲觸的蠻荒，
> 是襝盡妖術的巫女的體涼。
>
> 輕⋯⋯輕地划著我們的十槳，
> 我怕夜已被擾了，
> 微飆般地貼上我們底前胸如一蝸亂髮。
>
> 　　　　　　　（〈十槳之舟——南湖大山輯之一〉）[14]

此詩寫以十指空手，夜渡冰涼的河水，「如同夜臨的瀘水，／是渡者欲觸的蠻荒」，那種畏懼如面對著「襝盡妖術的巫女的體涼」，此「襝」字在舊時是指婦女所行的禮，其禮是將手收入袖中（draw one's hands into sleeve），「襝盡妖術」等於藏滿妖術在袖中之意，其可

---

13 鄭愁予：《鄭愁予詩集 I》，頁 178。
14 鄭愁予：《鄭愁予詩集 I》，頁 156。

怖可知。因此第二段等於在寫面對此巫女的小心翼翼，但即使如此，仍無濟於事，「我怕夜已被擾了，／微飆般地貼上我們底前胸如一蝸亂髮」，「微飆」即微風，此二句是指就算極輕微之風一吹動，胸前即有被「一蝸亂髮」貼上來的恐慌，將大自然的力量和巫女的形象統合，道盡了自然與女性在夜間的神秘形象。

上述四詩中出現的自然事物，均是無生命的卻是佔有極大空間的湖、雲、雨、溪水，其力量就在他們擁有的廣闊和無法削減，且常變化萬千，像是有神意隱藏其間，令人畏懼，故鄭氏只能如孩童或少年學習、追隨其間，這有如山是嚴屬的卻有魔力的母親、或仙神的居所，溫暖時不多，但具有神秘力量，其擁有的一切使凡人不得不從、也想仰視、學習，因此是可親近的。而上述諸詩中，顏色的詞彙很少不多，只出現「白如秋雲」，卻是有才華如「女校書般飄逸」。好像大自然並不需要另外加添色彩似的，是人人一看便要自動生出色彩來的。

因此，詩中出現如「虹」一字時，彩色斑斕是天生的，「野百合」的白也是天然自有的，不待多費一詞，但出現「星星」時卻可能有不同顏色，則需另加色澤詞彙。下列三首是「虹」有關的詩，先看第一首：

> 漫踱過星星的芒翅
> 琉瓦的天外　想起
> 響屧的廊子
> 一手扶著**虹**　將髻兒絲絲的拆落
> 而行行漸遠了　而行行漸渺了
> 遺下　響屧的日子

> 漂泊之女　花嫁於高寒的部落
> 朝夕的風將她的仙思挑動
> 於是　涉過清淺的銀河
> 順著虹　一片雲從此飄飄滑逝

(〈風城──大武山輯之一〉)[15]

此詩用春秋時吳王宮中「屧廊」的典故，走廊地面以楩梓板鋪設，行走時有聲，遺址在今江蘇省吳縣靈巖山中。但此處出現於「漫躞過星星的芒翅／琉瓦的天外　想起響屧的廊子」又是誰呢，第一段並未說明，到下一段才說是「漂泊之女」，其意似隱含了故土已失，美好日子不再，只好「一手扶著虹　將鬢兒絲絲的拆落」，而「行行漸遠」、「行行漸渺了」。第二段「此漂泊之女　花嫁於高寒的部落」，則「漂泊之女」也有自喻之意，即不願再面對失落，只好到高寒之處，與「朝夕的風」相處，如「一片雲」「順著虹」「從此飄飄滑逝」而去，大自然成了作者躲避失落之處。

底下兩首詩中的「虹」，與上一首的「扶著虹」、「順著虹」相近，成了可以完成心願或完美畫面的必要元素：

> 歸家的路上，**野百合站著**
> 谷間，**虹攔著**
> 風吹動
> 一枝枝的野百合便走上軟軟的**虹橋**
> 便跟著我，閃著她們好看的腰

(〈北峰上──南湖大山輯之三〉)

---

15 鄭愁予：《鄭愁予詩集 I》，頁 190-191。

雨落後不久，便黃昏了，
便忙著霧樣的小手
卷起，**燒紅了**邊兒的水彩畫。
誰是善於珍藏日子的？
就是她，在湖畔勞作著，
她著**藍色**的瞳，
星星中，她是牧者。

雨落後不久，**虹**是濕了的小路，
羊的足跡深深，她的足跡深深，
便攜著那束畫卷兒，
慢慢步遠……湖上的星群。（〈牧羊星——南湖大山輯之四〉）[16]

不論「軟軟的虹橋」或「虹是濕了的小路」，其色澤是自足的，不待形容的，「野百合」的長梗和純白亦然，「便跟著我，閃著她們好看的腰」，皆是不需另加顏色的畫面，反而「燒紅了邊兒的水彩畫」的黃昏，或「她著藍色的瞳，／星星中，她是牧者」的星子，卻使用了「紅」和「藍」，以強調他們的特殊色澤。

當與山有關的自然景致需要互相對比，或顏色必須標注方能顯現時，則相關的色詞即多起來，如下列諸詩也均與山或海的事物有關，鄭氏仍不可避免地要與女性有某一層次的聯想：

終日行行於此山的襟前
森林偶把**天色**漏給旅人的目
而終日行行　驀抬頭

---

16 鄭愁予：《鄭愁予詩集I》，頁162-163。

啊　那壓額的簷仍是此山冷然的坐姿

諸河環掛　且隨山的吐納波動
銀白　光白　髮之白的蕩漾
是一剪青絲融於雲的淨土

（〈古南樓──大武山輯之三〉）[17]

此巫婦滿襟的采繡如西山
右袖西風　八大處乃臥遍泥醉的亭臺
而石路在樓霞的谷中沒於流泉
向上會寂寞　穿過碧雲的寺宇
一畦紫菊疏朗的……被稱為獅子座

（注）西山紅葉　　　（〈燕雲之十──燕有巫婦，春住圍城，
　　　　　　　　　　　永居妙峰〉）[18]

臺北盆地
像置於匣內的大提琴
鑲著綠玉……
裸著的觀音山
遙向大屯山強壯的臂彎
施著媚眼

（〈俯拾〉局部）[19]

17 鄭愁予：《鄭愁予詩集 I》，頁 194-195。
18 鄭愁予：《鄭愁予詩集 I》，頁 223。
19 鄭愁予：《鄭愁予詩集 I》，頁 34。

「銀白　光白　髮之白的蕩漾／是一剪青絲融於雲的淨土」說的是
山、水、林三者的交錯美景；「此巫婦滿襟的采繡如西山」、「石路
在棲霞的谷中沒於流泉」、一畦紫菊疏朗的⋯⋯被稱為獅子座」均與
西山秋色楓葉、和寺宇、山徑的相互斑斕的盛況有關，其眼不勝收或
有如「獅子座」流星雨相似（也或許是指獅子座像的雄峙）。〈俯
拾〉則寫「綠玉」似的臺北盆地、與「裸著的」、會「施著媚眼」觀
音山」、及有「強壯的臂彎」之大屯山三者互動的關係。在在均與女
性的多采多姿有關。

　　而當與人間越來越接近時，色澤的豐富度就出現了，且也與女性
有關，比如：

> 新寡的十一月來了
>
> 披著灰色的尼龍織物，啊！雨季
>
> 不信？十一月偶現的太陽是不施脂粉的
>
>
> 港的藍圖曬不出一條曲線而且透明
>
> 一艘乳色的歐洲郵船
>
> 像大學在秋天裡的校舍
>
> 而像女學生穿著毛線衣一樣多彩的
>
> 紅，黃，綠的旗子們，正在——
>
> 唉唉，一定是剛剛考進大學的女學生
>
> 多是比較愛笑，害羞，而又東張西顧的（〈晨景〉）[20]
>
>
> 鳥聲敲過我的窗，琉璃質的磬聲
>
> 一夜的雨露浸潤過，我夢裡的藍袈裟

---

20 鄭愁予：《鄭愁予詩集I》，頁75。

> 已掛起在牆外高大的旅人木
>
> 清晨像躡足的女孩子，來到
>
> 窺我少年時的剃度，以一種惋惜
>
> 一種沁涼的膚觸，說，我即歸去（〈晨〉）[21]
>
> 小立南方的玄關，盡多綠的雕飾
>
> 褪盡襪履，哪，流水予人疊席的軟柔
>
> 匆忙的旅者，被招待在自己的影子上
>
> 那女給般的月亮，說，我要給你的
>
> 你舞蹧的快樂便是一切（〈嘉義〉）[22]

「乳色的歐洲郵船」與「大學在秋天裡的校舍」不必然有關，而船桅的「紅，黃，綠的旗子們」也不必然「像女學生穿著毛線衣一樣多彩」，一如「清晨像躡足的女孩子，來到」，或「女給（女侍）般的月亮」給人「舞蹧的快樂」，均是作者當下心境的寫照，此種寫照見出了鄭氏從大自然及女性身上獲得的能量和靈感。

　　而很自然的，當鄭氏回頭去寫女性時，大自然的各種事物即與該女性的全身有關，比如著名的情詩〈如霧起時〉：

> 我從海上來，帶回航海的二十二顆星
>
> 你問我航海的事兒，我仰天笑了……
>
> 如霧起時，
>
> 敲叮叮的耳環在濃密的髮叢找航路；
>
> 用最細最細的噓息，吹開睫毛引燈塔的光
>
> 赤道是一痕潤紅的線，你笑時不見

21　鄭愁予：《鄭愁予詩集 I》，頁 94。

22　鄭愁予：《鄭愁予詩集 I》，頁 106。

子午線是一串暗藍的珍珠

當你思念時即為時間的分隔而滴落

我從海上來，你有海上的珍奇太多了⋯⋯

迎人的編貝，嗔人的晚雲

和使我不敢輕易近航的珊瑚的礁區（〈如霧起時〉）[23]

「航海的二十二顆星」、「耳環在濃密的髮叢找航路」、「睫毛引燈塔的光」、「赤道是一痕潤紅的線」、「子午線是一串暗藍的珍珠」、「迎人的編貝」、「嗔人的晚雲」、「不敢輕易近航的珊瑚的礁區」等等，使海上海下的諸事物均貼切且曖昧地與女性的身體和嬌媚恰當地聯結，令讀者往返於自然與人大小時空之間，藉自然而擴大了與人本身的關聯性，其得到的興味當然大為提升，大自然在扮演了上一節所說「酶」的催化作用，使詩、人、自然間的能量障礙，大大地降低。

四　左右腦與鄭氏顏色觀、境界觀

　　電影《一代宗師》（2012）的相關記錄中記載了導演王家衛與小說家張大春的對談，提到了如何走上「宗師之路」，或可以印證早在三十餘年前鄭氏即提出的境界觀。王家衛說：

經過這些年，到最後我自己歸納下來，就是一個所謂的宗師之路，只不過是三個簡單的過程，一是，見自己，你必須要知道自己的志向是怎麼樣。二是見過天地，最後，則是你要去見眾生，把所有學到的東西還給眾生，那個才是你，到那個階段你

23　鄭愁予：《鄭愁予詩集I》，頁76-77。

才能稱得上是一代宗師。因為你可以是高手，但不一定是宗
師，因為你必須要有一個「還」的過程，把這個東西還給眾
生，有這個能耐才能被稱為一代宗師。[24]

王氏二〇一三年說的由「見自己」到「見天地」到「見眾生」的三過
程，與一九七九年鄭氏曾提出的「三境界」及「最高境界說」有雷同
之處。鄭氏三境界（或三層界）的第一層界係個人自我，第二層界為
社會民族，第三層界乃天地宇宙。[25]鄭氏並謂，有由第一層界進入第
二層界者，即由個人小我擴展為社會民族的大我，有由第一層界直入
第三層界者，即由個人自我拓開為天地宇宙的大我，中間跳過第二層
界，即與社會民族無關；又謂，又有由第三層界再返回第二層界者，
則其胸臆恢宏，人道主義精神豐富，可說「境界最高」。此三層境界
其實也就是一般所說的個人、自然、社會的三層關係，先是個人，再
到天地自然，再回到社會眾生，即鄭氏的「最高境界說」。

　　這也如同本文在第二節中的圖一或圖二的路徑III，即是先透過大
自然而完成降低能量障礙的，尤其對如鄭氏當年一個失去故土的人，
要重建其存在感時更是必要，也是他採取的路徑：

一個人要重建他的身分認同以及自尊時，第一步，通常便是退
回自然的孤獨懷抱。可是，所有回歸自然物想像，同時也包含
了共生的渴望（渴望未經分化的齊一，人類和自然之間、人和
同儕之間不言自明的了解）……[26]

---

24 〈八卦八極詠春拳　養大了王家衛胃口〉，《聯合報》，2013 年 1 月 6 日。

25 鄭淑敏訪談：〈浪子情懷一遊俠——與鄭愁予談詩〉，《中國時報》人間副刊，1979
　　年 5 月 28 日。

26 Joanne Wieland-Btston 著、宋偉航譯：《孤獨世紀末》（*Contemporary Solitude*），頁
　　126。

　　而所謂「渴望未經分化的齊一，人類和自然之間、人和同儕之間不言自明的了解」，也只有透過天地自然的「右腦化過程」才能獲得。而左腦正是拉康所指的主體被劃了一杠的「$」所在的象徵域，是被教化了的、逐步社會化的範疇，從柏拉圖到拉康的幻象公式走的卻是否定哲學的「觀念論」、「理性論」路線，會很難明白上述進入「右腦化過程」的「回歸自然物想像，同時也包含了共生的渴望」的可能性。也就是其哲學是偏向以左腦理性當家的思考模式，僅僅在想像域及原始創傷的硬核等觀點觸及右腦的一小部分。而人腦本是宇宙的縮影，所謂的虛無或虛空並不真正是沒有。當代的量子物理學家和科學思想家大衛·玻姆（David Joseph Bohm, 1917-1992）[27]認為，即使我們稱為「虛空」的東西也包含著巨大的能量背景，我們所知道的物質只是這種背景上面的一種小小的、「量子化的」波狀的激發，它就像汪洋大海上面的一道小波紋。也因此，可以說，擁有如此多能量的空間是「充實的」而不是「虛空的」，這也是近年暗能量、暗能量（可能高達95%以上）被逐漸證實的理由。「能量海洋……處於隱秩序中。它不是定域化的。當你在虛空的能量上面（這種能量是巨大的）激發出一點點能量，在頂部形成細浪，那麼你就得到了物質。」[28]「不是定域化」一如「非轄域化」，是理性或象徵域所思索不及之處。

　　如此一來，拉康的幻象公式或可略向右腦偏轉，則被劃了槓的「$」，就有機會短暫或瞬時進入右腦狀態，隱現一下「S」的投影或分身，至少借助「自然力量之湍動」（語言學家雅可布遜語）倒退至

---

27 他是歐本海默的弟子，愛因斯坦的同事，二十世紀主要的哲人之一。其代表作有：《量子力學》、《現代物理學的因果法則與或然率》、《相對論的特殊理論》、《秩序與創造力》、《整體性與隱纏序：卷展中的宇宙與意識》。

28 大衛·玻姆：《整體性與隱纏序：卷展中的宇宙與意識》（上海市：上海教育出版社，2004 年），頁 124。

與母合一的短暫脫離左腦操控狀態。上述說法，或可將其幻象公式略略轉個路徑，如圖三所示：

圖三　拉康幻象公式與左右腦關係

同時，可將幻象公式結合個人（自己）／社會（眾生）／自然（天地）三者的關係與鄭氏的顏色觀、自然觀、女性觀、與境界觀等排成一可能且可逆的路徑：

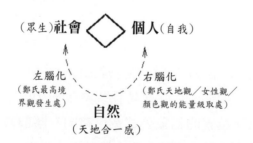

圖四　鄭氏顏色觀等與境界觀的關係

至於詩例則如〈清晨與主日學〉：

　　我停了車，讓它排在同伴之間歇著
　　剛好在一教堂的門前

主日陽光便是清洗世界的水
我走進維也納咖啡屋　坐在
窗邊　玻璃上亮麗著水紋

教堂的門虛掩　隔著街望見我的車了
在一輛紅車和藍車之間
（而它自己是**白色的**）
正像一面旗：自由的　愛的　革命的
　　　旗
　　　閃著亮麗的水紋

教堂的門徐徐張開了
徐徐步出仕女　那麼好看當進入水裡
一群孩子　熱帶魚樣那麼好看

我隔著熱帶的海峽　望見
終於步出　牧師的**白袍子**
而且**紅的飄帶　藍的飄帶**
正像一面旗
而這邊　**紅的車游走了　藍的車游走了**

只剩下白色
只剩下白色
（一面舊旗向一面新旗投降著）[29]

---

29 鄭愁予：《寂寞的人坐著看花》（臺北市：洪範書店，1993 年），頁 220-221。

進入眾生後，複雜的顏色單純化了，只剩「紅／藍／白」三者的關係，末了「舊旗」的我的「白車」向「新旗」的「牧師的白袍子」投降，所有的排序或推擠的意義好像均不存在了，只有「新旗」的「白」將永存。

其他如〈教授餐廳午餐感覺〉的兩個段落：

> 話出輕暖／推高眼鏡傾神的聽著／常是一語牽轉千年／幾個字佈局萬里／千年萬里

> 灰髮人依次起座／僅有一人靠著椅背掣出煙斗來／含好　點了火　而不抽／只用拇指　環球摩拭／　萬邦僅有一王的／感覺／身在異國[30]

顏色簡淨，有種回到純然之意境。餘如〈靜的要碎的漁港〉有這樣的意境：

> 我穿著**白衫**來
> 亦自覺是衣著**白雲**的仙者
> 而怎忍踏上這**白色的船**
> 她亦是**白衫**的比丘
> 正在水面禪坐著
> 而她出竅的原神坐在水的反面
> 卻更是**白的真切**
>
> **藍天**就切出這種世界
> 我與同座的原神都是

---

30 鄭愁予：《寂寞的人坐著看花》，頁 196-198。

　　衣冠似雪　而我的背景——
　　蓮白的屋舍　**骨白**的燈塔
　　都是月亮的削片搭成的

　　港灣弱水
　　靜似比丘的心
　　偶逢一朵**白雲**
　　就撞碎了[31]

詩中用了八個白字以突顯所處的意境，幾乎白成一大片，顏色的意涵
就更接近大自然合所有色光為一的感受。而如下列二短詩則連顏色都
不必了：

　　天是大虛　地是大虛
　　在天地無可捉摸中
　　捉捉身邊的酒囊　還鼓
　　摸摸心　還溫
　　除了一番撫摸的感覺
　　千骸俗骨已在虛無中化去

　　　　　　　　　　　（〈華山輯之三・登頂一剎〉局部）[32]

　　蓮　在靈性最飽滿的時候
　　離開水的禁制　蓮
　　惟有進入空無

31　鄭愁予：《寂寞的人坐著看花》，頁 4-5。
32　鄭愁予：《寂寞的人坐著看花》，頁 164-165。

才得開放

〈〈蓮──悼安穆純先生〉局部〉[33]

二詩並未用到顏色詞，此時所謂天地自然的成了「大虛」和「無可捉摸」，似也不必費勁如何，唯有「在靈性最飽滿的時候」，離開「禁制」，進入「空無」，才得以「開放」。於是無常的逃避（被動，由於禁制）到對抗（主動）只是過程，能否回到純淨的白乃至不需任何顏色，只要「酒囊　還鼓／摸摸心　還溫／除了一番撫摸的感覺」，則一切均以無常為常（自如自在），則無大礙了，而這說的正是當人與天地冥合時，則一切顏色均不再具有什麼重要性了。

五　結語

本文以顏色在鄭愁予詩中的變化說明詩人在描摹天地自然與進入眾生社會中，顏色詞彙由無（或白）到色澤斑斕（藍／紅／白乃至各色）末了又回復到無（或白）的詩路歷程和不同境界，此時「左腦化」（眾生／人間）「右腦化」（自然／天地）的相互關係就極具意涵，唯有拓展「右腦化」的能力才有可能持赤子之心進入被「左腦化」過度的人間，才有可能有所領悟或冥合，達至一種拉康幻象公式所未觸及的「右腦過後再回到左腦」（自天地回到眾生）之境，先經歷「未經分化的齊一，人類和自然之間、人和同儕之間不言自明的了解」後的冥合體悟，而這或是鄭氏詩中顏色詞　變化的最終意涵了。

---

33 鄭愁予：《寂寞的人坐著看花》，頁 82-83。

國家圖書館出版品預行編目(CIP)資料

愁予的傳奇:鄭愁予詩學論集 4 衣缽的傳遞/
　蕭蕭　白靈　羅文玲編著. -- 初版. -- 臺北
　市 ： 萬卷樓, 2013.12
　面 ；　公分. --（文學研究叢書）
ISBN 978-957-739-835-2(平裝)
1.新詩 2.詩評

820.9108　　　　　　102024315

衣缽的傳遞

2013 年 12 月 3 日 初版 平裝

ISBN 978-957-739-835-2　　　　　　　定價：新台幣 400 元

編　　著	蕭蕭	出　版　者	萬卷樓圖書股份有限公司
	白靈	編輯部地址	106 臺北市羅斯福路二段 41 號 9 樓之 4
	羅文玲	電話	02-23216565
發 行 人	陳滿銘	傳真	02-23218698
總 編 輯	陳滿銘	電郵	editor@wanjuan.com.tw
副總編輯	張晏瑞	發行所地址	106 臺北市羅斯福路二段 41 號 6 樓之 3
責任編輯	吳家嘉	電話	02-23216565
編　　輯	游依玲	傳真	02-23944113
編　　輯	楊子葳	印　刷　者	百通科技股份有限公司
封面設計	斐類設計		

版權所有・翻印必究　　　　　新聞局出版事業登記證局版臺業字第 5655 號